LE BUREAU DES JARDINS ET DES ÉTANGS

Didier Decoin a vingt ans lorsqu'il publie son premier livre, *Le Procès à l'amour* (Le Seuil, 1986). Celui-ci sera suivi d'une vingtaine de titres, dont *Abraham de Brooklyn* (Le Seuil, Prix des librairies 1972) et *John l'Enfer* (Le Seuil, prix Goncourt 1977). Il est l'actuel secrétaire général de l'académie Goncourt, président des Écrivains de marine depuis 2007 et membre de l'académie de Marine.

Paru au Livre de Poche :

EST-CE AINSI QUE LES FEMMES MEURENT ?

JÉSUS LE DIEU QUI RIAIT

LA PENDUE DE LONDRES

UNE ANGLAISE À BICYCLETTE

DIDIER DECOIN
de l'académie Goncourt

Le Bureau des Jardins et des Étangs

ROMAN

STOCK

© Éditions Stock, 2017.
ISBN 978-2-253-07134-1 – 1re publication LGF

*Once there was a man burning incense.
He noticed that the fragrance was neither
coming nor going;
It neither appeared nor disappeared.
This trifling incident led him to gain
Enlightment.*

SHAKYAMUNI BUDDHA

À Jean-Marc Roberts

Après une longue claustration accompagnée de la stricte observance des restrictions alimentaires liées au deuil, et après avoir lustré le corps de Katsuro à l'aide d'une étoffe sacrée destinée à en absorber les impuretés, Amakusa Miyuki s'était soumise au rituel destiné à la purifier de la souillure entraînée par la mort de son mari. Mais comme il n'était pas envisageable que la jeune veuve s'immergeât dans cette même rivière où venait de se noyer Katsuro, le prêtre shinto s'était contenté, les lèvres pincées, de secouer sur elle une branche de pin dont l'eau de la Kusagawa avait mouillé les rameaux les plus bas. Puis il l'avait assurée qu'elle pouvait à présent renouer avec la vie et montrer sa gratitude aux dieux qui ne manqueraient pas de lui transmettre courage et force.

Miyuki avait parfaitement saisi ce qu'il y avait derrière les paroles de réconfort du prêtre : il espérait que, malgré la précarité de sa situation aggravée par la disparition de Katsuro, la jeune femme allait déposer entre ses mains une expression concrète de la reconnaissance qu'elle devait aux *kami*[1].

Mais si Miyuki éprouvait quelque gratitude envers les dieux pour l'avoir lavée de ses souillures, elle ne pouvait leur pardonner d'avoir laissé la rivière Kusagawa, qui après tout n'était rien de moins qu'un dieu elle aussi, lui ravir son mari.

Elle s'était donc contentée d'une modeste aumône composée de radis blancs, d'un bouquet de têtes d'ail et de quelques gâteaux de riz gluant. Mais habilement enveloppée dans un linge, l'offrande occupait, surtout grâce au gigantisme de certains radis, un volume qui laissait supposer un présent bien plus conséquent. Le prêtre s'y était laissé prendre et il était parti content.

Après quoi, Miyuki s'était astreinte à nettoyer et à ranger la maison. Bien que ce ne fût pas dans ses habitudes de mettre de l'ordre. Elle était plutôt du genre à laisser traîner les objets, voire à les éparpiller volontairement. Katsuro et elle en possédaient si peu, de toute façon. De les retrouver dispersés ici ou là, de préférence où ils n'avaient rien à faire, leur procurait une fugitive illusion d'opulence : « Ce bol à riz est-il neuf ? demandait Katsuro. L'as-tu acheté récemment ? » Miyuki mettait une main devant sa bouche pour cacher son sourire : « Il a toujours été sur l'éta-

---

1. Divinités de la religion shintoïste. Les *kami* sont des éléments de la nature (montagnes, arbres, vent, mer, etc.) ainsi que les esprits des défunts.

gère, le sixième bol à partir du fond – il te vient de ta mère, est-ce que tu ne t'en souviens plus ? » Simplement, en roulant sur la natte où Miyuki l'avait fait tomber (et elle avait négligé de le ramasser tout de suite), puis en s'arrêtant, renversé, dans un rai de soleil, le bol avait pris des reflets que Katsuro ne lui connaissait pas, et voilà pourquoi il ne l'avait pas tout de suite identifié.

Miyuki s'imaginait que les gens aisés vivaient au milieu d'un fouillis permanent, à l'exemple des paysages dont c'était la confusion qui faisait toute la beauté. Ainsi la rivière Kusagawa n'était-elle jamais plus exaltante à contempler qu'après une forte averse, lorsque les torrents qui l'alimentaient la chargeaient d'eaux brunes, terreuses, où tourbillonnaient des fragments d'écorce, des mousses, des fleurs de cresson, des feuilles pourrissantes, noires, crispées ; alors la Kusagawa perdait son aspect miroitant, se couvrait de cercles concentriques, de spirales d'écume qui la faisaient ressembler aux tourbillons du détroit de Naruto, dans la Mer intérieure. Les riches, pensait Miyuki, devaient être envahis de la même façon par les innombrables tourbillons de présents que leur offraient leurs amis (innombrables eux aussi, forcément), et par toutes ces futilités éblouissantes qu'ils achetaient sans compter aux marchands ambulants, sans même se demander s'ils en feraient jamais quelque chose. Il leur fallait toujours plus d'espace pour caser leurs bibelots, empiler leurs ustensiles de cuisine, suspendre leurs étoffes, aligner leurs onguents, entreposer toutes ces richesses dont Miyuki ne connaissait parfois même pas le nom.

C'était une course sans fin, une compétition acharnée entre les hommes et les choses. Le comble de l'opulence devait être atteint lorsque la maison éclatait comme un fruit mûr sous la pression de la multitude d'inutilités dont on l'avait gavée. Miyuki n'avait jamais été témoin d'un pareil spectacle, mais Katsuro lui avait raconté avoir vu, lors de ses voyages à Heiankyō, des mendiants fouiller les décombres d'orgueilleuses demeures dont les murs semblaient avoir été soufflés de l'intérieur.

Dans la maison que Katsuro avait bâtie de ses mains – une pièce au sol de terre battue, une autre avec un plancher de bois nu, et, sous le toit de chaume, un grenier auquel on accédait par des échelons, le tout de dimensions modestes car il avait fallu choisir entre élever des murs et prendre du poisson –, il y avait surtout des apparaux de pêche. Ils servaient un peu à tout : les filets mis à sécher devant les fenêtres tenaient lieu de rideaux, empilés ils faisaient office de couchages, le soir venu on utilisait les flotteurs de bois creux comme appuie-têtes, et les ustensiles qu'employait Katsuro pour curer ses viviers étaient les mêmes que ceux dont usait Miyuki pour préparer leurs repas.

Le seul luxe du pêcheur et de sa femme était le pot où ils gardaient le sel. Ce n'était que la copie d'une poterie chinoise de la dynastie Tang, une glaçure brune sur terre cuite ornée d'un décor sommaire de pivoines et de lotus, mais Miyuki lui prêtait des pouvoirs surnaturels : elle l'avait héritée de sa mère, laquelle la tenait déjà d'une aïeule qui affirmait l'avoir toujours vue dans la famille. La poterie avait donc traversé plusieurs générations sans subir la moindre éraflure, ce qui relevait en effet du miracle.

Si le rangement de la maison se fit en quelques heures, il fallut deux jours à Miyuki pour la récurer à fond. La faute en incombant à l'industrie qu'on y pratiquait : la pêche et l'élevage de poissons admirables, principalement des carpes. Quand il remontait de la rivière, Katsuro ne prenait pas le temps de se dépouiller de ses vêtements gorgés d'une vase gluante dont il éclaboussait les murs à chaque geste un peu précipité qu'il faisait, il n'avait qu'une hâte : libérer au plus vite les carpes qui s'agitaient dans leurs nasses d'osier et qui risquaient de perdre des écailles ou de s'amputer d'un barbillon (auquel cas elles auraient perdu toute valeur aux yeux des intendants impériaux), les lâcher dans le vivier creusé à leur intention sur le devant de la maison – un bassin à même la terre, peu profond, rempli à ras bord d'une eau que Miyuki, pendant l'absence de son mari, avait enrichie de larves d'insectes, d'algues et de graines de plantes aquatiques.

Après quoi, assis sur ses talons, Katsuro restait plusieurs jours d'affilée à observer le comportement de ses captures, surveillant plus particulièrement celles qu'il avait d'emblée jugées dignes des étangs de la ville impériale, cherchant des signes montrant qu'elles étaient non seulement les plus attractives mais également assez robustes pour supporter le long voyage jusqu'à la capitale.

Katsuro n'était pas très bavard. Et quand il s'exprimait, c'était davantage par allusions que par affirmations, donnant ainsi à ses interlocuteurs le plaisir d'avoir à deviner les perspectives lointaines d'une pensée inachevée.

Le jour de la mort de son mari, lorsqu'on eut déversé dans le vivier les cinq ou six carpes qu'il avait pêchées, Miyuki s'était, comme lui, accroupie au bord de la fosse, se laissant hypnotiser par la ronde des poissons qui décrivaient des cercles anxieux à la façon de prisonniers découvrant les limites de leur geôle.

Si elle était capable d'apprécier la beauté de certaines carpes, ou du moins l'énergie et la vivacité de leur nage, elle n'avait pas la moindre idée des critères que retenait Katsuro pour évaluer leur résistance. C'est pourquoi, renonçant à tromper les villageois, et surtout à se duper elle-même, elle s'était relevée, époussetée, et, tournant le dos au vivier, s'était retranchée dans sa maison – la dernière au sud du hameau, reconnaissable aux coquillages insérés dans son chaume, leur partie nacrée orientée vers le ciel afin de renvoyer la lumière du soleil et d'effaroucher les corbeaux qui nichaient dans les camphriers.

Les villageois furent soulagés d'apprendre que Miyuki s'astreignait à décrotter son plancher et désenvaser ses murs.

Ils avaient craint que la jeune femme ne confectionnât un tourniquet avec une cordelette et un bâtonnet, et ne s'en servît pour s'étrangler afin de rejoindre Katsuro dans le *yomi kuni*[1]. Non pas qu'elle fût trop jeune pour mourir – à vingt-sept ans, elle avait atteint l'espérance moyenne de vie d'une paysanne et pouvait s'estimer heureuse de la part d'existence qui lui avait été dévolue –, mais elle avait partagé certains des secrets de Katsuro, et il n'y avait plus qu'elle, désormais, pour maintenir le lien privilégié qu'entretenait le village avec la cour impériale de Heiankyō : l'approvisionnement en carpes assez exceptionnelles pour servir d'ornements vivants aux étangs des temples, en échange de quoi les citoyens de ce ramassis de huttes bancales et bossues qu'on appelait Shimae bénéficiaient d'une presque totale exemption de taxes, sans oublier les petits cadeaux que Katsuro ne manquait jamais de leur rapporter de la part de Nagusa Watanabe[2], le directeur du Bureau des Jardins et des Étangs.

Or Nagusa venait justement d'envoyer trois fonctionnaires passer commande de nouvelles carpes en

---

1. Le monde des choses de la mort, d'après la mythologie shintoïste.

2. Au Japon, le nom de famille est traditionnellement placé avant le prénom.

17

remplacement de celles qui n'avaient pas survécu à l'hiver.

Un matin – c'était quelques jours après la mort de Katsuro –, les émissaires du Bureau des Jardins et des Étangs avaient surgi de la brume humide qui, après les fortes pluies de la nuit, ondulait comme un rideau à l'orée de la forêt.

Lors de leurs précédentes visites, ils étaient venus à pied, ce qui avait coûté fort cher aux gens de Shimae, car, harassés par leur voyage, les acheteurs de carpes s'étaient incrustés une quinzaine de jours, vivant aux crochets des villageois, leur appétit et leur goût pour le saké grandissant au fur et à mesure qu'ils recouvraient leurs forces. Mais cette fois ils s'étaient présentés à cheval, accompagnés d'un écuyer portant la bannière de soie aux couleurs de l'empereur, et ils avaient délaissé l'ample et confortable *kariginu*[1] pour revêtir des tenues guerrières dont les plaques de fer protégeant leur torse et leur dos sonnaillaient comme de vieilles cloches fêlées. Leur apparition soudaine avait apeuré et mis en fuite les quelques femmes qui s'étaient rassemblées sur l'aire de battage pour tresser la paille de riz.

En sa qualité de premier magistrat du village, Natsume s'était avancé au-devant des trois cavaliers pour les saluer avec la déférence due à des représentants du pouvoir impérial ; mais, tout en joignant

---

1. Vêtement à mi-chemin entre la cape et le manteau que les nobles portaient pour la chasse.

les mains et en s'inclinant aussi bas que le lui permettait la raideur de son cou, il se demandait comment l'empereur, réputé le prince le plus raffiné de son temps, pouvait tolérer que des hommes chargés de faire connaître sa volonté à travers les provinces eussent un aspect aussi peu engageant : oscillant mollement sur leurs selles en bois laqué de noir, la tête dodelinant sous le casque que prolongeait un protège-nuque articulé, leur carapace verdie par les mousses qui s'y étaient accrochées en traversant les forêts, les émissaires faisaient irrésistiblement penser à d'énormes cloportes aux abdomens gonflés de substances cireuses et nauséabondes. Mais peut-être Sa Majesté ne les avait-elle jamais vus : le quelconque adjoint d'un référendaire de cinquième rang mineur inférieur avait relevé leurs noms sur une liste (et personne ne saurait jamais pourquoi le choix de l'adjoint s'était arrêté sur ces noms plutôt que sur d'autres), il les avait soumis à un contrôleur de quatrième rang mineur supérieur qui les avait approuvés avant de les transmettre à un auditeur de quatrième rang majeur inférieur, lequel les avait fait lentement remonter jusqu'au sommet de la hiérarchie, d'où ils étaient tout aussi lentement redescendus pour échoir enfin entre les mains de Nagusa Watanabe qui les avait validés d'un coup de pinceau plein d'impatience – et de tout cela, comme de tant d'autres événements intéressant les soixante-huit provinces, l'empereur n'avait rien su.

Les messagers impériaux avaient été très contrariés

d'apprendre la mort de Katsuro. Ils avaient grimacé, émis des bruits de gorge, frémi de mécontentement et entrechoqué leurs plaques de cuirasse. Il avait fallu, pour les apaiser, que Natsume leur présentât Miyuki. Ils l'avaient dévisagée en silence, faisant rouler leurs petits yeux noirs derrière le masque en bois hérissé de fausses dents de démon qui recouvrait le bas de leur visage.

Tandis que la jeune femme s'agenouillait, inclinée au point que son front touchait la poussière, le chef du village avait rassuré les émissaires : la veuve du pêcheur les servirait aussi scrupuleusement que l'avait fait Katsuro. Après quoi, pour finir de les amadouer, Natsume leur avait offert un repas de vermicelle de sarrasin, d'algues et de poisson accompagné de légumes saumurés avec de la lie de saké, avant de les raccompagner jusqu'à la chute d'eau à partir de laquelle ils avaient repris la route d'Heiankyō.

Puis il était revenu s'entretenir avec Miyuki :

— On a retrouvé ton mari mort, mais les carpes qu'il a eu le temps de capturer sont heureusement bien vivantes (et il dévisageait Miyuki avec bienveillance, comme si elle était responsable de la santé florissante des poissons), les ambassadeurs m'en ont fait mille compliments.

— Des ambassadeurs, ces gros grillons ? Rien de plus que des fonctionnaires si peu considérés à la Cour qu'on les expédie au fin fond des provinces, alors qu'une simple lettre aurait suffi.

Signifiait-elle par là qu'elle aurait su lire cette

lettre ? À coup sûr, elle se vantait. Mais Natsume lui-même ne sachant pas lire, il ne releva pas, préférant ne pas se hasarder sur un terrain où il risquait d'être humilié.

Un instant silencieux, son mutisme pouvant passer pour une rumination de ce que venait de lui dire Miyuki, il regarda les carpes nager mollement dans leur vivier.

— L'envoi de trois cavaliers coûte notablement plus cher que celui d'un simple porteur de courrier, remarqua-t-il. J'y vois un signe que le Bureau des Jardins et des Étangs attache une importance particulière à cette commande et au bon suivi de sa livraison. Tu partiras pour Heiankyō dès que possible.

— Oui, dit-elle avec une docilité inattendue. Oui, dès demain si tu veux.

Il émit un petit grondement satisfait. L'idée que la mort de Katsuro pouvait avoir rendu Miyuki désormais indifférente à bien des choses, comme par exemple d'entreprendre le voyage d'Heiankyō, ne l'avait pas effleuré. Il n'avait aucune idée du chagrin qui l'avait dévorée, ne laissant d'elle qu'une enveloppe vide, grise comme la cendre.

Cette femme, cette veuve comme il convenait de dire à présent, Natsume ne l'avait pour ainsi dire jamais regardée. Elle était trop émaciée pour faire une amante comme il les aimait – en seulement quelques jours, la tristesse avait encore creusé ses joues, accentué sa maigre silhouette d'herbe folle. Mais peut-être pourrait-il la prendre chez lui pour la donner à son fils qui n'avait toujours pas trouvé d'épouse à son goût, et qui appréciait les femmes tristes – il disait que, bien que les larmes fussent salées, la plupart des dames affligées sécrétaient une agréable odeur de fruit extrêmement sucré. Et si Hara (c'était le prénom de ce fils) ne voulait pas de la veuve du pêcheur de carpes, Natsume pourrait toujours essayer d'engraisser celle-ci pour son propre plaisir ; ce serait une occupation d'autant plus divertissante que les charmes de Miyuki – ses *futurs* charmes, avait-il rectifié mentalement, songeant au gavage qu'il allait d'abord devoir lui imposer – se doublaient visiblement d'une obéissance spontanée, exquise.

— Combien de poissons vas-tu livrer à la Cour ? Au moins une vingtaine, n'est-ce pas ?

— Les carpes ne sont pas exigeantes, dit Miyuki, mais elles ont besoin de beaucoup d'eau. Les nasses dans lesquelles Katsuro les transportait n'en contiennent pas tellement, alors moins elles seront nombreuses et moins elles souffriront.

Elle n'osa pas ajouter que ses épaules en travers desquelles allait peser la perche de bambou soutenant les baquets n'étaient pas aussi résistantes que celles de son mari : la quantité d'eau emportée serait le seul lest qu'elle pourrait négocier si la souffrance du portage dépassait ce qu'elle pensait pouvoir endurer.

— Vingt poissons, répéta Natsume, c'est le moins que le village puisse faire.

S'il n'avait été certain d'y trouver des carpes exceptionnelles, jamais Katsuro n'eût descendu si bas le cours de la rivière. Mais des poissons magnifiques abondaient dans cette partie de la Kusagawa, juste après le déversoir de Shūzenji, où ils étaient d'autant plus faciles à attraper qu'après avoir affronté les forts courants d'amont générés par la cascade, ils s'accordaient une sorte de pause, se laissant porter presque à fleur d'eau.

Pour un pêcheur aussi expérimenté que Katsuro, il suffisait alors de plonger les mains dans l'eau, les doigts bien écartés, et d'attendre qu'une carpe vînt donner du museau contre ses paumes ouvertes. Katsuro n'avait plus qu'à refermer les doigts, les pressant légèrement à hauteur des ouïes, pour que le poisson qui, au contact de l'homme, s'était raidi dans une sorte d'érection de terreur, relâchât sa tension. Ses nageoires continuaient de frétiller, mais sa chair s'abandonnait, soudain molle et soumise, à la main qui le flattait. Katsuro se hâtait alors d'arracher la carpe à sa rivière pour la déposer délicatement dans une des nasses de paille de riz rendue étanche par une application de vase.

Bordé de banquettes herbues où poussaient des renoncules, serpentant entre un double paravent de cerisiers sauvages, de plaqueminiers, de roseaux et de pins bleus, le chemin menant au territoire de pêche de Katsuro semblait de prime abord une promenade des plus agréables. Mais le pêcheur n'était pas dupe, il savait qu'il s'agissait en réalité d'un sentier périlleux, vite raviné par les pluies dont le ruissellement ouvrait alors dans la terre des failles où l'on se prenait les pieds comme dans les mâchoires d'un piège. Passe encore quand Katsuro descendait vers la rivière, parce que ses nasses étaient vides et qu'il pouvait concentrer toute son attention sur sa marche ; mais c'était une tout autre affaire au retour, quand il devait porter son regard loin devant lui pour maintenir en équilibre sur ses épaules la perche soutenant les paniers qui, à présent, débordaient d'eau et de poissons – la moindre secousse réveillait ces derniers de leur torpeur, ils devenaient comme fous, certains parvenant même à s'éjecter hors des nasses en dépit des tiges de lotus tressées en filet à grosses mailles dont le pêcheur les avait recouvertes.

À deux reprises, Katsuro s'était blessé.

La première fois, ça n'avait été qu'une entorse. Malgré sa douleur, et après avoir cassé sa perche par le milieu pour s'en faire deux béquilles, il avait pu regagner le village. Mais il avait dû abandonner ses nasses, les dissimulant sous de longues herbes fraîches que l'averse avait couchées et comme laquées de vert. Tout en claudiquant vers Shimae, il avait entendu, dans son dos, le frôlement des bêtes de la forêt qui allaient à coup sûr découvrir ses poissons et les dévorer.

Le second accident avait été plus grave : il s'était brisé une cheville. Cette fois, avec ou sans béquilles, il avait été bien incapable de se remettre debout. Il avait dû se résoudre à se traîner sur le ventre, tirant sa cheville fracturée, enflée, brûlante, qui tressautait sur les aspérités du chemin en lui arrachant des cris de souffrance. En plus de la torture qu'elle infligeait à son pied, la reptation avait éraillé et déchiré la chair de ses genoux, de ses cuisses, de son ventre. Frissonnant de douleur et de fièvre, Katsuro avait alors essayé de ramper sur l'autre côté du chemin, celui dont le bord détrempé par les fréquents débordements de la rivière était plus meuble. Il avait d'abord éprouvé du soulagement en sentant la fraîcheur humide de la boue apaiser les brûlures de son corps. Mais il avait ensuite abordé une zone érodée où l'absence de végétation provoquait de brusques affaissements de la banquette glaiseuse. Même s'ils l'obligeaient à piquer vers la rivière jusqu'à immerger son visage, Katsuro ne redoutait pas les éboulements visibles : le pire était tapi sous les passages en apparence lisses et compacts où la Kusagawa avait creusé des failles cachées qui ne demandaient qu'à s'effondrer sous son poids. Et c'était arrivé, juste avant un coude que faisait la rivière.

Un héron blanc, impavide, avait regardé l'homme gluant de boue, défiguré par la douleur, se contorsionner en haletant, et puis, subitement, disparaître dans une giclée de vase et d'eau.

Une de ses mains était restée émergée, griffant le ciel, tâtonnant désespérément dans le vide à la recherche d'une prise quelconque. Ses doigts avaient fini par retrouver les vestiges de la berge, ils avaient croché dans la boue, s'y étaient enfoncés, mais l'argile détrempée avait fui entre les phalanges, la main était retombée, elle s'était maintenue encore un instant dressée vers le ciel, et puis, presque avec grâce, sans une éclaboussure, elle s'était comme dissoute dans la rivière.

À cet instant, le héron blanc avait eu un frémissement de la glotte; mais il ne fallait pas y voir une quelconque marque de compassion de l'oiseau pour le pêcheur, non, c'était une pure coïncidence entre la mort d'un homme et le réflexe de déglutition d'un grand échassier par ailleurs réputé pour porter malheur.

De ces événements qui s'étaient déroulés à Shimae le vingt-quatrième jour de la troisième lune, les soixante-treize familles du village retinrent surtout que Miyuki avait fait preuve d'une réserve et d'une dignité dont personne ne l'aurait crue capable.

Les femmes de pêcheurs avaient en effet la réputation d'être des geignardes. Quand elles ne récriminaient pas contre leurs époux ou contre les intendants, elles critiquaient l'osier dont la qualité, disaient-elles, se dégradait un peu plus chaque année, avec pour conséquence que le courant de la Kusagawa démantibulait les engins de pêche deux à trois fois plus vite qu'autrefois – alors qu'en réalité, c'était l'habileté de ces femmes à tresser les nasses qui était en cause.

Elles tiraient du fond de leur gorge des voix larmoyantes pour reprocher à leurs maris leurs pêches trop maigres, leurs vêtements toujours humides qui pourrissaient plus vite que ceux des paysans, leurs filets troués qui laissaient s'enfuir les plus belles proies. Ou bien elles se lamentaient à propos du peu d'empressement des intendants impériaux à commander de nouvelles carpes pour repeupler les bassins d'Heiankyō.

Or ce n'était pas aux intendants qu'elles auraient dû s'en prendre, mais au seul Katsuro qui fournissait des poissons d'une longévité incomparable, au point que le Bureau des Jardins et des Étangs avait songé à lui décerner la dignité de Maître des carpes ; mais ce titre n'ayant jamais existé (du moins les secrétaires du Bureau n'en avaient-ils trouvé trace dans aucun document officiel), Nagusa s'était découragé en songeant au nombre et à la complexité des procédures à appliquer pour que soit entérinée la création d'une nouvelle charge honorifique ; d'ailleurs, Katsuro ne demandait rien, il allait de temple en temple avec ses baquets pleins de carpes, sélectionnait l'étang le plus tempéré, y déversait ses poissons, surveillait leur acclimatation pendant quelques jours (accroupi immobile sur la berge, comme à Shimae, sauf qu'ici il n'avait pas d'épouse pour lui apporter du riz et couvrir ses épaules d'un manteau de paille quand descendait le froid de la nuit), il faisait ses recommandations concernant la façon de les nourrir et de les attraper sans les effrayer pour les répartir dans les autres bassins – affolées, les carpes pouvaient perdre leurs reflets de cuir verni, de bronze poli.

En se dirigeant vers la maison de Miyuki pour lui annoncer la noyade de Katsuro, les villageois s'attendaient donc à une scène éprouvante. La pauvre femme allait s'agripper à eux et proférer de terribles imprécations contre les *kami* de la rivière qui lui avaient pris son mari, et contre Natsume et ses édiles qui avaient encouragé le commerce des carpes et incité Katsuro à capturer toujours davantage de poissons toujours plus robustes et magnifiques, et peut-être, dans l'excès de sa douleur, Miyuki irait-elle jusqu'à maudire l'empereur lui-même qui exigeait que ses pièces d'eau fussent toujours palpitantes de carpes, alors que Sa Majesté ne prenait sans doute jamais le temps d'aller s'alanguir au bord d'un bassin pour admirer les poissons, l'extrémité de sa manche prune et or traînant dans l'eau.

Mais non, Miyuki avait laissé les villageois parler jusqu'au bout, lui conter la mort de son époux, enfin, ce qu'ils en savaient, très peu de chose en vérité, elle s'était contentée d'incliner la tête sur le côté comme si elle avait du mal à croire ce qu'ils lui disaient.

Quand ils eurent terminé, elle poussa un cri étranglé et tomba.

Curieuse, la façon dont elle s'effondra : elle sembla s'enrouler sur elle-même au fur et à mesure que ses épaules se rapprochaient du sol. Son cri restant suspendu en haut de la spirale descendante que suivait son corps. Une fraction de seconde plus tard, c'est dire combien le cri avait été bref, il ne sortait déjà plus de la bouche de Miyuki qu'une sorte d'expiration à peine audible. Puis il y avait eu le bruit sec et mat de son front heurtant le sol, comme le bruit d'un bol en bois qu'on lâche et qui tombe de haut en se vidant de son contenu.

Les pensées de Miyuki s'étaient éparpillées comme les milliers de grains de riz qui forment dans le bol une boule compacte, chaude et parfumée. Rassembler ces grains un à un pour les remettre dans le bol est une tâche trop fastidieuse. Aussi, quand ce genre d'incident survient, mieux vaut donner un coup de balai ou jeter un seau d'eau sur le plancher. C'est à peu près ce que fit le cerveau de la femme évanouie : sous la violence du choc, il envoya au diable tous les grains de riz qui constituaient l'activité consciente de Miyuki (mémoire, émotion, perception du monde extérieur, etc.), limitant son activité aux seules fonctions vitales.

Privée de sensations, Miyuki reposait paisiblement sur la terre battue. Les hommes l'avaient soulevée pour l'étendre sur sa natte. Elle était légère. Natsume avait remarqué une tache humide qui s'élargissait sur le vêtement de Miyuki, à hauteur de son pubis. En se penchant sur elle, il avait reconnu la senteur de l'urine. Se demandant s'il devait en parler aux autres. Mais il avait songé que ce pouvait être humiliant pour Miyuki. Et aussi, il s'était rappelé qu'une étoffe mouillée d'urine dégageait, en séchant, une odeur évoquant plus ou moins celle du poisson, et il s'était dit que personne ne s'étonnerait que le vêtement de la veuve d'un pêcheur de carpes sentît un peu le poisson. Alors, il s'était tu.

Au milieu de la nuit, Miyuki avait été tirée de l'hébétude qui avait succédé à sa perte de connaissance par les clappements secs que produisaient les mercenaires (Natsume en avait enrôlé une dizaine pour protéger Shimae contre d'éventuelles incursions de pirates chinois) en faisant claquer à vide la corde de leurs arcs comme c'était l'usage au Palais impérial où il était interdit d'élever la voix durant la nuit, et donc de crier les heures.

Or on venait de passer de l'heure du Sanglier à celle du Rat[1]. La lune était pleine, dispensant une lumière fraîche qui marquait les ombres comme de grands aplats d'encre noire et brillante – on aurait dit que le pinceau venait tout juste de la poser.

Miyuki avait ouvert les yeux. Tout de suite elle avait vu le corps de Katsuro que les pêcheurs avaient étendu en travers d'une caisse ouverte pour lui permettre de s'y égoutter, de telle façon que l'eau funèbre qui continuait à suinter de ses vêtements et de sa pilosité ne souillât pas le sol en terre battue – précaution inutile, à vrai dire, car à l'instant où le cadavre de Katsuro avait passé le seuil, l'impureté de la mort était censée avoir infecté l'ensemble de la maison, les objets (peu nombreux, on l'a dit) qu'elle renfermait, les animaux (pour l'essentiel des canards que Katsuro avait autrefois rapportés de la Kusagawa et qui avaient fait souche), et surtout les villageois, ceux qui avaient ramené sa dépouille, ceux qui

---

1. C'est-à-dire qu'il était minuit.

allaient se rassembler pour la veillée funèbre, ainsi que tous ceux qui auraient à fréquenter la maison pendant les quarante-neuf jours du temps de deuil.

L'usage voulait que Miyuki mît à la disposition des visiteurs un récipient plein de sel dont ils pourraient s'asperger pour se purifier ; mais elle n'avait aucune idée du genre de réceptacle qui convenait le mieux (bol, écuelle, chaudron ? Pourquoi pas une grande feuille de lotus qui rappellerait la rivière où Katsuro avait laissé sa vie ?), de toute façon il ne lui restait presque plus de sel, et elle n'avait pas les moyens d'en acheter suffisamment pour satisfaire aux exigences du rituel. Elle sentit que la vie sans son mari allait être une suite de questions lancinantes auxquelles elle serait seule à tenter de répondre. Elle s'en voulut aussitôt de cette bouffée d'égoïsme, songeant que le sort de Katsuro n'était guère plus enviable que le sien, du moins en ces premières heures de sa mort qui étaient la période brumeuse où les âmes des défunts s'obstinent à vouloir renouer avec la vie qu'elles ont quittée et, ne pouvant y parvenir, en conçoivent une inquiétude qui confine au désespoir. Ensuite, tout dépendait de la religion qui détenait la vérité : si la voie du vrai était shintoïste, Katsuro descendrait au séjour des morts qui est à l'image du monde des vivants, avec des montagnes, des vallées, des champs et des forêts, mais en infiniment plus sombre, et, prenant peut-être place parmi les ancêtres de la famille, il veillerait sur Miyuki jusqu'à ce qu'elle le rejoigne – ce n'était pas la pire des hypothèses ; si la vérité était bouddhiste, le temps d'errance entre la dissolution de sa vie antérieure et l'emprunt d'une autre existence serait assez bref, et Katsuro ne souffrirait pas longtemps de la sensation déroutante d'avoir perdu sa forme, sa substance, ses sensations.

Quelqu'un avait apporté une vasque en pierre remplie d'eau limpide, ainsi qu'une louche de bambou pour que Miyuki pût laver et purifier la dépouille de son mari.

Trois jours plus tard, les restes du pêcheur de carpes seraient brûlés sur un bûcher dressé à l'extérieur du village. Les os seraient retirés des braises en commençant par ceux des pieds et en finissant par ceux du crâne, et placés dans l'urne funéraire dans ce même ordre – ainsi épargnait-on au défunt l'inconfort et le ridicule de se retrouver la tête en bas. Puis le nom posthume de Katsuro serait inscrit sur une tablette que Miyuki déposerait sur l'étagère des esprits. L'urne resterait quarante-neuf jours dans la maison, elle recevrait des offrandes de fleurs, de nourriture, d'encens, de lumière, des libations seraient célébrées en son honneur, et puis elle serait enterrée, et il ne serait plus question du pêcheur de carpes.

Miyuki avait caressé doucement la dépouille de Katsuro, ne pouvant s'empêcher de lui demander à mi-voix si l'eau qu'elle répandait sur sa peau n'était pas trop froide, si elle passait bien sa main mouillée là où il aimait tant être attouché – elle n'avait plus,

pour la guider comme autrefois, les petits grognements d'aise de son mari balisant le jeu de ses doigts,
la pression de leur pulpe.

La boue qui gainait le pêcheur le faisait ressembler
à une poterie, à une haute jarre de terre cuite dont les
craquelures s'effaçaient, se comblaient sous la paume
humide qui les massait. Miyuki profita de ce que personne ne l'observait pour, une dernière fois, poser ses
lèvres sur la longue hampe du sexe devenu étrangement froid.

Le goût terreux la surprit. De son vivant, quand
elle mûrissait dans la bouche de Miyuki, la verge de
Katsuro avait une saveur de poisson cru, de jeunes
et tièdes pousses de bambou, et d'amandes fraîches
quand elle libérait enfin ses sucs. À présent, sous
la langue de la petite veuve, ce sexe était fade et
limoneux comme les étangs des temples de Heiankyō
quand le Bureau des Jardins et des Étangs les faisait
assécher pour les curer.

Miyuki avait aimé cet homme. Non qu'il fût un
très bon amant – mais qu'en savait-elle, après tout,
puisqu'elle n'avait connu que lui ? Il la troublait par
sa façon silencieuse de surgir dans son dos pour la
prendre aux épaules, ses ongles griffant sa chair, son
haleine un peu forte s'enroulant dans son cou, odeur
de fruit mûr et de cuir mal tanné, et son genou pressant le bas de son dos pour ouvrir la tunique et dégager une surface de peau nue contre laquelle, alors, il
frottait son sexe comme s'il façonnait, sous sa main,

des rouleaux d'omelette. Il ne prenait pas son plaisir sans elle, mais avant elle, et différemment.

Une fois Katsuro parti pour la rivière, Miyuki se recouchait pour revivre chaque phase du simulacre de prédation dont elle venait d'être l'objet – l'approche silencieuse, le saut, l'étreinte, le démembrement, la dévoration, la satiété, la fuite dans la nuit ; cette pensée d'avoir été assaillie par une bête sauvage suffisait souvent à la combler, les ailes de son nez bleuissaient et palpitaient, sa respiration sifflait, s'accélérait, la sueur perlait entre ses seins, sa gorge s'offrait comme à une morsure, elle laissait échapper un cri bref, rauque, la peau de son visage paraissait se tendre, elle étouffait, et elle se libérait soudain, le dos un peu arqué, laissant fuser un long sifflement entre ses lèvres, c'était la façon dont elle jouissait, qui ressemblait à la glisse douce de la Kusagawa sur son lit d'herbes mouillées.

Il lui sembla aussi que le corps de son mari avait grandi. C'était peut-être dû au relâchement de la mort, après tout, bien que ce relâchement ne fît pas partie des neuf stades de transformation du cadavre qu'enseignaient les moines.

Lors de la nuit de veillée de la dépouille, Miyuki s'était déguisée en oiseau : le cou tendu en avant et les bras écartés du corps, elle avait marché dans la pièce à petits pas rapides et courts en décrivant des cercles, elle avait adressé des courbettes aux autres femmes avant de sautiller d'un côté à l'autre, elle avait poussé le cri perçant, *kroooh*, *kroooh*, *kroooh*, la trompette nasillarde de la grue cendrée, pour aider l'âme de Katsuro, son âme supposée se comporter comme un oiseau, à s'envoler vers le *takama-no-hara*, la haute plaine du paradis.

Katsuro, pourtant, ne croyait ni aux dieux ni aux présages. Rien ne l'avait jamais retenu de poser ses nasses alors que les autres pêcheurs restaient confinés chez eux sous prétexte que c'était un jour néfaste ou qu'ils avaient quelque interdit religieux à respecter. En fait d'interdits, Katsuro ne connaissait que les crues violentes de la Kusagawa qui plaquaient les carpes au fond du lit de la rivière.

Il n'était pas du genre à poser des questions. Ni à lui-même ni à qui que ce fût. Il avait souvent dit oui, quelquefois non, mais il n'avait pratiquement jamais demandé ni où ni quand, ni pourquoi ni comment. Pourtant, il avait bien dû manifester, durant sa prime jeunesse, la même curiosité que n'importe quel autre enfant ; mais, en prenant de l'âge, il s'était peu à peu convaincu que cela ne servait à rien de connaître le dessous des choses puisqu'il n'y pouvait de toute façon rien changer. Ses pensées étaient devenues aussi lisses que les roches qui émergeaient de la partie basse de la rivière, aussi hermétiques à la lassitude, au découragement, à l'apathie – autant d'émotions qui finissaient par miner l'énergie d'un pêcheur de carpes plus sûrement que l'eau qui rongeait peu à peu la partie friable des berges de la Kusagawa.

Katsuro n'avait jamais interrogé les oracles pour

savoir si telle ou telle nuit serait propice à la capture des carpes : celles-ci seraient là ou n'y seraient pas, voilà tout. La couleur et la forme de la lune avaient peut-être de l'influence sur l'humeur des femmes, mais aucune sur la présence des poissons en amont comme en aval du déversoir de Shūzenji.

Miyuki, elle aussi, se montra indifférente aux augures, bien que des moines gourmands fussent venus la trouver pour lui annoncer que son voyage se présentait sous de mauvais auspices, ce qu'ils pouvaient heureusement corriger en enfermant dans un sachet d'étoffe des bandelettes de chanvre sur lesquelles ils se proposaient de calligraphier les noms de tous les sanctuaires que la jeune femme allait rencontrer au cours de sa longue route vers les étangs des temples d'Heiankyō. C'était à leur sens un talisman puissant, efficace tant à l'aller qu'au retour. Il n'en coûterait à Miyuki que quelques flacons de saké noir et un repas de *mochi*[1] assaisonné d'un mélange de sel et de chair de loche, et agrémenté d'une généreuse portion de ces pleurotes réputés prolonger la vie.

Ce n'était pas là un festin, tout juste un de ces bons repas comme elle en avait souvent préparé pour Katsuro, pourtant elle repoussa leur proposition : pas question d'entamer le pécule que lui avait remis Natsume au nom des villageois qui avaient versé à Miyuki une somme forfaitaire couvrant le transport

---

1. Préparation à base de riz glutineux.

et les premiers temps de l'acclimatation des carpes dans les étangs sacrés. Après cette ultime livraison, les villageois désigneraient sans doute un autre pêcheur pour remplacer Katsuro, et il était peu probable que le nouveau pourvoyeur eût recours à Miyuki pour porter ses poissons à Heiankyō – il se chargerait lui-même du transfert, le métier n'étant rentable qu'à condition d'assurer à la fois la pêche des carpes et leur délivrance aux temples de la cité impériale.

À son retour d'Heiankyō, Miyuki devrait donc reconsidérer ce qui jusqu'alors avait été sa vie.

Elle deviendrait une fermière sans terre, la plus défavorisée des classes sociales paysannes. Qui assurerait sa subsistance, désormais ? Louerait-elle ses bras pour piler le mil ? Ou irait-elle s'éreinter dans la rizière du seigneur Shigenobu, ce qui, en plus de l'avantage d'être alors dispensée de l'impôt foncier, donnait paraît-il l'occasion d'attraper de temps en temps un de ces canards sauvages dont Shigenobu encourageait la nichée sur ses terres parce qu'ils arrachaient les mauvaises herbes tout en se gavant des insectes qui parasitaient le riz. La seule assurance de Miyuki était de ne pas mourir de faim : en amont du déversoir de Shūzenji, la Kusagawa se couvrait longtemps de liserons d'eau aux feuilles pointues, douces en bouche et d'une saveur délicate.

S'il ne s'était agi que d'elle, elle aurait pu partir sur-le-champ – le transport des poissons était assez encombrant pour qu'elle n'eût pas le souci de préparer un autre bagage. Elle n'emporterait qu'un vêtement grossier en fibre de glycine, quelques bouchées de *narezushi*[1] et des gâteaux de riz qui suffiraient à la sustenter durant les heures de marche. Le soir venu, ainsi que les jours de grandes pluies où l'atmosphère orageuse risquait de verdir l'eau des nasses, elle s'arrêterait dans l'une ou l'autre de ces auberges qui jalonnent la route d'Heiankyō, de plus en plus nombreuses à partir des provinces de Totomi et de Mikawa.

Elle se rappelait que les yeux de Katsuro brillaient quand il parlait de ces tavernes. Et même, il en riait quelquefois. Il avait ses préférées : l'auberge des Six Cristaux, l'auberge de la Première Cueillette (ainsi nommée par allusion à la récolte du fruit du plaqueminier – c'est du moins ce que soutenait Katsuro, mais alors sa voix se troublait, et Miyuki préférait détourner son regard : les jeunes amours, même vénales, ne se cueillent-elles pas elles aussi ?), l'auberge de la Libellule rouge ou celle des Deux Lunes dans l'eau.

Avant de quitter Shimae, Miyuki devait préparer pour ses carpes un habitat aussi sûr que possible.

Pour le trajet vers la ville impériale, la jeune femme prévoyait de cheminer au plus près des cours

---

1. Poisson éviscéré et conservé dans du riz fermenté qui empêchait sa décomposition. On jetait l'enrobage de riz avant de manger le poisson.

d'eau, ne s'en écartant qu'en cas d'absolue nécessité. Cette option rallongerait son voyage, mais c'était l'assurance que les carpes pourraient être ravitaillées en eau fraîche même si leurs nasses se trouvaient éventrées à la suite d'un accident imprévisible. De toute façon, malgré tout le soin que Miyuki apporterait à leur étanchéité, rien ne pouvait empêcher les nasses de perdre une certaine quantité d'eau. Pour leur conférer un maximum d'imperméabilité, en même temps que pour apaiser les carpes qui apprécient l'obscurité, Katsuro avait l'habitude de les calfater avec du limon argileux, puis d'appliquer une bande de toile à l'intérieur comme à l'extérieur, et enfin d'enduire cette toile d'une quantité généreuse d'argile qu'il lui suffisait de masser de ses mains mouillées quand un excès de soleil ou de vent y faisait apparaître des craquelures. Mais ça n'empêchait pas l'eau de gicler hors des nasses quand les carpes, lasses de leurs domiciles étroits et instables, commençaient à s'agiter, ou lorsqu'un balancement trop marqué de la palanche (il suffisait pour cela d'un faux pas rattrapé un peu trop précipitamment) engendrait des vagues dont certaines débordaient.

Après avoir préparé les baquets, Miyuki sélectionna les carpes qu'elle allait y transférer. Elle choisit d'abord celles dont la disposition des écailles formait un maillage uniforme et harmonieux, dont le nez, sans être allongé, n'était ni trop court ni trop trapu, dont les nageoires étaient symétriques et la couleur parfaitement homogène du museau à la queue. À partir de ce premier tri, elle préleva deux carpes noires (l'une d'un noir métallique et brillant, l'autre d'un noir de velours mat) et deux poissons d'un jaune assez terne mais dont la croissance et la longévité étaient souvent remarquables, puis deux sujets d'un bronze profond dont la luisance évoquait une coulée de miel brun, et elle compléta son florilège avec deux carpes presque dépourvues d'écailles et qui semblaient gainées de cuir.

De façon à leur assurer autant d'espace vital que possible, Miyuki avait décidé de n'emporter que des carpes relativement petites, des carpes de deux étés, longues d'un peu moins d'un *shaku*[1] et pesant environ un *kin*[2].

Elle les saisit à la main, aussi patiente et habile que Katsuro, une capture qui ressemblait à une caresse.

Elle avait attendu la nuit pour se dénuder et descendre dans le bassin, recroquevillant ses doigts de pied comme des petits crochets pour ne pas déraper sur le fond gluant. Ne sachant pas nager, immergée dans l'eau jusqu'à la taille, elle risquait de se noyer en cas de glissade et de chute. Elle avait commencé par longer prudemment les berges du vivier. Ses genoux, ses cuisses, son pubis ridant l'eau noire, brouillant le reflet de la lune qui fuyait devant elle. L'eau était glacée. L'obscurité l'empêchait de voir les poissons, mais

---

1. 30,3036 centimètres, soit à peu près un pied.
2. 675 grammes.

41

elle sentait leur présence à leurs frôlements, à la palpitation légère de leurs nageoires contre ses jambes, elle avait l'impression de marcher au milieu d'un vol de papillons froids.

Comme elle l'avait vu faire à son mari, elle se racla le corps avec les ongles pour détacher de sa peau d'infimes particules qui, en se dissolvant, seraient appréhendées par les carpes comme une composante naturelle de l'eau du bassin ; ainsi, peu à peu, Katsuro devenait-il familier aux poissons au point que ceux-ci venaient d'eux-mêmes poser leur ventre dans le creux de sa main, ce qui ne laissait pas de subjuguer les fonctionnaires du Bureau des Jardins et des Étangs.

Afin d'acclimater ses carpes à l'exiguïté de ce qui allait constituer leur habitat durant de nombreuses lunes, Miyuki patienta près de trois jours avant de se mettre en marche.

Elle comparait son voyage à Heiankyō à ces journées d'été qui commencent par des drapés de brumes masquant les contours du paysage, mais que le soleil finit par dissiper, du moins jusqu'à ce que des nuées orageuses montent à nouveau de l'horizon à l'heure du Chien[1]. Depuis la mort de Katsuro, la jeune femme vivait dans un brouillard qui assourdissait les sons, détrempait les couleurs. Mais elle pressentait que cette opacité se déchirerait dès qu'elle

---

1. De dix-neuf heures à vingt et une heures.

prendrait la route, et qu'elle verrait alors le monde tel qu'il est en réalité, avec ses aspects positifs et ses pentes néfastes. Puis, lorsqu'elle aurait livré ses poissons, lorsqu'ils glisseraient dans les bassins des temples, sa vie s'empâterait de nouveau, l'obscurité la reprendrait.

— Eh bien, fit une voix.

Elle leva les yeux. Natsume s'était approché, il la regardait.

— Est-ce que tu prends un bain ? demanda-t-il. Vraiment ?

Elle lui dit qu'elle apprivoisait les poissons. Enfin, qu'elle s'y essayait. Les carpes n'auraient qu'elle comme référence, il fallait les habituer à son odeur de femme diluée dans l'eau des nacelles.

— Je ne sais pas s'ils viendront, fit Natsume en désignant la place du village encore vide.

Il faisait allusion au rituel consistant, pour les habitants, à se rassembler autour de Katsuro et à l'accompagner jusqu'à la lisière de la forêt. Arrivés là, le pêcheur et les villageois échangeaient des bénédictions, formant des vœux pour que Katsuro et ses carpes parviennent sains et saufs à Heiankyō, puis pour que le même Katsuro regagne Shimae sans se faire voler les billets à ordre reçus du Bureau des Jardins et des Étangs en paiement de ses poissons, billets dont il remettrait les trois quarts au village avant d'aller, en compagnie de Miyuki, échanger le reste dans un entrepôt impérial contre des sacs de riz, des ballots de chanvre et des soieries.

Telle une poule devant une jonchée de grains, Miyuki hocha rapidement la tête à plusieurs reprises, appuyant ses petits picorages d'une série de ô ! ô ! ô ! pointus, et elle dit qu'elle ne méritait pas qu'on lui fasse escorte car elle n'était même pas sûre de réussir à parcourir la moitié du chemin.

Si elle échouait, le village tout entier serait déshonoré de n'avoir pas été capable de fournir des poissons aux temples d'Heiankyō, et plus jamais le Bureau des Jardins et des Étangs n'enverrait d'émissaires pour demander qu'on lui livrât des carpes. Shimae y perdrait non seulement sa réputation, mais aussi l'essentiel des subsides dont vivaient ses habitants. Certes, des prieurs amateurs de poissons d'ornement continueraient sans doute à se fournir auprès des pêcheurs de Shimae, mais on ne pouvait comparer la clientèle peu regardante de moines bourrus à celle, exigeante mais si raffinée, du Bureau des Jardins et des Étangs.

Peupler les bassins d'Heiankyō était un tel privilège que les riverains de l'étang de Yumiike, de la rivière Sumida ou du fleuve Shinano, ne cessaient de harceler le directeur Nagusa afin qu'il s'en remît à eux au lieu de solliciter systématiquement ceux de Shimae. Miyuki croyait entendre les grognements de satisfaction des pêcheurs de Koguriyama, d'Asakusa ou de Niigata, lorsqu'ils avaient appris la mort de Katsuro.

— Finalement, s'enquit Natsume, combien de carpes emportes-tu ?

— J'ai quatre nacelles, deux poissons par nacelle, soit huit carpes.

— Ne t'avais-je pas demandé d'en compter au moins vingt ?

Comme à chaque fois qu'il était courroucé, il s'était mis à glapir. Croyant entendre un renard, une nichée de passereaux s'envola bruyamment d'un bouquet d'arbres.

Miyuki s'inclina humblement devant Natsume, lui expliquant que chaque carpe avait besoin d'une grande quantité d'eau pure. Vingt poissons produiraient trop de déjections avec lesquelles ils risquaient de s'empoisonner. Elle ajouta que huit était un chiffre bénéfique, symbole d'abondance et de fortune.

— Ton mari, lui, en transportait pourtant bien une vingtaine, non ? Allons, je n'ai pas lancé ce nombre au hasard !

— Katsuro pouvait se charger de nasses beaucoup plus grandes que celles que je vais porter. Katsuro était un homme si fort, si résistant, ajouta-t-elle avec un sourire – sourire qui échappa au chef du village car la jeune femme était toujours inclinée, Natsume ne voyait que le sillon de sa nuque partagé par deux retombées de cheveux noirs et luisants.

Après avoir disposé une offrande de fleurs et de nourriture dans le petit sanctuaire dressé devant sa maison et qui contenait quelques modestes souvenirs de ses ancêtres et de ceux de son mari, Miyuki équilibra sur son épaule gauche la longue perche lestée de deux vasques en osier à chaque extrémité.

Alertées par le soudain balancement imprimé à la palanche, les carpes se mirent aussitôt à nager dans leur prison portative – une nage en spirale, elles se décollaient du fond, s'élevaient vers la surface en cercles concentriques, puis repiquaient vers le fond. Ce seul mouvement suffisait, en se communiquant à l'eau, à provoquer une vibration de toute la perche. Cette pulsation semblait faire naître deux notes de musique, l'une venant de l'avant du bambou, l'autre de l'arrière ; à l'instant où elles se rencontraient, précisément là où la perche pesait sur l'épaule de Miyuki, elles se fondaient l'une dans l'autre en une seule note idéale.

La moindre modification de cette onde donnerait l'alarme, signifiant que le bambou glissait d'arrière en avant, ou le contraire, alors Miyuki devrait s'empresser de le rééquilibrer.

Elle traversa le village, Natsume trottinant à ses côtés. En dépit des filets de fumée montant à la verticale des toits de chaume, les maisons étaient closes, l'esplanade et les ruelles restaient vides.

Souillée par la mort de son mari et par le fait de n'avoir pas observé scrupuleusement l'interdit qui en découlait (elle aurait dû rester recluse chez elle pendant trente jours), Miyuki ne pouvait éviter de transmettre son impureté à tous ceux qui l'approcheraient. Aussi la jeune veuve comprenait-elle que les villageois eussent choisi de l'éviter plutôt que de devoir ensuite se cloîtrer pendant plusieurs jours afin de se purifier d'une souillure inexorable – celle induite par la mort d'un être humain était l'une des plus sévères.

— À supposer que ceux du Bureau des Jardins et des Étangs te versent la somme sur laquelle je me suis entendu avec leurs envoyés, commença Natsume, et sous condition que les carpes que tu vas leur livrer soient là-bas aussi rutilantes, agiles et gracieuses qu'elles le sont ici…

— Non, non, l'interrompit Miyuki, je te l'ai déjà dit : les poissons n'arriveront pas tous en bon état à Heiankyō. Peut-être même ne pourrai-je pas en lâcher un seul dans les étangs sacrés.

Katsuro lui-même, malgré tous les soins qu'il leur prodiguait, ne perdait-il pas plusieurs carpes à chaque voyage ? Il suffisait d'un orage pour que l'eau des nasses se troublât en dégageant une odeur fétide. Les poissons descendaient alors aussi bas qu'ils pouvaient, leurs grosses lèvres molles becquetant le fond de leur prison comme pour s'y ouvrir un passage et fuir les eaux corrompues. Puis ils se mettaient à flotter sur le flanc, et c'est ainsi qu'ils mouraient.

À l'orée du village, Natsume, trop essoufflé pour continuer, s'assit sur une souche d'arbre. Du même geste qu'il avait pour chasser les mouches, il fit signe à Miyuki de s'éloigner – mais peut-être, après tout, était-ce un geste de bénédiction.

Au-delà de la dernière maison, celle qui servait de grenier collectif et n'était pas couverte de chaume mais d'écorce de cyprès, trente-six parcelles subdivisées en petits lots formaient un échiquier aux cases exiguës, chacune d'un vert plus ou moins intense selon qu'elle était consacrée à la culture du riz, du millet ou d'autres céréales. Natsume attendit que la silhouette de Miyuki eût atteint la trente-sixième case du damier et se fût fondue dans la brume qui montait en boucles des rigoles de drainage, et, alors, il quitta sa souche d'arbre et regagna le cœur du village en clamant, la voix rauque, que le sort en était jeté, que la veuve du pêcheur de carpes avait pris la route d'Heiankyō, crânement campée sur ses deux petites jambes, le bambou de sa longue perche renvoyant à chaque balancement les éclats blancs du soleil naissant.

Des râles d'eau passèrent en volant bas, poussant leur cri qui ressemblait à s'y méprendre à celui du porcelet qu'on égorge.

Comme tous les fonctionnaires importants, le directeur Nagusa Watanabe avait le privilège d'habiter Susaku Oji, l'avenue de l'Oiseau-Rouge, l'artère la plus renommée d'Heiankyō.

L'entrée principale de sa demeure s'ouvrait à l'angle des rues Tomi et Rakkaku, mais l'ensemble de la propriété – la maison et ses dépendances, le potager et surtout le jardin avec sa pièce d'eau alimentée par un canal de dérivation – donnait sur Susaku Oji. Grâce à cette disposition, Nagusa échappait au tohubohu de la grande avenue qui partageait la cité impériale en deux lobes, et à la nuée de poussière ocre qui la coiffait en permanence.

La chaussée de l'Oiseau-Rouge comportait trois voies, une pour les hommes, une pour le flot des véhicules montants et descendants, et une réservée aux femmes. Or sa maison se trouvant du côté de la voie des femmes, Nagusa était parfois contraint d'attendre avant de pouvoir traverser et rejoindre le couloir de l'allée des hommes. Ce fut le cas ce matin-là où il dut laisser passer une lente procession de femmes qui s'en allaient en cancanant rendre hommage à Ebisu, le dieu-poisson, velu, barbare et jubilatoire. Après quoi le directeur du Bureau des Jardins et des Étangs dut patienter à nouveau devant un interminable défilé de chars à bœufs qu'escortaient une cinquantaine de cavaliers.

Heureusement, Nagusa n'avait pas long à marcher sur l'avenue de l'Oiseau-Rouge avant de pénétrer par le Suzakumon, la porte du sud, à l'intérieur de l'enceinte monumentale du Grand Palais.

En plus du Palais Intérieur qui abritait le *dairi*, la résidence impériale, le Grand Palais, véritable ville dans la ville, rassemblait les bâtiments cérémoniels et les administrations directement rattachés à la personne de l'empereur, dont le Bureau des Jardins et des Étangs qui occupait un pavillon inspiré de l'architecture chinoise – un soubassement de pierres avec un escalier sur chacun de ses côtés, surmonté d'un édifice en bois entouré de piliers peints en rouge mat et coiffé d'un toit incurvé couvert de tuiles vernissées.

En réalité, le Bureau des Jardins et des Étangs n'avait plus d'existence officielle depuis 896, date à laquelle, comme le Bureau de l'Huile et celui de la Vaisselle, il avait été incorporé au Bureau de la Table de l'Empereur ; mais la fonction de directeur qui s'y rattachait avait été maintenue, et depuis un peu plus d'un siècle que le Bureau avait été absorbé, il y avait toujours eu un haut fonctionnaire du sixième rang supérieur majeur pour continuer d'exercer une souveraineté sans partage sur les fleurs, les potagers et les pièces d'eau.

Avec ses effectifs pléthoriques – quarante cuisiniers, plus le double de commis, de commissionnaires et de coursiers, sans oublier une divinité spécifique : le dieu des fourneaux –, le Bureau de la Table de l'Empereur revêtait une importance et un prestige considérables ; mais, même s'il était parfois sollicité pour préparer des offrandes à l'intention des sanctuaires, son gouverneur n'avait pas avec les dieux la même familiarité que Nagusa : les étangs faisant partie du domaine sacré des temples, le directeur du Bureau des Jardins et des Étangs était, lui, en relation étroite et constante avec les moines bouddhistes et shintoïstes qui servaient les divinités.

Courbé en avant par une douleur dorsale qui résistait à toutes les récitations de *sūtra* et même aux bains d'acore – il n'y avait qu'en présence de l'empereur que le vieil homme réussissait à se redresser sans trop grimacer –, Nagusa traversa plusieurs courettes de sable blanc et de graviers finement ratissés, semés de roches grises où rampaient des mousses. Reliées par des passages couverts, ces petites cours se ressemblaient toutes, formant une sorte de cloisonné inextricable : les murs de pisé avaient été conçus de telle façon que, lorsque le soleil était au zénith, il n'y eût plus, par déférence pour l'empereur, aucune ombre projetée sur le *dairi*, ce qui conférait à celui-ci l'allure irréelle d'un palais flottant dans le ciel éblouissant.

L'entrée dans l'automne signifiant qu'il fallait se préparer à des jours, et surtout des nuits, de froidure accentuée, l'office du Palais faisait procéder à la mise en place de grands *hibachi*[1] servant à réchauffer – en réalité à simplement dégourdir – l'atmosphère glaciale qui, durant l'hiver, allait étreindre les pavillons du Grand Palais. Nagusa devait à tout instant se ranger contre la paroi pour éviter non seulement les serviteurs qui transportaient les braseros, mais surtout les nuages de cendre et de suie qu'ils répandaient dans leur sillage.

Et c'est en s'époussetant furieusement que Nagusa entra dans la première des trois pièces attribuées au défunt mais toujours actif Bureau des Jardins et des Étangs.

Kusakabe Atsuhito, le plus jeune et le plus dévoué des six fonctionnaires qui assistaient Nagusa, se leva aussitôt et, dans le même mouvement, s'inclina profondément, transformant ainsi un simple geste de respect en une figure de danse.

C'était lors d'un banquet nocturne donné par l'empereur au Pavillon de la Bienveillance et du Bon-

---

1. Sorte de brasero composé d'un grand bol en porcelaine ou en bois, orné de peintures et/ou d'incrustations, et contenant un récipient métallique destiné à recevoir les braises.

heur que Nagusa avait été bouleversé par la grâce de Kusakabe qui, lors d'un ballet, avait interprété le rôle d'un pêcheur découvrant une robe en plumes d'une splendeur ineffable qu'une créature céleste avait oubliée sur la branche d'un pin de la plage de Miho ; et Kusakabe Atsuhito s'était montré tellement plus gracile, plus ardent et incandescent que la danseuse incarnant la princesse, que Nagusa, parce qu'il aimait la beauté sous toutes ses formes, avait illico intrigué pour le prendre comme adjoint.

— Je suis confus d'être en retard, dit Nagusa, mais il devient vraiment difficile de se déplacer à Heiankyō. De plus en plus de monde dans les rues, et de moins en moins de visages connus – certainement, il y a en ville beaucoup de gens venus d'on ne sait où et qui n'ont rien à faire chez nous, et j'ai bien l'intention d'alerter Sa Majesté sur ce point.

C'était une façon de rappeler qu'il avait toujours le privilège de pouvoir approcher l'empereur. Kusakabe ne manqua pas de s'incliner à nouveau.

— Nous avons fait pour le mieux en vous attendant, Nagusa-*sensei*[1]. Mais comme il est regrettable que vous ayez manqué la visite du prêtre du temple Rokkaku !

— Celui qui vit dans la petite cabane tout au bord de l'étang ?

---

1. Il est d'usage d'ajouter le suffixe honorifique *-sensei* à un nom de personne lorsque celle-ci est professeur, docteur, lettré, quelqu'un de haut placé au sein d'une société ou d'un groupe. Pour une personne moins importante, on emploie le suffixe *-san*.

— Précisément, confirma le jeune fonctionnaire. Il est venu se plaindre à propos de carpes que le Bureau se serait engagé à lui livrer, et dont il n'a toujours pas vu le bout du museau.

Kusakabe Atsuhito accompagna ses paroles d'une sorte de grosse moue qui, imitant les lèvres proéminentes des carpes, fit rire ses collègues et troubla le directeur plus qu'il ne l'aurait voulu.

— Quand nos émissaires sont-ils revenus du village de Shimae ? demanda Nagusa ; et comme ses subordonnés le dévisageaient sans répondre, il gronda : Qu'on ouvre les registres, voyons ! Consultez ! Cherchez ! Le saint homme de la cabane mérite une réponse !

Pour le directeur, la vie était un ensemble constitué de parcelles s'emboîtant les unes dans les autres à la façon des points d'une tapisserie. Qu'un de ces points, même infime, vienne à s'échapper du canevas, et la tapisserie se trouvait en grand péril d'être démaillée tout entière. Cette façon de voir les choses ne laissait à Nagusa aucun instant de répit : son temps était consacré à surveiller la trame, à guetter le moindre accroc.

Kusakabe fit jouer les verrous du petit cabinet latéral d'une commode en orme laqué. Il en sortit un rouleau qu'il dévida jusqu'à trouver ce qu'il cherchait :

— Voici, dit-il. Les trois émissaires ont regagné Heiankyō à la première lune du quatrième mois. Le rapport indique qu'en arrivant à Shimae ils ont appris la mort de notre fournisseur habituel de carpes, le pêcheur Katsuro ; mais le chef du village s'est engagé à ce que la veuve de ce Katsuro prenne la suite et nous livre les poissons dans un délai raisonnable.

— Raisonnable ? releva le directeur.

— Une trentaine de jours environ, voilà ce qu'ont proposé ceux de Shimae.

— La veuve a-t-elle personnellement donné son accord ou bien est-ce le chef du village qui a négocié en son nom ?

Kusakabe orienta le rouleau vers la lumière du jour et fronça le sourcil comme s'il avait du mal à déchiffrer le texte – c'était d'ailleurs le cas, le rapporteur ayant trop ouvert la pointe de son pinceau : en le conduisant jusqu'au bout de chaque caractère, il en épuisait l'encre, et le tracé s'achevait par un réseau de lignes dissociées du corps central du caractère, de plus en plus fines, de plus en plus grises, la noirceur opulente de la calligraphie ne reprenant qu'au caractère suivant.

— Le rouleau ne le dit pas, constata Kusakabe en se cassant en deux comme s'il portait la responsabilité de cette négligence.

Le directeur du Bureau des Jardins et des Étangs marqua une réprobation à peine voilée ; mais, bien sûr, elle n'était pas dirigée contre Kusakabe, et c'est sur un autre fonctionnaire qu'il posa son regard courroucé :

— Sait-on au moins combien de carpes cette veuve Katsuro est supposée nous livrer ?

— La demande du Bureau portait sur une vingtaine de poissons. À deux ou trois sujets près, c'est le nombre de carpes que le pêcheur déversait dans nos étangs à chacun de ses voyages.

— Sa femme ne l'égalera jamais, c'est une évidence. Elle doit être âgée, ne tenant plus sur ses jambes.

Tant pour marquer son mépris à l'égard de la veuve du pêcheur que pour faire circuler l'air lourd qui stagnait dans la pièce, Nagusa déplia et agita le grand éventail placé dans le repli de son manteau.

— Aussitôt qu'elle aura relâché ses misérables carpes, reprit-il, je lui ferai savoir que nous n'avons pas l'intention de renouveler notre agrément avec son village.

— Dois-je préparer un document dans ce sens, *sensei* ?

Le vieil homme confirma d'un hochement de tête. S'agissant de la résiliation d'un marché passé avec des paysans certainement trop ignares pour avoir jamais eu conscience de l'importance du Bureau des Jardins et des Étangs, Nagusa n'avait pas l'intention de s'embarrasser de convenances auxquelles, de toute façon, ces gens-là ne comprendraient rien. Aussi précisa-t-il qu'il était inutile de rédiger la dénonciation du contrat sur du *washi*[1] qui devenait de jour en jour plus dispendieux, surtout depuis que la manufacture installée sur la rivière Shikugawa produisait de

---

1. Nom spécifique du papier (*shi*) japonais (*wa*).

nouvelles spécialités de papier à partir de l'écorce du mûrier, qui donnaient des surfaces si soyeuses que les dames d'honneur de la cour impériale n'en voulaient pas d'autres pour rédiger leurs chroniques : une plaquette de bois suffirait à notifier au village de Shimae que le Bureau des Jardins et des Étangs n'avait plus besoin de ses bons offices.

— Faudra-t-il remercier pour les services rendus par le passé, *sensei* ?

Nagusa Watanabe ne répondit pas. Il avait failli hausser les épaules, mais, du coccyx aux omoplates, il avait décidément trop mal au dos.

Cette trahison de son corps l'exaspérait d'autant plus que, dans certaines conditions d'éclairage, son visage pouvait encore faire illusion, surtout grâce au plumage mousseux de ses cheveux très blancs, et, sous ses paupières en demi-lune, à son regard sans cesse en mouvement, habité par une volonté fébrile qui refusait, qui repoussait la lassitude et l'asthénie de l'âge.

Ni la famille de Katsuro, ni celle de Miyuki dont il ne restait que sa sœur et ses oncles, le reste du clan ayant été massacré lors des raids sanglants de hordes rebelles, n'étaient assez fortunées pour subvenir aux frais d'un mariage shinto – il fallait prévoir un don pour l'entretien du sanctuaire, rétribuer le prêtre et les *miko*[1] en kimono blanc et pantalon écarlate, acheter les coupes en laque rouge dans lesquelles les époux boiraient le saké doré, ainsi qu'un rameau de sasaki aux fleurs rose tendre qu'on déposerait sur l'autel pour conclure le rituel.

Katsuro et Miyuki avaient donc choisi de se marier par «intrusion nocturne», une forme d'union d'autant plus répandue qu'elle ne coûtait rien : il suffisait au prétendant de s'introduire plusieurs nuits d'affilée dans la chambre de sa «fiancée» et de s'accoupler avec elle pour que leur union devînt officielle.

---

1. Assistantes de l'officiant, gardiennes des sanctuaires shintos.

Après s'être assuré que Miyuki n'avait aucun bien-aimé déclaré, Katsuro avait abordé la jeune fille sous prétexte d'un rêve qu'il avait fait à propos d'une nasse destinée à la capture des carpes. Jusqu'alors, avait-il expliqué, il se contentait d'immerger des fagots dans les entrelacs desquels se faufilaient les carpes friandes de cachettes. Mais elles se retrouvaient alors si bien piégées que, pour les désincarcérer, le jeune homme devait détortiller ses fagots brindille après brindille, et brusquement les menues branches se désolidarisaient, s'ouvraient en éventail, et les carpes en profitaient pour s'échapper.

Miyuki n'avait pas compris en quoi elle pouvait être concernée par l'agilité des poissons fuyards et la frustration de leur pêcheur. Et ce n'est que par politesse qu'elle avait pouffé derrière ses mains ramenées en conque sur sa bouche, comme si elle n'avait rien entendu d'aussi drôle que cette histoire de carpes acharnées à recouvrer leur liberté.

Katsuro lui exposa alors l'idée qu'il avait eue d'une espèce d'entonnoir fait de joncs souples, muni d'une sorte de clapet conçu de telle façon que les poissons, une fois entrés, ne puissent plus ressortir.

— Ça devrait fonctionner, avait reconnu Miyuki en se penchant sur le plan que le jeune pêcheur avait tracé dans la poussière.

La pudeur l'obligeait à tempérer son admiration pour l'ingéniosité du piège, mais elle n'en pensait pas moins.

— Oh, je suis sûr de mon affaire ! avait repris

Katsuro. Mais tresser ce genre de nasse est un travail qui demande des doigts fins et agiles. Tu as ces
doigts-là. C'est pourquoi j'ai pensé que, peut-être,
tu accepterais de faire pour moi trois de ces nasses,
disons deux petites et une grande ?

Katsuro était bien assez habile pour natter le jonc
lui-même, mais il avait trouvé ce prétexte de s'assurer
des progrès du travail de Miyuki pour s'introduire
nuitamment chez elle.

La gestion désastreuse des finances publiques
ayant entraîné la quasi-disparition de la monnaie,
le peuple s'était rabattu sur le troc. On échangeait
des sandales en paille contre du riz, du saké contre
des liasses de papier indigo, de la viande de daim
contre des ombrelles imperméabilisées. Aussi Katsuro, en contrepartie des nasses qu'elle allait confectionner pour lui, avait-il proposé à Miyuki un peigne
laqué, neuf mesures de riz et trois des plus gros poissons qu'il arracherait à la rivière Kusagawa. Miyuki
n'avait pas hésité à accepter les conditions du marché, la transaction lui paraissant nettement à son
avantage.

On conseillait à l'homme qui s'apprêtait à pratiquer une intrusion nocturne d'être à peu près nu
lorsqu'il se glisserait dans la maison où reposait la
femme dont il désirait devenir l'époux, non pas pour
être plus vite entreprenant mais de façon à n'être pas
confondu avec une fripouille – les voleurs opéraient
en effet engoncés sous plusieurs couches de vête-

ments afin de se protéger contre d'éventuelles ros-
sées de coups de bâton.

En contrepartie de sa nudité, on préconisait également à l'amant de dissimuler son visage sous un linge
pour éviter de laisser paraître son embarras au cas
où, une fois dans la place, il serait repoussé par la
femme qu'il convoitait.

On lui recommandait enfin d'uriner sur le bas
de la porte coulissante séparant la chambre de sa
bien-aimée du reste de l'habitation, afin de lubrifier
la rainure et de l'empêcher de grincer.

Mais Katsuro n'avait que faire du bruit de la
porte : depuis la mort de ses parents, Miyuki vivait
seule dans une espèce de cabane biscornue, et tout
le monde savait combien elle espérait une visite nocturne qui la ferait officiellement reconnaître comme
épouse légitime. Bien loin de compter sur une intrusion discrète, elle rêvait au contraire de batteurs de
taiko faisant tournoyer leurs maillets pour frapper la
peau blanche de leurs tambours géants afin d'annoncer au village endormi l'irruption de Katsuro à la fois
dans sa maison et dans sa vie.

Chaque soir, elle croyait entendre le roulement
lourd, puissant et majestueux, des tambours rituels
scandant la marche de l'homme qui approchait pour
s'unir à elle. Mais ce n'était que le battement de son
cœur qu'elle prenait pour celui du *taiko* géant.

Le mariage par intrusion nocturne supposait
qu'un proche de la fiancée, le plus souvent sa mère ou

son frère, se tienne à l'entrée du logis pour renseigner le visiteur sur l'agencement de la maison et lui fournir une lanterne allumée afin de s'y diriger. Mais sachant que Miyuki n'avait plus ni frère ni mère, Katsuro se présenta muni de sa propre lanterne, un modèle en fer avec des motifs d'oiseaux. Quant à se repérer dans la maison, ça lui fut d'autant plus facile que le logis ne comportait qu'une petite salle au sol de terre battue, surmontée d'une alcôve où dormir, accolée à un débarras où cohabitaient quelques volatiles et un couple de porcs.

Il trouva Miyuki là-haut, assise sur ses talons dans l'alcôve tendue de rideaux dépareillés – n'ayant pas de quoi se procurer une quantité suffisante de la même étoffe, elle avait dû se contenter de coupons désassortis, les uns de couleur unie, les autres imprimés ou brodés de motifs symboliques.

Bien qu'il ne fît pas encore très chaud, elle ne portait ce soir-là qu'un léger *yukata* blanc sur lequel, au pochoir, étaient dessinées des branches de glycine.

— C'est moi, dit Katsuro en se prosternant. Moi, Nakamura Katsuro.

— Katsuro, répéta-t-elle. Toi qui viens du dehors, Katsuro, est-ce qu'il pleut toujours ?

Elle aurait pu le savoir rien qu'en tendant l'oreille. Mais se soucier de la pluie, n'était-ce pas une bonne entrée en matière quand on se connaissait à peine ?

Car ce qu'elle savait de Katsuro tenait en peu de mots : il avait près du double de son âge, il ne s'était encore jamais marié et il vivait de son métier de pêcheur – il en vivait même assez bien lorsque le Bureau des Jardins et des Étangs de la ville impériale lui commandait des carpes, ce qui se produisait environ deux à trois fois par an ; il jouissait alors d'une bouffée de considération de la part des habitants de Shimae, car l'économie du village dépendait en partie de la fourniture de poissons d'ornement pour les temples d'Heiankyō.

— La pluie a cessé, dit Katsuro. Mais la brume s'est levée.

Averse froide sur terre tiède, il ne pouvait en être autrement.

— J'ai honte, chuchota Miyuki, qu'il n'y ait eu personne de ma famille pour t'accueillir, pour te fournir une lanterne, tu auras dû trouver ton chemin tout seul.

Elle se désolait comme si Katsuro avait eu à se repérer dans une habitation comportant un labyrinthe de couloirs donnant accès à des pièces innombrables.

Il plissa les yeux pour mieux la voir, car, par pudeur, elle s'était écartée de la flaque de lumière jaunâtre que dispensait la lanterne. Il voulut orienter différemment l'éclairage, mais elle déroba de nouveau son visage encadré du noir brillant de ses cheveux huilés, relevés et noués d'un cordon rouge. Peu bridées, ses paupières laissaient étinceler la totalité de l'iris et de la pupille entre des cils courts et clairsemés. Une féminité pure et infantile émanait de sa peau lisse et fraîche que Miyuki ponçait à la fiente de rossignol pour la blanchir davantage.

Alors il y eut un coup de vent, et la lune montante se dégagea d'un morcellement de nuages. Elle éclairait maintenant l'alcôve. Le pêcheur souffla la lanterne devenue inutile et se coucha près de Miyuki.

Fouillant à travers les plis du kimono de Katsuro, la jeune femme dégagea des surfaces de peau nue qu'elle se mit à caresser de la pulpe des doigts, des lèvres, de la langue, du balayage de ses cheveux lisses et froids comme des plumes de corbeau. Approchant sa bouche de l'ouverture des larges manches du *haori*[1] qu'il portait sur son kimono, elle happa les doigts du pêcheur, les mordilla, les suça en les enrobant d'une salive si onctueuse qu'ils devinrent aussi glissants que s'il les avait plongés dans une coupe de miel, au point qu'il fut alors dans l'incapacité de saisir quoi que ce soit.

Et Miyuki de rire en constatant qu'elle l'avait désarmé aussi efficacement que si elle lui avait lié les mains.

Katsuro se mit à gémir tandis qu'une bosse se formait sous l'étoffe de son kimono à hauteur du sexe, bosse que Miyuki empoigna, pétrit, malaxa, écrasa, broya. Sous l'attouchement, les testicules et la verge de Katsuro ne formèrent plus qu'une seule masse qui roulait sous l'étreinte de la main. Miyuki avait l'impression de palper un petit singe qui recroquevillait ses pattes.

L'homme bascula sur le ventre, arrachant son

---

1. Sorte de veste.

sexe douloureux à la compression que lui infligeait la jeune femme. Alors celle-ci allongea ses bras et commença à ramper sur le corps de Katsuro, ses mains remontant le long du dos tandis que ses lèvres baisaient successivement le creux des genoux, les cuisses, le sillon fessier. Puis la bouche glissa par petits sursauts de vertèbre en vertèbre, jusqu'au creux de la nuque, là où perlait la sueur, où se concentrait l'émotion qui se répandait ensuite dans tout le corps du pêcheur.

Miyuki saisit son amant par les oreilles, le força à lui présenter son visage, elle souffla sur ses paupières closes, crispées, pour lui faire ouvrir les yeux, il se soumit en partie, révélant deux fentes de laque noire, alors elle lui enfonça sa langue dans le nez, insinuant dans ses narines un parfum fort, organique, salé, et il gémit une deuxième fois, ses mains prisonnières écrasées sous les genoux de Miyuki.

Elle poursuivit sa reptation sur lui. Ce fut au tour de ses seins d'effleurer le visage de Katsuro. Ils étaient petits, ronds, charnus, élastiques, ils sautillaient sur les obstacles du menton, du nez, des arcades sourcilières du pêcheur, ouvrant de légers sillons dans sa chevelure, comme la course des lièvres à travers les champs de millet.

Puis ce fut la toison un peu rêche qui vint râper la poitrine, et le sexe aux lèvres ouvertes qui coulissa sur le visage de l'homme, l'engluant de baumes chauds, gras et musqués.

Il gémit une troisième fois tandis que Miyuki, dont

une mèche de cheveux s'était défaite – elle la happa, la retint entre ses dents à la manière des courtisanes –, écartait plus largement ses cuisses et s'empalait sur le nez de Katsuro. Au contact de ce pistil de chair tiède, des larmes de cyprine apparurent sur les petites lèvres du sexe de la jeune femme, glissèrent sur les joues du pêcheur, se prirent dans les poils de sa barbe, son visage s'étoila et se mit à étinceler comme lorsqu'il traversait le rideau d'écume de la cascade du déversoir de Shūzenji.

Plus tard, ils se lavèrent de leurs moiteurs, se récurèrent, se purifièrent en se douchant à l'aide de seaux d'eau mis à tiédir sur la cendre chaude du foyer, se frottant l'un l'autre avec des pierres ponces, leurs peaux rougissaient, ils riaient.

Juste avant l'aube, comme le voulait la coutume, Katsuro quitta la maison de Miyuki.

Plusieurs nuits de suite, à l'insu des villageois, le pêcheur s'introduisit chez la jeune femme. Il la comblait de caresses, en recevait d'elle, Miyuki était experte en attouchements prodigués avec la bouche et la langue, tandis que Katsuro possédait des doigts dont chacun, à force d'avoir noué des fils de pêche, semblait doué d'une vie propre et prodigieuse. Puis il s'éclipsait sans avoir été vu de personne.

Jusqu'au jour où sa mine brouillée, ses yeux rougis, ses gestes ralentis et sa propension à s'assoupir n'importe où et n'importe quand, alertèrent d'autres pêcheurs qui s'en ouvrirent à Natsume.

Après s'être incliné devant le chef du village, Yagoro, maître des esturgeons qui hantaient les rivières depuis cent quarante millions d'années au même titre que Katsuro était le maître des carpes, prit la parole :

— Le voilà devenu pareil à un spectre, se lamenta-t-il. Son teint a de plus en plus la couleur de la cendre, le dessous de ses yeux est cramoisi comme la prune, et, quand on le rencontre au matin, son haleine est forte comme celle d'un homme à la bouche sèche, un homme épuisé, vidé de sa substance.

— Les spectres sont la part sombre de notre âme, remarqua Natsume. C'est peut-être pour ça que celle-ci se cache dans le *shirikodama*[1] : les fantômes y sont à leur affaire, dans la noirceur et la pestilence.

— Pour moi, dit Akinaru, le meilleur pêcheur d'anguilles de tout le bassin de la Kusagawa, je n'ai jamais réussi à trouver mon *shirikodama*. Je n'ai rien du tout à cet endroit-là, rien qu'un trou puant.

— Mais je ne crois pas que Katsuro se soit métamorphosé en spectre, poursuivit Natsume,

---

1. Folklore japonais. Le *shirikodama* serait une boule enfouie dans la chair à proximité de l'anus des êtres humains, et que convoitent les *kappa*, petits démons aquatiques des fleuves et des lacs. Pour s'emparer du *shirikodama* d'un homme, le *kappa* cherche d'abord à noyer sa victime avant de lui déchirer le rectum.

indifférent aux démêlés d'Akinaru avec son *shirikodama*.

— Ah non ? fit Yagoro. Alors, comment expliques-tu qu'il ait tellement changé, et surtout si vite ?

— À peine le temps d'une lune, appuya Akinaru.

— L'un de vous l'a-t-il suivi ? s'enquit Natsume.

— Le suivre où ça ? Il n'est pratiquement pas sorti de chez lui depuis que la Kusagawa est en crue et toute boueuse – les carpes n'aiment pas ça, et Katsuro non plus.

— Et la nuit ?

— La nuit ?...

— Eh ! fit Natsume en plissant les yeux d'un air malicieux, suppose que Katsuro soit amoureux ?

Akinaru et Yagoro échangèrent un regard. Ils étaient deux hommes âgés, désormais. Voilà longtemps qu'ils ne pensaient plus à l'amour. La troisième épouse de Yagoro lui avait été enlevée lors d'une incursion de pirates, et Akinaru avait perdu son pénis suite à la morsure d'un silure. L'idée que Katsuro puisse courir sous la lune en quête d'une femme en chaleur ne les avait pas effleurés, et elle continua de leur paraître incongrue même après que le chef du village en personne l'eut émise.

À défaut d'être célébré selon le rituel shinto et de donner lieu à des réjouissances, le mariage de Katsuro et de Miyuki fut donc simplement entériné par la communauté de Shimae.

Miyuki n'apporta aucune dot, mais, conformément aux usages, elle se chargea de l'entretien de Katsuro : ce fut elle, désormais, qui lui fournit ses vêtements, prépara ses repas, cultiva leurs deux parcelles de rizière et prit soin de ses apparaux de pêche.

Tout de suite ce fut la forêt. Les volutes grises du brouillard matinal s'accrochaient aux ronces et aux arbustes dont les rameaux piquetés de fleurs d'un blanc cireux évoquaient des parterres de petites bougies votives. On entendait le bruit furtif des daims cheminant dans la pénombre et le grincement de leurs dents sur les écorces qu'ils rongeaient à même le tronc des frênes.

Le soleil montant se divisait en autant de lames tièdes qui caressaient la nuque et les épaules de Miyuki.

Constitué d'une terre couleur de cendre, le sentier que suivait la jeune femme formait une sorte de banquette légèrement surélevée par rapport à une cicatrice sinueuse – sans doute le lit d'un ancien torrent dont les sécheresses de l'été avaient eu raison. Curieusement, malgré l'absence d'eau, de nombreuses libellules folâtraient au-dessus des colonies de bambous nains, signe que des flaques résiduelles subsistaient peut-être sous quelques pierres.

Des racines noueuses avaient grossièrement cousu la sente d'un bord à l'autre du torrent disparu. Craignant de s'y prendre les pieds et de perdre l'équilibre, Miyuki progressait à tout petits pas, le regard fixé sur les affleurements, le front incliné, cassée en deux comme ce condamné à la cangue qui avait un jour traversé Shimae, le cou pris dans un lourd plateau de bois qui l'empêchait de s'étendre et de porter les mains à son visage où pullulaient les mouches attirées par le larmoiement de ses yeux. Miyuki avait fait partie des quelques femmes compatissantes qui avaient introduit des boulettes de riz dans sa bouche affamée d'où s'écoulait une écume fétide.

Si elle ne pouvait plus se prétendre l'épouse de Katsuro, du moins Miyuki demeurait-elle une femme de Shimae. C'était l'identité sous laquelle elle allait continuer à vivre, en société comme en privé.

Et de même qu'elle avait accompli scrupuleusement tout ce qui était prescrit pour assurer le passage de Katsuro vers l'autre monde, de même espérait-elle que les habitants de Shimae, quand son tour serait venu de mourir, suspendraient leurs travaux pour célébrer le rituel des morts et l'accompagner jusqu'aux lisières de l'Au-Delà – la réalité de cet Au-Delà ne les préoccupant d'ailleurs pas davantage qu'elle ne tracassait Miyuki.

Mais, à présent, le mince fil invisible qui reliait encore Miyuki à Shimae se faisait plus ténu, plus fragile à chaque pas qui éloignait la jeune femme de son village. Elle n'était qu'au commencement de son voyage, et pourtant il lui semblait que certains aspects de Shimae s'effaçaient déjà de sa mémoire. La variété des couleurs, surtout, s'estompait au profit de vastes aplats monochromes, comme si les images de son passé immédiat étaient noyées sous des brumes rampantes, érodées par des coulées de sables mouvants. L'odeur verte et humide des rizières, odeur de frais végétal mouillé et de terre saturée d'eau, et celle, duveteuse, ouatée, de la vapeur du riz cuit s'échappant en buée des maisons, la fumée grise montant des bouses, le rouge vernissé des pruniers après la pluie d'automne –, elle pouvait les identifier, les décrire, mais ils n'étaient plus pour elle que des évocations immatérielles, des simulacres.

Ce qui subsistait de Katsuro – son esprit, son âme, son fantôme – était-il responsable de cet engourdissement de la mémoire de Miyuki ? Croyait-il la protéger ainsi contre une sorte de nostalgie qui risquait de lui faire perdre la combativité dont elle avait besoin pour mener les carpes jusqu'aux étangs des temples d'Heiankyō ?

Que ce soit en public ou dans l'intimité, Katsuro avait toujours fait en sorte de parler et d'agir pour eux deux. Si bien que l'essentiel de la vie de Miyuki s'était résumé à attendre l'homme qui l'avait épousée. Comme la plupart des femmes de Shimae, elle se levait tôt pour assurer les tâches ménagères qui l'occupaient jusqu'à la fin de l'heure du Cheval[1]. Elle se consacrait ensuite au vivier, soignant et nourrissant les carpes que Katsuro y élevait, réparant les parties du bassin fragilisées par un excès de soleil ou de froidure.

Les jours de forte chaleur, elle permettait au petit Hakuba, le fils du potier, de venir se rafraîchir dans le bassin ; en échange, le garçon apportait de l'argile particulièrement souple et de bonne tenue dont il enduisait les parois du vivier pour en renforcer l'étanchéité. Hakuba était encore trop malingre pour se mesurer à la Kusagawa, mais son aisance parmi les poissons du bassin, ses gestes pour les flatter, les caresser, avaient séduit Katsuro qui voyait en lui un successeur possible – si du moins le Bureau des Jardins et des Étangs lui gardait sa clientèle. Un jour, les mains d'Hakuba seraient assez grandes, et ses doigts assez longs, pour lui permettre de les arrondir autour du corps d'une carpe afin de la faire passer en douceur d'un habitat à un autre. Ce jour-là, Katsuro lui ferait boire sa première coupe de saké – et le pêcheur et sa femme finiraient le flacon tout en parlant du jeune Hakuba comme s'il était leur fils.

Lorsque le soir tombait, Miyuki se postait au seuil de sa maison, accroupie sur les talons, le regard fixé sur l'extrémité de la ruelle par laquelle Katsuro remontait de la rivière.

Aussitôt qu'elle reconnaissait la silhouette de son

---

1. De onze heures à treize heures.

mari, sa démarche d'une souplesse animale qui lui permettait de maintenir ses paniers remplis de poissons en parfait équilibre, Miyuki se relevait, secouait la poussière qui avait profité de sa longue immobilité pour poudrer son vêtement, elle laissait d'abord ses lèvres s'écarter largement, joyeusement, puis elle rétrécissait son sourire (il n'aurait pas été convenable, en plein cœur du village, d'exhiber ses dents, ses gencives) et se contentait d'offrir à Katsuro la vision de sa bouche à peine entrouverte mais appétissante comme un fruit tendre et juteux.

Les premiers jours furent exténuants. En plus d'une progression rendue difficile par la forêt détrempée et sa végétation brouillonne, serrée, à travers laquelle le jour peinait, Miyuki devait subir sur ses épaules l'écrasement de la palanche. La meurtrissure était d'autant plus pénible que les oscillations du long bambou étaient imprévisibles : alors même que la jeune femme croyait avoir enfin équilibré sa charge et soulagé la pression sur ses épaules et contre sa nuque, elle devait adopter une nouvelle posture pour gravir un raidillon ou, au contraire, suivre une dénivellation en freinant des talons. Le balancement des nasses et le jeu de la pesanteur faisaient alors glisser la perche vers l'avant ou vers l'arrière, les nœuds du bambou lui éraflant la peau jusqu'au sang.

Elle marchait ainsi jusqu'à ce que la visibilité soit si réduite que les arbres autour d'elle se confondaient en une muraille obscure et sans faille.

Lorsque l'obscurité envahissait le sous-bois et lui dissimulait de possibles obstacles, Miyuki se sentait de plus en plus anxieuse à l'idée de trébucher, de tomber et de perdre ses poissons. Les carpes étaient assez luisantes pour qu'elle puisse espérer les repérer si elles se tortillaient sur l'humus, mais à quoi bon les remettre dans leurs nacelles si celles-ci, en chutant, avaient perdu toute leur eau ?

Il ne resterait plus alors à la jeune femme qu'à abréger leur agonie.

Lorsqu'il était contraint, pour une raison ou pour une autre, d'achever une de ses carpes, et pour peu que celle-ci ne soit pas trop grosse, Katsuro lui enfonçait un doigt dans la gueule et poussait d'un coup sec, ce qui avait pour effet de briser net la nuque du poisson. Mais Miyuki n'était pas certaine de se montrer aussi adroite que son mari, sans compter qu'elle n'avait pas des doigts aussi longs que ceux de Katsuro. Elle se dit qu'elle ferait décidément aussi bien d'être attentive à ne pas engager ses socques dans l'orifice de quelque terrier de *tanuki*[1] ou entre deux racines tapies dans la nuit.

Comme elle poursuivait sa route en levant haut les genoux pour enjamber des obstacles qui n'existaient

---

1. Mammifère dont l'aspect rappelle à la fois le raton laveur, le chien et l'ourson. Censé pouvoir se métamorphoser en à peu près n'importe quoi, ce petit animal facétieux, réputé grand amateur de saké, est le héros de nombreuses légendes nippones.

sans doute que dans son imagination, les carpes s'éveillèrent à leur vie nocturne.

À force de les observer tant dans leur habitat naturel qu'en captivité, Katsuro avait appris beaucoup sur leur comportement et avait transmis ses connaissances à Miyuki. Celle-ci savait que ce poisson se nourrissait de préférence au crépuscule. Partisane du moindre effort, la carpe se gave de proies animales ou végétales qu'elle débusque en fouissant la vase juste à l'aplomb de son nez ; mais elle est trop flegmatique pour poursuivre la pupe d'insecte ou la petite algue qu'un sursaut du courant vient d'éloigner de ses barbillons : un ver de vase perdu, dix de retrouvés, parole de carpe.

Des arbres dont Miyuki frottait les écorces en se faufilant entre eux tombaient quantité de minuscules larves d'insectes xylophages qui, après noyade, s'agglutinaient sur le fond des nacelles. Les carpes ne pouvaient rêver menu plus gourmand, d'autant que Miyuki l'améliorait encore en dilacérant dans l'eau des épinards et des feuilles de nénuphar qu'elle avait fait pocher avant de quitter Shimae, et en ajoutant de l'ail frais moulu dont Katsuro avait cru remarquer qu'il augmentait la vitalité et la résistance de ses poissons.

Frétillant de tous leurs barbillons, le museau dans la vase dont la jeune femme avait généreusement garni leurs nacelles, les poissons festoyaient. Miyuki ne pouvait les voir, mais elle sentait le long bambou vibrer sous leurs coups de boutoir et elle percevait le bruit de l'eau froissée par l'ondulation rapide des nageoires pectorales et le mouvement de balancier, plus mesuré, de leurs queues aux rayons largement déployés.

Comme le crépuscule s'assombrissait et qu'il commençait à pleuvoir, Miyuki dédia la joie des carpes à la mémoire de Katsuro.

Il faisait tout à fait nuit quand la femme du pêcheur sortit enfin de la forêt.

Devant elle s'étendait un espace tapissé d'aiguilles de pin, de pelures d'écorce, de mousses mortes, de sédiments gris-bleu, qui faisait ressembler ce glacis à une laisse de basse mer.

À peine la jeune femme eut-elle quitté la protection des grands arbres qu'elle se sentit directement agressée par l'averse. Celle-ci semblait l'avoir choisie pour cible, car, pour autant qu'elle pouvait en juger à travers ses yeux noyés de pluie, le déluge n'était pas aussi violent à un pas devant elle ; mais il suffisait que Miyuki franchisse ce pas pour que la giboulée redouble d'intensité et se maintienne à la verticale au-dessus d'elle, lui flagellant la nuque de ses tentacules d'eau glacée.

Perturbés par le tambourinage de la pluie et les soufflées de vent qui retroussaient l'eau de leurs prisons, les poissons se tassèrent sur le mince fond de vase. Allongés flanc contre flanc, ils faisaient tourner leurs grands yeux aux iris jaunes parsemés de points noirs, manifestement contrariés de devoir suspendre leurs agapes – on était trois jours avant la nouvelle lune, la période où la carpe est la plus gloutonne.

Après avoir escaladé un raidillon, Miyuki discerna sur sa droite, au-delà d'une haie de cornouillers, une maisonnette de bois gris dont la toiture d'épais faisceaux de paille de riz était piquetée d'iris sauvages, de sédums et de touffes de fétuques. Derrière les rares fenêtres en papier translucide palpitaient les lueurs jaunes de lampes à huile.

La Cabane de la Juste Rétribution – c'était le nom de l'établissement – était-elle une des auberges qu'affectionnait Katsuro ?

Miyuki avait espéré faire halte dans une auberge où il aurait laissé un assez bon souvenir pour que le patron, qui était aussi souvent l'administrateur d'un monastère proche (on entendait justement sonner une cloche dans la brume), se montrât assez charitable pour offrir à la jeune veuve un bol de riz et une nuit au sec et à l'abri.

Et même si la clientèle de Katsuro ne lui avait valu aucun privilège, la jeune femme aurait tenu pour un heureux présage de passer quelques heures dans une auberge où son mari s'était restauré, où il s'était endormi, où peut-être il avait ri pendant son sommeil – le pêcheur rêvait parfois qu'il pouvait voler, il lui suffisait d'étendre les bras pour éprouver sous ses mains la résistance élastique de l'air, et alors il n'avait plus qu'à s'appuyer dessus pour s'élever au-dessus du monde, se propulser de toit en toit dans un contentement parfait, et il riait comme un enfant.

Pour atteindre La Cabane de la Juste Rétribution, Miyuki dut s'engager dans un chemin creux, glissant, qui contournait un vaste étang envahi par les lotus. Quelques barques amarrées à de grosses pierres permettaient une traversée plus directe, mais Miyuki ne se voyait pas manœuvrer au milieu des lotus qui recouvraient presque toute la surface de l'eau. Qu'arriverait-il si sa perche se prenait dans l'écheveau de leurs racines charnues, ramifiées, emmêlées les unes aux autres ? Et si les carpes, sentant l'odeur doucereuse et rampante de l'étang, s'agitaient alors au point de sauter hors de leurs nacelles ? Glauque à la lumière du jour, la pièce d'eau s'était assombrie avec la nuit, elle était à présent vitreuse, noire et dense comme de l'encre de calligraphie.

Comme la plupart des auberges, La Cabane de la Juste Rétribution était longue et étroite, la partie dédiée à l'activité commerciale située sur le devant et les pièces d'habitation groupées sur l'arrière.

Au milieu du couloir qui la traversait de part en part, la cuisine matérialisait la charnière entre les deux territoires. Deux femmes y étaient occupées à préparer de quoi restaurer les voyageurs que l'auberge accueillerait ce soir-là. Elles sortirent sur le seuil de leur appentis pour regarder ce que Miyuki transportait. Lorsqu'elles virent les carpes, elles se mirent à se trémousser en poussant des sortes de jappements, et la plus âgée des deux s'empara d'un couteau dont elle fit mine d'aiguiser le fil sur une pierre bleue.

— Non, non, s'interposa vivement Miyuki, vous ne devez pas les toucher : ces poissons ne sont pas destinés à être mangés. Je les conduis à Heiankyō pour servir d'ornements dans les étangs des temples. Je voyage pour le compte du directeur Nagusa-*sensei*, du Bureau des Jardins et des Étangs.

En prononçant le nom de Nagusa, Miyuki s'inclina aussi bas que le lui permettait sa longue et encombrante perche de bambou. La cuisinière âgée et son aide en firent autant.

— Je me rappelle avoir déjà préparé un repas – des champignons, je m'en souviens parfaitement – pour un homme qui, lui aussi, portait des poissons aux temples de la ville impériale.

— C'était mon époux, devina Miyuki. C'était Katsuro.

Elle avait été exaucée. Le hasard l'avait menée jusqu'à cette auberge où Katsuro s'était reposé. Peut-être ses rêves hantaient-ils encore les lieux.

Une source chaude jaillissait sous l'auberge. L'eau fumante remplissait une vasque naturelle avant de s'écouler à travers une palissade de roches volcaniques lisses et grises, jusqu'à rejoindre un torrent qui courait en parallèle au bassin. Plusieurs moines étaient déjà immergés dans l'eau chaude, leurs faces rondes et inexpressives tournées vers le jardin de l'auberge.

Akiyoshi Sadako, l'*okamisan*[1] responsable des lieux, ne manqua pas de proposer à Miyuki de rejoindre les religieux et de se délasser des fatigues du voyage en prenant un bain.

Malgré le bien-être que ça lui aurait procuré, Miyuki déclina l'offre : la vue de la vieille cuisinière qui aiguisait son couteau en lorgnant vers les nacelles suffisait à la persuader que tant que durerait son voyage, il était préférable qu'elle ne se sépare de ses carpes sous aucun prétexte.

Ayant appris que des pirates hantaient la région, la gérante suggéra à Miyuki de se joindre aux religieux qui prévoyaient de quitter l'auberge de très bonne heure le lendemain matin pour gagner l'île d'Enoshima.

— Vous pouvez cheminer sous leur protection jusqu'à l'embouchure du Katasegawa où vous prendrez la route d'Heiankyō. Il vous suffira alors de vous mêler à un groupe de pèlerins.

— Les moines s'attendront à ce que je leur verse une obole pour m'avoir escortée. Mais je n'ai rien qu'un peu de riz saumuré, en quantité juste suffisante pour avoir la force de porter la palanche jusqu'au bout du voyage.

— Oh, je suis sûre qu'ils accepteraient d'être

---

1. Gérante, gestionnaire, hôtesse.

rétribués par… eh bien, ce sont avant tout des hommes et… certainement, vous comprenez ce que je veux dire…

La bouche légèrement entrouverte, Miyuki dévisageait l'*okamisan*.

— N'êtes-vous pas une empileuse de riz ? s'informa cette dernière.

Et comme Miyuki se taisait toujours, elle ajouta en pouffant discrètement :

— Ignorez-vous vraiment ce qu'est une empileuse de riz ?

— Bien sûr que non, se cabra Miyuki, nous avons des rizières à Shimae, notre riz est abondant, très savoureux, et même si je suis – je veux dire *si j'étais* – davantage occupée par les pêches de mon époux, le bassin à tenir propre, les poissons à soigner, j'ai souvent pilé le riz. Et je n'ai jamais caché mes aisselles aux autres femmes, ajouta-t-elle pour signifier qu'elle ne ménageait pas sa peine pour lever haut le pilon, bien assez haut pour révéler le dessous de ses bras.

— Ici, corrigea la gérante, les empileuses ne décortiquent pas le riz. En vérité, le riz n'a aucune part dans leur travail. Si nous les appelons ainsi, c'est parce que leur ouvrage consiste à faire coulisser entre leurs mains réunies certaines tiges de chair qui, d'une certaine façon, peuvent faire songer à des pilons…

Akiyoshi Sadako s'interrompit le temps d'un sourire, laissant ses paupières retomber pudiquement.

Miyuki, elle aussi, ferma les yeux, se demandant si les doigts d'une empileuse de riz avaient jamais attouché, cajolé, pétri le sexe turgescent et brûlant de Katsuro. Bien sûr que oui, pensa-t-elle. Quand il revenait de la cité impériale, Katsuro avait sur lui de quoi appointer généreusement quelques empileuses de riz pendant plusieurs nuits d'affilée. La Cabane de la Juste Rétribution portait bien son nom.

— Eh bien, comprenez-vous enfin ?

— Oh oui, souffla Miyuki. Oui, mais…

— … mais vous n'êtes pas une de ces prostituées, bien sûr. Dommage, car si tel était le cas, on vous ferait le meilleur accueil. Moi-même, je ne vous aurais rien compté pour la nuit que vous allez passer sous ce toit.

Akiyoshi Sadako entraîna Miyuki à travers un univers de grilles et de claies de bois, de papiers huilés, de rideaux, de stores baissés derrière lesquels on entendait la pluie crépiter sur le jardin et, dans l'intervalle entre deux ondées, le chant des grillons.

Miyuki mettait ses pas dans ceux, trottinants et rapides, de l'*okamisan*, attentive à ne pas renverser une goutte d'eau de ses nacelles.

À un moment, franchissant un seuil, elle buta sur quelque chose de mou. C'était une robe de jeune fille, *kazami* de soie grège, recroquevillée sur elle-même à la façon d'un petit animal harassé. Les socques de Miyuki s'y empêtrèrent comme si, après avoir claqué haut et clair sur une surface pavée, elles s'enlisaient brusquement dans un trou glaiseux. Entraînée vers l'avant, la jeune femme s'agrippa d'instinct à sa palanche, donnant à celle-ci une impulsion qui fit osciller les baquets. Une carpe, à cet instant, remontait en surface. Entraînée par le balancement de l'eau, elle passa par-dessus bord, tomba sur le plancher avec un bruit flasque qui fut aussitôt suivi d'une folle tambourinade – terrorisé, le poisson frappait le sol de la partie postérieure de son corps, cherchant à se donner l'élan nécessaire pour sauter assez haut et réintégrer sa nacelle.

Puis la carpe se raidit et cessa de lutter.

— Non ! gémit Miyuki. Ne sois pas morte, je t'en prie, je t'en conjure par Ebisu, le dieu des pêcheurs !

— Ebisu tient une dorade serrée contre lui, rappela la gérante, quelquefois c'est un thon, quelquefois une morue ou un bar, mais sans vouloir vous décourager, je n'ai jamais entendu dire que ce grassouillet d'Ebisu pouvait s'intéresser à une carpe.

Les pupilles de Miyuki devinrent ténébreuses et mouillées comme deux petits poissons noirs désespérés.

— Ne pleurez pas, reprit l'*okamisan*, rien n'est encore perdu. Mais Ebisu, en plus de son obésité, a la réputation d'être sourd des deux oreilles, aussi faut-il faire pas mal de tapage si on veut qu'il réagisse.

Et Akiyoshi Sadako se mit à frapper violemment le sol de ses socques.

Est-ce l'ébranlement du plancher qui persuada Ebisu ? Toujours est-il que la vibration des lattes de chêne arracha la carpe à la léthargie mortelle où elle s'enfonçait. Elle recommença à se cintrer et à battre

84

de la queue et des nageoires. Aussitôt Miyuki fit de ses mains une coquille qu'elle glissa sous le ventre du poisson, soulevant celui-ci pour le déposer délicatement sur le lit d'argile humide tout au fond de la nacelle.

— Les carpes ferment-elles leurs yeux pour dormir ? s'enquit Akiyoshi Sadako.

Miyuki émit un petit rire. Cette question l'avait beaucoup préoccupée au début de son mariage avec Katsuro. Elle aurait pu lui demander ce qu'il en était, et sans doute lui aurait-il volontiers enseigné ce qu'il savait des carpes, mais elle avait eu peur de passer à ses yeux pour une de ces femmes nigaudes qui ne connaissent rien des choses de la vie – certes, les carpes ne font pas à proprement parler partie des choses de la vie, du moins des choses courantes, et des milliers et des milliers de gens meurent sans avoir jamais aperçu un seul de ces poissons, sans même avoir déchiffré les traits de pinceau par lesquels on écrit leur nom, mais le pêcheur Katsuro n'était pas comme ces milliers et ces milliers de gens, rien ne lui était plus familier que les carpes, au point qu'il avait parfois l'impression que le cœur qui battait dans sa poitrine devait avoir la forme, le volume, la chair d'un de ces poissons.

Miyuki se rappelait les nuits de Shimae où, des heures durant, elle se tenait accroupie au bord du bassin, profitant des reflets de la lune pour observer les carpes qui se laissaient flotter entre deux eaux.

— En vérité, Sadako-*san*, ces poissons n'ayant

pas de paupières, comment pourraient-ils fermer les yeux ?

Elle-même possédait des paupières, et celles-ci se faisaient de plus en plus lourdes. Elle avala une soupe de *taro*[1] brûlante pendant que l'*okamisan* disposait un matelas de paille sur le sol du dortoir des femmes, une pièce feutrée à la surface volontairement réduite par le jeu des légères cloisons coulissantes.

— Je vous propose de dormir à l'aplomb de la fenêtre, dit Akiyoshi Sadako. Nous l'appelons la fenêtre de l'éclairement spirituel.

L'*okamisan* désignait le cercle parfait d'une lucarne ronde disposée à mi-hauteur du mur donnant sur le jardin, un mur dont le papier était devenu assez poreux pour laisser passer l'odeur des végétaux sous la pluie.

Pour la première fois depuis l'aube, Miyuki put enfin soulager ses épaules de la pesanteur et du frottement du bambou.

Tout en regardant Akiyoshi Sadako déplier et installer sa couche, la jeune femme songeait qu'elle n'avait encore jamais passé la nuit hors de chez elle, dans un lieu étranger. Malgré sa fatigue, elle n'était pas certaine de trouver facilement le sommeil. Elle comptait sur la contemplation de la course lente de la lune et des étoiles à travers le papier huilé obturant la fenêtre pour s'apaiser.

---

1. Tubercule alimentaire.

À quoi pouvait bien songer Katsuro, se demanda-t-elle, quand il s'allongeait sur sa couche ? Repassait-il dans sa tête les événements de la journée, ou bien se projetait-il déjà dans la suite des jours ? Lorsqu'il approchait du terme de son périple sur la route d'Heiankyō, mesurait-il le temps qui le séparait encore de Miyuki avec la même impatience qu'elle le décomptait elle-même, jusqu'à, quelquefois, en perdre le souffle ? Ou bien s'en revenait-il sans trop de hâte, un sourire nostalgique aux lèvres, se remémorant les bons moments passés avec les empileuses de riz ?

Oh ! pourquoi ne se hâtait-il pas de rentrer, pourquoi restait-il à traîner dans ses rêveries ? En quoi les femmes de divertissement des auberges pouvaient-elles le combler mieux que Miyuki ? Elle ne lui avait jamais rien refusé, aucune pratique, aucune position, aucune caresse. Il suffisait qu'il revienne d'Heiankyō, épuisé et grelottant sous son vieux manteau de paille dont l'imperméabilité n'était plus qu'un souvenir, pour rapporter de nouvelles, de surprenantes, de mirifiques idées de pratiques amoureuses.

N'ayant rien d'autre à lui offrir, elle acceptait des étreintes qui l'écartelaient, la broyaient, des échanges de fluides qui parfois la répugnaient.

Cette nuit-là, comme les nuages de pluie avaient fini par envahir le ciel nocturne, privant Miyuki de pouvoir observer la lune, la jeune femme se coucha sur le côté et glissa une main entre ses cuisses. De l'autre main, elle saisit sa langue, la pinça entre ses doigts pour la tirer hors de sa bouche aussi loin qu'elle le pouvait, puis elle l'entoura de sa main en fourreau et la caressa comme s'il se fût agi du sexe chaud et mouillé de Katsuro.

Tout en équilibrant la perche de bambou sur son épaule douloureuse, Miyuki défila devant les hommes affalés dans le couloir de l'auberge.

Ils dormaient tout habillés, le menton retombé sur la poitrine, les cuisses écartées, leurs bras courtauds faisant office de béquilles pour empêcher leurs gros corps de hannetons de basculer sur le côté. La plupart portaient des casques en forme de bol constitués de plaques réunies par des rivets. Certains des casques s'agrémentaient d'ailettes de métal destinées à dévier les coups de sabre latéraux, mais, à voir les cicatrices rougeâtres qui boursouflaient les visages, ces protubérances étaient plus ornementales que réellement efficaces. Au sommet du bol était disposée une ouverture circulaire par où passait la longue chevelure du *bushi*[1].

Car voici ce qu'ils étaient : de rustiques bushis, des bushis des campagnes pelées, des forêts maigres, des

---

1. Guerrier. Des *bushi* naîtront les samouraïs.

rizières terreuses, qui avaient abandonné leurs landes ingrates pour se louer à des paysans plus chanceux, plus fortunés qu'eux.

Leurs yeux restaient invisibles derrière la visière qui se retroussait juste assez pour empêcher la pluie ou les éclaboussures de sang de venir brouiller leur vision.

Se faufilant par la porte d'entrée mal fermée, la brume matinale qui montait de l'étang avait peu à peu envahi le corridor. Mais elle n'était pas assez dense pour empêcher Miyuki de reconnaître Akiyoshi Sadako qui se déplaçait sur ses genoux, allant d'un guerrier à l'autre, secouant légèrement chacun d'eux pour le réveiller.

Les bushis répondaient par des grognements, par des gifles qu'ils lançaient au hasard. Frappée au visage, Sadako roulait parfois sur elle-même comme un hérisson. Quand elle se relevait, le bas de son visage était rose d'un mélange de sang et de bave.

Tout en s'essuyant du revers de sa manche, l'*okamisan* expliqua que ces hommes défendaient les domaines, la famille et la personne de Yasukuni Masahide, un riche propriétaire terrien des environs, qui avait déjà été plusieurs fois victime d'un raid des pirates infestant la Mer intérieure de Seto. La Cabane de la Juste Rétribution appartenant à cet homme, elle se trouvait automatiquement placée sous la protection de ses bushis.

Or au cours de cette nuit, poursuivit Sadako, aux

environs de l'heure du Tigre[1], quelques pirates montés sur des radeaux de joncs avaient traversé l'étang pour s'approcher de l'auberge. Mais avant qu'ils aient pu lancer leur assaut, les bushis avaient surgi de la forêt pour les repousser.

Les flèches avaient volé, tournoyé les lames des *katana*.

L'affrontement avait vite tourné à l'exécution en règle, les assaillants perdant neuf des leurs dont les têtes avaient roulé parmi les roseaux de l'étang. Et la bande s'était enfuie sans demander son reste.

Après quoi, bien sûr, les bushis avaient bu pour célébrer leur victoire, et à présent ils étaient ivres morts ; leurs entrailles se vidaient à leur insu, et une odeur d'excréments flottait dans la demeure, brassée par le léger courant d'air qui circulait sous le chaume du toit.

— De tout cela, dit Miyuki, je n'ai rien entendu.

— Sans doute étiez-vous trop éreintée par votre voyage. Au contraire de ce qu'on croit, la fatigue n'endort pas seulement les membres. Les sens aussi perdent de leurs facultés. La langue ne frétillant plus tout autant dans la bouche, elle peut ignorer certaines saveurs – nous avons reçu ici un marchand de chevaux dans un état d'épuisement tel qu'il n'était plus capable de différencier la suavité de l'amertume.

» Quant aux yeux surmenés, ils n'ont plus assez de

---

1. De trois heures à cinq heures du matin.

vigueur pour tourner sur eux-mêmes et regarder de tous côtés, ils ne voient que droit devant eux comme ces guerriers qui, ayant mal ajusté leur casque, sont privés de vision latérale.

» L'odorat n'est pas épargné. Lorsque la respiration ralentit sous l'effet d'une extrême faiblesse, les soupirs de langueur nous font rejeter l'air presque aussi vite que nous l'avons inspiré, et nous voilà incapables de jouir de toutes ces humeurs volatiles dont il s'est chargé. J'ai connu une femme, parvenue au terme de son existence il est vrai, dame Akazome Rinshi, à ce point affaiblie qu'elle ne respirait plus qu'avec la plus extrême parcimonie, ce qui fait que les parois de ses narines s'étaient peu à peu rapprochées jusqu'à combler leurs orifices à la façon des escargots qui scellent leur coquille quand le vent tourne à l'aigre. Elle a péri dans l'incendie de sa demeure, la pauvre dame, faute d'avoir pu déceler à temps l'odeur de la fumée. Et pourquoi en irait-il autrement pour vos oreilles, pourquoi la prostration les aurait-elle épargnées ?

Du même ton doux et sentencieux dont elle venait d'user pour lui détailler les effets de la fatigue, l'*okamisan* rappela à Miyuki sa proposition de rejoindre le fleuve Katasegawa en compagnie des moines du pèlerinage d'Enoshima.

Mais en dépit des risques qu'elle prenait à voyager sans escorte dans une région où rôdaient des pirates dont la férocité devait être exacerbée par la défaite qu'ils avaient subie durant la nuit, la jeune femme persista à décliner l'offre. Même s'ils ne lui comptaient pas leur protection, les religieux risquaient de la retarder en s'arrêtant devant chaque *hokora*[1] du bord du chemin, au pied de chaque arbre, de chaque rocher, de chaque source, de chaque terrier de renard qu'ils soupçonneraient d'être le sanctuaire d'un *kami*. Huit cent mille dieux régnant alors sur le Japon, même une humble sandale en paille de riz abandonnée sur le bord du chemin pouvait être la demeure d'un esprit.

Akiyoshi Sadako n'insista pas. Elle remercia Miyuki de s'être arrêtée à La Cabane de la Juste Rétribution. Mains plaquées sur les genoux, le regard baissé, elle s'inclina en se cassant à partir de la taille et garda cette position pendant quelques instants.

Personne ne l'ayant jamais saluée de la sorte, Miyuki, troublée, hésita sur la conduite à tenir. Comme l'*okamisan*, après s'être redressée, se pliait à nouveau devant elle, Miyuki se prosterna à son tour.

Autant le salut de Sadako était souple et gracieux, autant le sien lui parut raide et emprunté. Mais la gérante de l'auberge n'avait pas l'épaule sciée par une perche de bambou lestée à chaque extrémité par des nacelles lourdes du poids des carpes, de celui de la glaise qui les tapissait, et de la quantité d'eau qu'elles contenaient.

Puisant dans la liasse dont l'avait pourvue

---

1. Sanctuaire miniature dédié à un *kami*.

Natsume en vue de ses frais de route, Miyuki tendit alors un billet à ordre :

— Négociable dans n'importe quel entrepôt de riz, précisa-t-elle.

Mais Akiyoshi Sadako, multipliant de nouveau les prosternations (cette fois, elle alla presque jusqu'à toucher le sol de son front), refusa d'être payée : même s'il avait échoué, l'assaut des pirates représentait un grave préjudice à l'encontre de ses clients, une atteinte à la quiétude dont étaient supposés jouir les voyageurs qui faisaient halte à La Cabane de la Juste Rétribution et dont l'*okamisan* et son personnel – qui se limitait à la vieille cuisinière et à un serviteur chargé de l'entretien du jardin et de l'étang – étaient les garants. La cuisinière et cet homme à tout faire ayant été tués lors de l'assaut donné par les pirates, il revenait à Akiyoshi Sadako d'assumer seule la responsabilité du dérangement dont avaient souffert ses hôtes.

Miyuki quitta l'auberge par le chemin creux qui longeait l'étang aux lotus. Elle profita du voisinage du petit lac pour renouveler en partie l'eau des carpes.

Alors qu'elle s'apprêtait à relever les nacelles remplies de liquide chargé d'animalcules et de débris végétaux, elle vit soudain se dresser devant elle, dans la lumière humide et grise de l'aube, la silhouette d'une créature disproportionnée : un corps gonflé d'importance, prolongé par des membres grêles, et qui semblait enveloppé dans un ample manteau blanc et noir que la créature ne cessait d'ouvrir et de refermer comme pour ventiler sa poitrine.

Le visage, si tant est qu'on pût appeler ainsi cette figure froncée, étroite, piquée de deux yeux marron et coiffée d'une sorte de calotte rouge et grenue, oscillait au sommet d'un cou interminable semblable à un long bras malingre soutenant la tête de la créature.

C'est en constatant l'affolement de ses carpes que Miyuki prit conscience que cet être qui, au propre comme au figuré, la regardait de haut, n'appartenait pas au genre humain.

Les poissons, eux, avaient aussitôt reconnu une grande grue blanche, et ils s'étaient mis à tourner en rond dans leurs baquets, queues et nageoires battant la surface pour faire mousser l'eau et brouiller ainsi la vision du prédateur.

Miyuki n'avait jamais vu de grues autrement qu'en vol, lorsqu'elles traversaient très haut le ciel de Shimae en poussant leurs vocalises si pénétrantes qu'on les percevait longtemps avant que les oiseaux ne soient visibles. Leur passage était réputé apporter bonheur, prospérité, longévité. Les villageois sortaient sur le seuil de leur maison et, tout en psalmodiant des prières, ils suivaient des yeux les grues jusqu'à ce que leur blancheur se perde dans celle des nuages.

Le premier réflexe de la jeune femme fut de protéger ses carpes contre l'échassier qui, d'évidence, caressait le projet de planter son bec couleur de corne dans la chair des poissons. Les rémiges de l'oiseau vibraient de désir tandis que sa gorge modulait des sifflements, des bourdonnements, des crépitements.

Miyuki se souvint du récit que lui avait fait Katsuro – dont les mains en tremblaient encore – d'un semblant de duel qui l'avait opposé à un couple de grues alors qu'il s'apprêtait à lâcher dans l'étang d'un petit sanctuaire shinto de la province de Harima, au bord de la Mer intérieure, trois carpes récusées par le Bureau des Jardins et des Étangs qui ne les avait pas jugées dignes des temples d'Heiankyō. Les grands oiseaux avaient entamé ce que Katsuro avait d'abord cru être une danse nuptiale. Il s'était d'autant moins méfié que les grues restaient à distance. En réalité, elles n'avaient pas besoin d'approcher leur adversaire : il leur suffisait d'allonger le cou pour le frapper du bec, ou de déployer leurs ailes immenses pour le souffleter sans s'exposer à ses ripostes.

La grue qui faisait face à Miyuki n'en était pas encore à prendre une posture d'attaque. Si elle avait su lire dans ses petits yeux, Miyuki aurait pu constater que l'oiseau blanc, plutôt que de l'agresser, cherchait un moyen de la contourner pour avoir accès aux poissons. D'où ce récital de cris suraigus dont la grue, tête rejetée en arrière et bec pointé vers le ciel, devait penser qu'ils étaient assez affolants pour persuader la jeune femme de déguerpir en abandonnant ses carpes.

Mais constatant que sa tentative d'intimidation

n'avait pas l'effet escompté, l'oiseau se mit à tourner autour de Miyuki, les ailes grandes ouvertes, faisant alterner bonds saccadés et départs de course.

Cette sorte de danse rappelait à la femme du pêcheur les enfants de Shimae quand ils animaient des ombres chinoises, les soirs de pleine lune, sur les murs extérieurs des maisons du village : les enfants et l'oiseau participaient de la même grâce innée en même temps que de la même incohérence, les enfants ne sachant pas pourquoi ils projetaient la silhouette d'un bœuf après celle d'un rat, et le volatile alternant sans raison les postures hostiles avec des figures engageantes et charmeuses.

Miyuki allait battre en retraite lorsqu'une autre grue surgit dans son dos.

Celle-ci planait sans bruit au ras des roseaux, le cou droit et tendu vers l'avant, ses longues échasses allongées en arrière du corps. Puis, prêts à crocher le sol, des sortes de doigts noirs et griffus apparurent au bout de ses pattes tandis que ses ailes, se soulevant en voûte comme des voiles gonflées de vent, ralentissaient son vol.

À peine l'oiseau se fut-il posé avec un cri claironnant et eut-il replié ses ailes que la première grue, se désintéressant de Miyuki, accueillit sa congénère avec des salutations faites de génuflexions, de pas de côté, de sautillements, d'élongation des rémiges et de claquements de bec. À quoi la nouvelle arrivante répondit par des courbettes exécutées avec les pattes pliées et les ailes relevées, de gracieux bonds en l'air, s'arrêtant pour prendre dans son bec des morceaux de bois mort qu'elle lançait au ciel.

Leur sarabande était si folle, si embrouillée leur calligraphie noire et blanche, que Miyuki vit l'instant où elle ne serait plus en mesure de protéger ses carpes. Déjà, la danse des grues occupait un territoire dont la jeune femme allait être bientôt exclue.

Elle décida alors de danser, elle aussi.

Elle n'avait pas la prétention de s'identifier aux oiseaux magnifiques – malgré sa jeunesse, elle se savait tellement plus gauche, plus pataude, plus engourdie –, mais seulement de se glisser dans leur farandole avec l'espoir de rester ainsi à proximité de ses carpes et de pouvoir mieux les défendre.

Faisant lentement rouler la perche de bambou dans son dos, depuis sa nuque jusqu'à sa ceinture, Miyuki fit descendre les nacelles jusqu'à ce qu'elles touchent terre. Puis, les bras étendus, le cou arqué, poussant des cris de trompette enrouée, elle se mit à bondir à son tour, passant et repassant au-dessus de ses vasques comme pour signifier aux deux grues que c'était là son territoire et son bien.

L'étrange caquetage et les postures syncopées de la jeune femme déconcertèrent les oiseaux. Ils avaient commencé par l'ignorer, voyant en elle un de ces êtres avec lesquels leur peuplade n'entretenait que des rapports distendus, sauf dans les palais d'Heiankyō où des dames de l'entourage de l'empereur tentaient de former des grues captives à singer les pas de danse que pratiquaient les humains, tandis

qu'au contraire les *ninchō*[1] initiaient de jeunes danseuses à reproduire la gestuelle et les attitudes hié-
ratiques des grues. Mais après le ballet que Miyuki
venait d'improviser, les grues, un peu étourdies,
ne savaient plus trop à quel règne elle appartenait :
pouvait-elle être un volatile, un volatile déplumé,
disgracieux, nauséabond, mais un volatile quand
même ?

Il existait un moyen de le savoir : si cette créature
avait la capacité de voler, alors, sans être parfaitement
une grue (et elle était très loin d'en être une, et pas
seulement par l'absence d'un bec long et pointu), elle
appartenait au règne des oiseaux.

Les deux grues se mirent soudain à courir en
battant des ailes. Elles atteignirent rapidement une
vitesse suffisante pour qu'une ultime poussée de
leurs ailes leur permette de prendre leur envol. Cou
et pattes tendus à l'horizontale, elles s'allongèrent,
rémiges contre rémiges, se laissant emporter sur un
fluide invisible et moelleux.

Miyuki les suivit avec envie, mais des yeux seulement : aux quarante-cinq kilos de pesanteur humaine
qui la rivaient au sol s'ajoutait le poids de l'eau et des
carpes.

Après un signe d'adieu aux grues, elle se courba
pour relever sa perche de bambou, l'équilibra en travers de ses épaules et s'éloigna.

---

1. Officiant dirigeant des danses exécutées en présence de
l'empereur lors d'un rituel lié au culte des ancêtres.

La dernière vision qu'elle emporta de La Cabane de la Juste Rétribution fut celle de deux sphères d'un rose soutenu flottant sur l'étang et s'entrechoquant avec le bruit feutré de la balle en peau de daim que les joueurs de *kemari*, à l'aide de leurs seuls pieds, s'efforcent de maintenir en l'air le plus longtemps possible.

Ces boules racornies n'étaient autres que les têtes décapitées de la cuisinière et de l'homme de peine, qui roulaient doucement sur elles-mêmes au milieu des lotus.

Miyuki se demanda si Akiyoshi Sadako savait que les crânes de ses serviteurs flottaient sur l'étang. Il était malsain, pensait-elle, de les laisser tremper dans une eau qu'ils allaient nécessairement profaner, et avec elle la chaussée des lotus, et tous les poissons, et la multitude des insectes aquatiques, les larves de phryganes et de libellules, les punaises d'eau, les gerris, les dytiques, les notonectes et autres ranatres linéaires. Bien sûr, Miyuki ne connaissait pas leurs vrais noms, pour elle c'étaient simplement des petites bêtes, mais Katsuro en rapportait souvent à la maison, involontairement bien sûr, prisonniers des plis de son vêtement ; les soirs d'été, quand il faisait trop chaud pour dormir, le pêcheur et sa femme se divertissaient à les voir nager sur l'eau du bassin. Lorsque la lune s'y mirait, ils misaient sur telle ou telle bestiole, pariant qu'elle serait la première à atteindre le reflet de l'astre. Ils appelaient cela le jeu de la princesse. En effet, une nuit qu'il se trouvait à Heiankyō et qu'il longeait l'enceinte du Palais impérial, Katsuro avait entendu la voix d'une courtisane qui chantait l'histoire de la princesse Kaguya[1], une habitante de la lune que son père avait envoyée sur la terre pour la mettre à l'abri d'une guerre qui faisait rage dans le ciel. Kaguya s'était retrouvée cachée dans le cœur d'un bambou. Un vieux paysan qui vivait de la récolte des bambous avait coupé celui dans lequel la princesse, sous l'apparence d'un bébé de la grosseur d'un petit doigt, attendait d'être recueillie. Après bien des mésaventures, et non sans avoir fait le bonheur du vieux paysan et de sa femme, Kaguya avait pu regagner sa lune natale – et c'était ce retour que symbolisaient les insectes nageant par saccades vers le reflet de la pleine lune.

Le cœur au bord des lèvres, se rètenant de trembler pour ne pas agiter les nacelles et perturber ses carpes dont la nage heurtée prouvait qu'elles n'étaient pas encore remises de la terreur que leur avait inspirée le couple de grues, Miyuki s'obligea à repêcher les têtes coupées.

Craignant d'affronter le regard coagulé de leurs yeux restés ouverts, elle tenta de les faire pivoter sur elles-mêmes de façon à ne voir que les nuques. Mais les têtes flottant comme des ballons, la moindre impulsion leur faisait faire plusieurs tours sur elles-mêmes. Et avec une ironie affreuse, les regards vides

---

1. D'après *Taketori no monogatari*, conte anonyme japonais du IXe siècle.

revenaient systématiquement s'arrêter face à Miyuki. Après plusieurs tentatives infructueuses, la jeune femme se contenta de détourner son propre regard et, tâtonnant à la façon d'une aveugle, elle réussit à saisir les deux têtes par leur chevelure et à les sortir de l'étang.

Elles dégageaient une odeur nauséabonde, conséquence de leur barbotage dans l'eau fade et des bactéries qui avaient commencé à les dégrader. Cette puanteur imprégna les doigts de Miyuki qui, se penchant sur l'etang, arracha quelques lotus dont elle pressa les tiges pour en recueillir la sève odorante et s'en frotter les mains.

C'est au terme de cette nouvelle journée qu'elle s'engagea sur le sentier qui, sinuant à travers une alternance de forêts de cèdres et de bambouseraies, s'élevait vers un des points culminants de la chaîne des Kii.

Elle ignorait le nom de ce sommet, ce pouvait être tout aussi bien le mont Shakka, le mont Ōdaigahara ou le Sanjō, mais, au fond, peu lui importait de savoir comment s'appelait la montagne : elle suivait en cela la manière de Katsuro qui refusait d'encombrer sa mémoire de noms de lieux et se contentait de retenir ce qui était véritablement utile à son voyage, c'est-à-dire le nom des auberges ainsi que telle ou telle particularité du paysage qui lui évitait de s'égarer et de tourner en rond si d'aventure il était pris par les brumes.

C'est ainsi que Miyuki concentra toute son attention sur les passages où l'odeur de soufre des sources chaudes se faisait plus prononcée. Pour mieux se repérer, elle en notait mentalement l'intensité et l'associait à un élément sonore tel que le grondement d'un torrent ou les cris des groupes de macaques qui se réchauffaient en s'immergeant dans les bassins où fumaient les eaux thermales : en cas de survenue d'un épais brouillard, il lui suffirait de se laisser guider par les glapissements des singes ou la course précipitée du torrent pour retrouver les émanations de telle ou telle source et réussir ainsi à se situer dans l'immensité de la montagne.

À l'aller comme au retour, le franchissement des Kii était la partie du trajet que Katsuro appréhendait le plus. Non pas tant à cause de l'effort physique qu'imposait l'ascension qu'en raison des innombrables pèlerins qui encombraient ces sentiers d'altitude qui menaient aux sanctuaires sacrés de Kumano. Le pêcheur n'avait rien contre les dévots, sinon qu'ils marchaient en grappes épaisses et occupaient la partie la plus praticable du chemin, celle dallée de grosses pierres qui se chevauchaient, comme si d'aller à la rencontre des dieux leur donnait des prérogatives sur les autres usagers de l'étroite chaussée. En s'éreintant à transporter son lot de carpes destinées à des temples où priaient l'empereur et sa cour, Katsuro ne méritait-il pas lui aussi le haut du pavé ?

La concentration des pèlerins apporta à Miyuki un sentiment de sécurité. Après les événements qui avaient ensanglanté La Cabane de la Juste Rétribution, elle se sentait protégée au milieu de cette longue file d'hommes et de femmes qui, sans la gratifier d'aucun regard ni lui prêter la moindre attention, faisaient d'elle une des mailles de leur tresse. Pour préserver ses nacelles du flot heurté des marcheurs, elle avait eu plusieurs fois la tentation de s'extraire de la colonne, de prendre la tangente en montant sur les bas-côtés, mais les flancs du chemin étaient trop incurvés, leurs dalles disposées en écailles usées par le frottement des centaines de sandales de paille des pèlerins étaient devenues glissantes comme des plaques de glace et ramenaient inexorablement les marcheurs dans le sillon central.

Miyuki était rassurée par les relents un peu âcres qui émanaient du rassemblement des dévots, ils lui rappelaient l'odeur de Katsuro quand il remontait de la rivière, se secouant pour chasser la sueur qui coulait sur son visage et assombrissait son *kosode*[1] à hauteur des aisselles. Heureuse de cette occasion de se remémorer son mari, elle se laissait bercer par le bruit de fond de la foule, un piétinement ponctué d'onomatopées, d'interjections où dominait la rondeur appuyée des *ō*, où les *k* claquaient comme des becs de cigogne.

Elle qui ne savait rien du monde au-delà de son village était étourdie par tous les vêtements chinés

---

1. D'abord sous-vêtement, il devint peu à peu, à l'exemple de nos T-shirts auxquels il ressemble, un vêtement simple à porter, adopté par le peuple pour presque toutes les circonstances de la vie quotidienne.

brun et vert, par l'écarlate des pantalons bouffants noués aux chevilles, les vestes de dessous teintes au bois de sappan, les robes mauves, jaunes, prune, les tuniques feuille tendre, ces étoffes soyeuses frémissant au moindre souffle d'air, ou au contraire raides et luisantes, comme enduites de cire, donnant l'illusion d'un coffret à bijoux qu'on aurait ouvert et renversé du haut de la montagne, et dont les multiples joyaux dévaleraient la pente.

Les sommets émergeaient des torsades de vapeur nées du contact de la rosée matinale avec le sol attiédi par le réseau souterrain des eaux chaudes qu'on entendait gargouiller sous la terre.

Il n'y avait aucune parcelle de son village, même insignifiante, que Miyuki n'ait foulée à plusieurs reprises. Contrairement à cette montagne des Kii et à tous les paysages qu'elle avait traversés depuis qu'elle s'était mise en route, Shimae lui était si familier qu'elle se sentait dans chaque recoin chez elle, aucune ruelle, aucun auvent de chaume, aucun champ de radis blancs ou de céleris d'eau, aucun jardin de ronces à mûres, aucune rizière ne lui était étrangère, si bien que lorsque Katsuro, le soir venu, lui demandait ce qu'elle avait fait de sa journée, c'est en toute sincérité qu'elle lui répondait qu'elle n'avait pas bougé, alors qu'en réalité elle n'avait pas cessé d'aller et venir.

À Shimae, tout était *là*, il n'existait pas de *là-bas*.

Tandis que, sur la montagne, elle n'avait aucun

repère, rien ne lui était familier à l'exception de ses
évocations de Katsuro, ou du moins de son fantôme
– car c'était bien d'un fantôme qu'il s'agissait, ce
Katsuro de ses réminiscences n'avait aucune consistance, aucune vie propre, Miyuki manipulait son
image sur le sentier de pèlerinage de la même façon
que ces petites mouches noires, ou au contraire très
lumineuses, qui quelquefois s'incrustaient dans son
champ de vision, et qu'elle faisait virevolter à volonté
par de simples mouvements des yeux.

En passant près d'une source, Miyuki changea
l'eau des nacelles.

Lorsqu'il racontait ses voyages vers Heiankyō,
Katsuro ne manquait pas d'insister sur le soin qu'il
apportait au renouvellement de l'eau ; car les poissons, déjà perturbés par l'exiguïté et le mouvement
de balancier de leur prison, souffraient de l'engourdissement et du réchauffement du liquide dans lequel
ils étaient confinés.

Mais quand Miyuki eut remplacé l'eau vieillis-
sante, ses carpes se comportèrent alors de façon très
étrange ; elles se mirent à tourner en rond, se heurtant comme si elles étaient ivres ou aveugles.

Miyuki se rappela alors que seule l'eau des rivières
et des étangs convenait aux carpes, celle des sources
inconnues était trop imprévisible, chargée de substances indécelables qui pouvaient agir comme de terribles poisons.

La jeune femme s'assit sur une souche et, plongeant la main dans les vasques, elle effleura doucement, du bout des doigts, le dos et le flanc des poissons, les caressant dans l'espoir de les apaiser.

De lourdes nuées se rassemblaient dans le ciel, se soudant les unes aux autres.

Les pèlerins continuaient de défiler, pressant le pas. Deux d'entre eux s'étaient arrêtés non loin de Miyuki pour soulager leur vessie. Ils étaient âgés et le froid de la montagne avait engourdi leurs doigts noueux, de sorte qu'ils n'en finissaient pas de dénouer leurs culottes de soie rouge, tout en évoquant la proximité d'un sanctuaire où il ferait bon s'abriter si le temps devenait vraiment menaçant.

L'un des pisseurs, qui avait le visage étroit et long, et des lèvres épaisses et noirâtres qui le faisaient ressembler à un cheval, sourit à la jeune femme :

— Voulez-vous venir avec nous ? proposa-t-il. Nous allons passer la nuit dans un sanctuaire. Ses moines sont des bouddhistes, mais ils vénèrent aussi les *kami*. Et ils n'ont aucun mépris pour les femmes.

— D'ailleurs, fit remarquer son compagnon, les trois premières personnes qui quittèrent le monde profane pour se faire bouddhistes n'étaient-elles pas des femmes ?

— Possible, dit Miyuki. Moi, je n'en sais rien.

— Nous intercéderons pour vous et, certainement, nous n'aurons aucune difficulté à vous faire admettre.

— Et puis, insista l'homme-cheval en jetant un regard sur les nacelles où les carpes continuaient de mener leur sarabande, nous pourrions porter votre charge – il n'y a pas très loin d'ici au sanctuaire, mais la route est de plus en plus raide.

— Merci, dit Miyuki, mais j'ai pris l'engagement de ne pas m'en séparer.

S'aidant mutuellement, les deux hommes avaient enfin réussi à se défaire de leurs culottes. Aussitôt leurs urines jaillirent, jaunes et drues, moussant et s'étalant sur les dalles comme deux petits torrents qui se confondent. La terre les but aussitôt, ne laissant subsister de la miction que de légères fumerolles de vapeur. Avec des grognements de satisfaction, l'homme-cheval et son compagnon se rhabillèrent.

Si Miyuki ne comptait pas sur la pluie pour renouveler entièrement l'eau des nacelles, du moins espérait-elle qu'elle contribuerait à diluer les particules nocives à l'origine de la fébrilité des carpes. Mais les nuages, de plus en plus massifs, présentaient des lividités violacées qui présageaient bien plus qu'une simple averse, et la jeune femme craignit soudain d'exposer ses poissons à cet autre traumatisme que n'allait pas manquer de provoquer le martèlement de gouttes énormes.

Les pèlerins réitérèrent leur proposition de l'escorter jusqu'au sanctuaire bouddhiste.

L'idée de se mettre à l'abri était tentante, mais Miyuki voulait se réserver la liberté de passer son chemin si, pour une raison ou pour une autre, l'endroit ne lui plaisait pas. Elle revoyait les moues de Katsuro, sa façon de froncer les sourcils quand il évoquait ses nuits dans certains temples, notamment ceux où les moines, sous prétexte d'éducation, choyaient de jeunes garçons. Le pêcheur ne s'offusquait pas des relations ambiguës que les moines entretenaient avec ces adolescents, mais il déplorait que les religieux, tout à leur dévotion envers les jeunes gens, n'accordent pas aux hôtes de passage l'attention et les soins que ceux-ci espéraient trouver : les novices étaient gavés de gâteaux de riz gluant pilé et de glace râpée parfumée au sirop de canne à sucre noir, tandis que les voyageurs devaient se contenter de légumes sommairement épluchés et bouillis.

— Je suis forcée de marcher lentement à cause des poissons, expliqua Miyuki aux pèlerins. Allez devant, je vous rejoindrai.

Elle se laissa distancer par l'homme-cheval et son compagnon. Au début, ils se retournaient de temps en temps pour s'assurer qu'elle les suivait, l'encourageant à grand renfort de gestes, mais, au bout d'un moment, ils poursuivirent leur chemin sans plus se soucier d'elle.

Miyuki fut bientôt seule. De longues effilochées de nuages se prenaient dans le lacis des pins. Et quand le ciel fut tombé comme un couvercle, la lumière déclina au point que la jeune femme, qui s'était assise sur une souche à proximité d'une lanterne de pierre, eut l'impression qu'il faisait déjà nuit.

Des animaux se mirent à crier dans le sous-bois. Les singes étaient les plus bruyants. Miyuki se demanda si les bêtes appelaient la pluie ou si, par leur vacarme, elles cherchaient au contraire à l'intimider pour mieux la repousser.

L'orage éclata. Bref mais violent. Pendant un temps, on n'entendit que le vacarme des gouttes froides flagellant la forêt. Le chemin se transforma en torrent.

Lorsque la lune se leva au-dessus des vallées, disparaissant puis réapparaissant derrière la dentelure des monts selon la fuite des nuages, Miyuki vit enfin se profiler le sanctuaire que lui avaient indiqué les pèlerins.

C'était un temple de dimensions modestes près duquel coulait une source, un petit temple noirâtre ramassé sur lui-même, à l'est d'un village à flanc de montagne, dans un bois de cèdres dont l'odeur sèche, un peu camphrée, contrastait avec la senteur sucrée, si plaisante, de la forêt après la pluie.

Trois ou quatre silhouettes trapues sortirent du temple et se mirent à sautiller parmi les cèdres. C'étaient des enfants moines portant des torches dont ils se servaient pour allumer les lanternes de pierre qui hérissaient le sous-bois. Chaque fois qu'ils se penchaient sur une lanterne, les manches de leur habit s'écartaient de leur abdomen comme les élytres des lucioles auxquelles les faisaient ressembler ces lumières qu'ils promenaient entre les arbres.

Miyuki n'avait plus revu de lucioles depuis cette nuit de printemps où Katsuro l'avait autorisée à le suivre jusqu'à la Kusagawa. Alors qu'on approchait de la rivière, quelques petites étincelles d'un vert brillant s'étaient mises à folâtrer autour du pêcheur et de sa femme. Et puis les lucioles s'étaient multipliées, de plus en plus nombreuses à chaque pas, jusqu'à former des nuages de lumière. Au bord de la rivière, elles etaient des milliers à scintiller sur l'herbe mouillée, à brasiller dans les buissons. Leurs lueurs fraîches pulsaient en rythme, comme animées par un même cœur battant. Miyuki ne se rappelait pas avoir jamais rien vu d'aussi beau. Katsuro lui avait expliqué que les lucioles personnifiaient la brièveté de l'existence, car, parvenues au stade adulte, il ne leur restait plus que trois ou quatre semaines à vivre – et cette longévité était l'apanage des seules femelles, les mâles, eux, expirant plus vite encore.

— Katsuro, avait demandé Miyuki, est-ce que toi aussi tu penses mourir avant moi ?

— Oh, bien sûr, avait répondu le pêcheur d'un ton égal. De même que mon père est mort avant ma mère. C'est dans la logique des choses, non ?

Alors, faisant des moulinets avec ses bras, Miyuki s'était mise à le gifler.

— Notre logique n'est pas la logique des lucioles ! grondait-elle en lui assénant de grandes claques qui faisaient plus de bruit que de mal.

Il avait ri. Puis il avait saisi dans ses mains celles de sa femme, les avait calmées en les caressant de la pulpe du pouce, comme il faisait quand il capturait un oiseau affolé.

— Ni la logique des lucioles ni celle des hommes : il n'y a pas de logique du tout, Miyuki, pas de logique, pas de dieux, le hasard fait tout, et il le fait bien.

Le pêcheur avait ajouté que, pour la plupart des gens, les lucioles étaient une des ultimes manifestations de l'âme des morts avant que celle-ci n'aille se perdre dans le monde des trépassés, la preuve de l'obstination des défunts à s'accrocher à n'importe quelle forme de vie, fût-ce celle d'une éphémère mouche à feu. Lui, Katsuro, ne croyait pas à ces sornettes. D'un geste vif, il avait alors capturé un des insectes et l'avait mis sous le nez de Miyuki : dans le creux de la main du pêcheur, la luciole avait cessé de luire, elle était redevenue une bestiole noirâtre et cartonneuse. Tellement rigide qu'elle aurait pu tout aussi bien être morte.

Les moinillons ne gambadaient pas au hasard comme Miyuki l'avait cru tout d'abord. En les observant mieux, elle vit qu'ils transmettaient le feu de leurs torches à certaines lanternes et qu'ils en délaissaient d'autres. En s'approchant, la jeune femme comprit que celles qu'ils négligeaient n'étaient pas des lanternes mais des pierres tombales, des centaines de stèles que des générations de dévots avaient érigées sur la pente de la montagne.

Il arrivait que certains temples primitifs et rustiques, mais bénéficiant d'un environnement favorable, finissent par attirer d'autres moines errants qui s'y fixaient pour un temps, les élargissaient, les embellissaient, les magnifiaient jusqu'à les doter parfois d'un *sōrin*[1] ou de reliefs en bois coloré.

C'était le cas du temple devant lequel se trouvait à présent Miyuki.

Il était dédié au bouddha Fudo Myōō dit l'Immuable, l'Inébranlable que rien ne pouvait émouvoir, protecteur au visage courroucé entouré d'une aura de feu. De ses lèvres épaisses roulées en une éternelle moue de colère saillaient deux canines recourbées, la droite dirigée vers le ciel comme une invitation à s'élever, la gauche pointant vers le bas pour stigmatiser les maux nés des illusions.

Parce qu'il voyait chaque chose telle qu'elle était vraiment, Fudo Myōō n'était sensible ni aux hésitations, ni au doute, ni à la confusion : au contraire d'un fétu de paille comme Miyuki, le bouddha Fudo était d'une force irrésistible, il balayait tout sur son passage, rien ne pouvait l'arrêter. Sa capacité à concentrer en un instant toute sa détermination dans les plis de son front charnu, dans les craquelures de ses sourcils, les pattes-d'oie de ses yeux proéminents, les sillons de la racine de son nez épaté, sans parler de ses deux crocs qui se gainaient de bave filante à la

---

1. Flèche de pierre, de bois ou de bronze, divisée en plusieurs parties symboliques, érigée au sommet d'une pagode japonaise.

moindre bouffée de contrariété, suffisait à dissuader n'importe quel adversaire de le défier.

Fudo Myōō était réputé guider les âmes des défunts et présider, au bénéfice de leur éternité, une cérémonie qui devait se tenir sept jours après la mort. Joignant les mains et s'inclinant devant la statue jusqu'à presque toucher le sol de son front, Miyuki présenta au bouddha ses excuses pour n'avoir pas respecté le rituel des sept jours lors de la mort de son mari ; en raison des préparatifs de son voyage à Heiankyō, elle n'avait plus su où donner de la tête, mais puisque Fudo Myōō veillait sur l'immense foule des trépassés, peut-être consentirait-il malgré tout à bénir et protéger l'âme de Katsuro ?

À cet instant, un singe qui se balançait dans les frondaisons au-dessus de Miyuki fit craquer une branche. La jeune femme releva la tête et, dans le mouvement qu'elle fit, un parfum inattendu frappa ses narines.

L'odeur, fraîche et sombre, un composé de pinède, de menthe poivrée et de racine d'iris, provenait d'une cavité oblongue qui s'ouvrait à environ deux mètres cinquante du sol dans le tronc d'un sugi[1] plusieurs fois centenaire.

Après avoir calé ses vasques contre une souche, Miyuki se haussa autant qu'elle put et réussit à plonger une main dans l'anfractuosité aux bordures gommeuses, bombées et lisses comme les lèvres

---

1. *Cryptomeria japonica.*

d'une cicatrice. Ses doigts rencontrèrent un amas de feuilles qui avaient appartenu au vieil arbre. C'étaient elles, bien sûr, qui dégageaient cette exhalaison forte et délicieuse qui l'avait presque étourdie ; pourtant, Miyuki ne put s'empêcher de penser que l'odeur qui s'échappait de l'arbre et s'étendait sur elle comme un léger voile était la réponse de Fudo Myōō à la prière qu'elle lui avait adressée de veiller sur l'âme de Katsuro.

Alors, rassérénée, elle assura la perche de bambou en travers de ses épaules et se dirigea vers le sanctuaire.

Celui-ci se composait de deux édifices reliés par une longue galerie en L couverte d'écorce de cyprès.

Légèrement en retrait, une maison des pèlerins offrait un réfectoire et un dortoir collectif. Miyuki y retrouva l'homme-cheval et son compagnon qui dînaient d'herbes et de plantes sauvages des montagnes. Elle trottina jusqu'à leur table basse et s'inclina.

— Je me doutais bien que vous ne resteriez pas toute seule. La montagne, la pluie et la nuit, ça ne vaut rien à une jeune dame. Au fait, se présenta l'homme-cheval, je m'appelle Akïto.

— Et je suis Genkishi, dit son compagnon de voyage. Posez-vous là, ajouta-t-il en s'écartant pour faire une place à Miyuki.

Celle-ci s'assit sur ses talons entre les deux

hommes. Akïto promenait autour de lui un regard perplexe.

— Mais dites, *ojōsan*[1], je ne vois pas vos poissons ?…

— Oh, fit Miyuki, j'ai pensé qu'il valait mieux les laisser dans la pénombre du dortoir plutôt que de les exposer à la cupidité des convives. Ce sont de belles carpes bien dodues, elles pourraient exciter certains appétits.

— Comme vous êtes méfiante ! sourit Genkishi. Vous veillez sur elles comme sur un trésor. Ce ne sont pourtant que des poissons. Les rivières en regorgent, par ici. Qu'est-ce donc qui distingue les vôtres ?

— Rien, sinon que c'est mon mari qui les a sorties de la rivière Kusagawa. Katsuro était le meilleur pêcheur de carpes de la province de Shimotsuke. Je ne veux pas dire le plus habile, car il n'y a guère de mérite à capturer des poissons plutôt placides. Mais le regard de Katsuro fendait comme une lame la profondeur des eaux, il voyait à travers le limon, il pressentait ce qu'il y avait dessous les pierres, il les retournait par la pensée pour débusquer la carpe qu'il désirait, et c'était bien celle qu'il attrapait, oui, celle-là et pas une autre. J'ai vu Katsuro revenir de la rivière fourbu, boueux, ruisselant, et quelquefois sanglant, mais jamais déçu par sa pêche, ah ! çà non. Ces carpes qui voyagent avec moi sont ses dernières captures. Après quoi, il a quitté ce monde.

---

1. Demoiselle.

Et Miyuki leur relata la mort de Katsuro, une mort sans témoins mais qu'elle avait imaginée à partir des quelques indices retrouvés par les villageois sur les bords de la Kusagawa – les longues griffures dont les mains du pêcheur avaient strié la glaise à l'endroit où il s'était noyé, les traces de sa reptation, les affaissements de la berge quand il s'était débattu pour échapper à la succion de la boue, et quelques plumes d'un héron blanc, symbole paradoxal de longue vie.

Miyuki ne se souvenait pas d'avoir jamais aligné autant de phrases à la suite, surtout devant des inconnus. Si elle avait dû parler d'elle, elle n'aurait certainement rien trouvé à dire ; mais il s'agissait de Katsuro, et les mots lui venaient naturellement, ils se rassemblaient et frétillaient dans sa bouche à la façon des alevins quand ils ne sont encore que de petites aiguilles.

Les deux pèlerins échangèrent un regard et émirent des bruits de gorge comme s'ils étouffaient une toux. Cet enrouement de circonstance manifestait leur soudaine méfiance à l'égard de Miyuki : elle racontait bien, certes, mais, au lieu de s'appesantir sur les circonstances de la noyade du pêcheur, pourquoi n'avait-elle fait qu'une brève allusion aux rituels de purification auxquels elle avait pourtant bien dû se soumettre pour effacer la souillure contractée au contact du cadavre de son mari ? Cette jeune femme, inconséquente au point de ne pas s'être souciée d'un lieu où passer la nuit – quel refuge aurait-elle trouvé contre la pluie, les ténèbres et les bêtes, si l'homme-cheval et son compagnon ne l'avaient incitée à les suivre jusqu'au sanctuaire ? –, ne s'était-elle pas montrée tout aussi négligente lors de la mort de Katsuro, et ne risquait-elle pas à présent de leur transmettre l'impureté dont elle était peut-être encore marquée ?

Leur circonspection, cependant, ne les empêcha pas, une fois leur frugal repas terminé, d'escorter Miyuki jusqu'au dortoir des femmes, et de s'assurer que ni elle ni ses carpes ne manqueraient de rien. L'homme-cheval poussa la prévenance jusqu'à lui offrir quelques petits gâteaux qui avaient la forme spiralée de coquillages :

— Pour vous, *ojōsan*, au cas où vous auriez faim durant la nuit.

— Mais vous pouvez commencer tout de suite à les dévorer, l'encouragea Genkishi. Car ils sont délicieux, et vous n'avez presque rien mangé ce soir.

Miyuki remercia les deux hommes du soin qu'ils prenaient d'elle. Elle installa ses nacelles de part et d'autre de sa natte et s'allongea.

Comme les pèlerins s'éloignaient dans le couloir, la jeune femme crut les entendre rire tout bas. L'espace d'un instant, elle pensa qu'ils se moquaient d'elle ; mais ne trouvant rien dans son paraître ni dans son comportement qui ait pu prêter à plaisanterie, elle se persuada que personne n'avait ri, qu'elle avait été abusée par un bruit venu de l'extérieur – le crescendo de la pluie sur les feuilles, peut-être.

Autour d'elle les femmes endormies respiraient

fort. C'étaient pour la plupart des personnes âgées venues prier les divinités afin d'obtenir dans l'Au-Delà une part généreuse de ce qui leur avait été refusé dans ce monde-ci. La montée jusqu'au sanctuaire avait eu raison de leurs forces, et leurs maigres corps recroquevillés, masses sombres sur le clair coton des nattes, évoquaient une jonchée de branches noueuses, brisées et jetées à terre par le vent. Il émanait d'elles une senteur fade de sève sucrée, de tiges cassées, d'écorce mouillée.

Miyuki piocha dans les gateaux que lui avaient offerts les pèlerins. Ils étaient fourrés d'une pâte épaisse de petits haricots rouges bouillis avec du sucre de canne. Katsuro en rapportait parfois de ses voyages, il les achetait toujours au même endroit, dans une échoppe étroite et sombre à cheval sur un pont qui enjambait une rivière. Mais autant les friandises de Katsuro procuraient à Miyuki un surcroît d'énergie, autant les gâteaux des pèlerins l'incitèrent à une irrésistible somnolence. Alors qu'elle approchait de sa bouche une bouchée ayant la forme d'un coquillage, elle sentit que ses yeux se fermaient et qu'aucune force au monde ne lui permettrait de les rouvrir avant que la nuit soit écoulée. Comme lorsqu'elle était une petite enfant, elle sourit et s'abandonna sans plus résister au sommeil qui l'envahissait. Le gâteau s'échappa de ses doigts, roula sous elle, jusque sous ses cuisses où il finit émietté en une fine farine – il n'est pas impossible qu'un petit rongeur se soit alors glissé dans les plis du vêtement de Miyuki pour profiter de l'aubaine et festoyer tandis que la jeune femme dormait profondément, insensible à l'orage qui se déchaînait, battant dru les murs du sanctuaire, roulant, tonnant, submergeant le ciel de coulées éblouissantes.

Le silence après l'orage réveilla Miyuki. Bien que le ciel soit encore sombre, elle eut l'intuition qu'il était beaucoup plus tard que l'obscurité ambiante ne le laissait supposer. D'ailleurs, le bavardage des oiseaux dominait déjà le bruit de fond de la rivière. Elle reconnut le chant de gorge des moineaux blancs, le *hohokekyo* des rossignols perchés dans les pruniers, et la bouscarle qui commençait tous ses soliloques par une syllabe longuement expirée, un *kuuu* qui rappelait à Miyuki le parler aboyé des émissaires du Bureau des Jardins et des Étangs.

Le léger brouillard qui glissait sur le sanctuaire atténuait la lumière matinale, mais pas assez pour que Miyuki, se redressant pour voir comment se portaient ses carpes, ne découvre que six d'entre elles avaient disparu.

Comme la foudre frappe un arbre et l'ouvre en deux, un spasme traversa la jeune femme de la tête aux pieds. Elle hurla. Son cri, de l'avis des vieilles femmes toujours alanguies dans la moiteur fétide de

122

leurs futons, ce cri fut plus effrayant que ne l'avait été le tonnerre.

Alors Miyuki s'élança en courant à travers le sanctuaire. Affolée, elle se cognait contre les murs comme les papillons de nuit prisonniers des lanternes où ils s'étaient aventurés.

Il ne pouvait rien arriver de pire que ce qui venait de survenir. En l'absence de carpes à déverser dans les étangs d'Heiankyō, non seulement le voyage de Miyuki n'avait plus de raison d'être, mais son échec allait pour longtemps flétrir l'honneur des gens de Shimae.

Elle ne s'était jamais retrouvée aussi seule face à un événement d'une telle gravité. Il y avait eu la mort de Katsuro, bien sûr, mais elle avait compté sur la solidarité du village tout entier et, même devenu inerte, aveugle, muet, le corps du pêcheur était physiquement présent – elle avait pu continuer à s'adresser à lui, imaginant les réponses qu'il lui aurait faites, allant jusqu'à imiter sa belle voix toujours un peu incertaine, qui se soulevait et ondoyait comme la rivière quand le vent soufflait vers l'amont.

Il fallait qu'elle fasse témoin de son désarroi quelqu'un qui l'écouterait avec attention, même si cette personne, ne comprenant que très vaguement de quoi il retournait, ne trouvait d'abord rien à lui répondre.

Elle appela à son aide Genkishi et Akïto. Dans son désarroi, elle avait oublié que les deux pèlerins

123

avaient prévu de reprendre la route à l'heure du Tigre ; ils devaient à présent s'être engagés dans les premiers lacets du col qui dominait le sanctuaire.

Akïto lui avait bien offert de cheminer en leur compagnie jusqu'au sanctuaire suivant, mais il n'avait pas manqué de préciser que Genkishi et lui marcheraient d'un pas soutenu, et qu'il n'était pas certain qu'une petite personne comme Miyuki puisse tenir le même rythme qu'eux, surtout avec la lourde palanche pesant sur ses épaules.

— Ce sera un départ très matinal qu'il serait imprudent de retarder, avait renchéri Genkishi. Car, dès que le soleil se lèvera, la terre durcie par la froidure de la nuit aura vite fait de tourner en boue glissante, et il faut absolument que nous ayons passé le col avant que l'ascension ne devienne trop périlleuse.

— Ce qu'elle sera de toute façon, avait conclu Akïto en hochant gravement la tête et en dévisageant la jeune femme comme s'il la voyait déjà disloquée au fond d'un ravin.

Les couloirs étaient déserts, aucune lueur ne palpitait à travers le papier huilé des portes coulissantes, le monastère était plongé dans le silence à l'exception de la réverbération longue et profonde d'une énorme cloche cylindrique dont la *tsuki-za*[1] résonnait sous la cognée d'un battant externe fait d'une poutre de

---

1. Partie renforcée de la cloche que vient heurter la poutre de bois.

bois suspendue à des cordes. Malgré l'ampleur de sa sonorité, la cloche diffusait une vibration apaisante qui se répercutait en vagues sur la montagne, plus opulente quand le son plongeait dans une vallée, plus tranchante s'il s'élevait vers les sommets.

À son appel, les hôtes du sanctuaire, à l'exception des vieilles femmes du dortoir, s'étaient rassemblés dans le bâtiment consacré au culte. Si quelqu'un pouvait aider Miyuki à retrouver ses carpes disparues, c'était là qu'elle le trouverait. Et s'il n'y avait personne pour venir à son secours, elle se rabattrait sur une de ces amulettes dont le sanctuaire faisait commerce, et qui étaient censées prodiguer les trois pouvoirs : *shugo*, la protection, *chibyō*, la guérison, et surtout *genze riyaku*, c'est-à-dire l'obtention de bénéfices immédiats dans le monde présent – par bénéfice immédiat, Miyuki entendait évidemment la restitution de ses carpes.

Restitution, oui, car elles ne s'étaient pas enfuies toutes seules : en supposant que, prises de panique, elles se soient affolées au point de passer par-dessus le bord de leur bassin, elles seraient retombées sur le sol de terre battue où, tendues, arquées, elles auraient suffoqué, leurs branchies devenant bleuâtres, puis noirâtres, et pour finir elles seraient mortes sur place.

Miyuki dévala l'allée couverte qui reliait la partie domestique du sanctuaire aux bâtiments religieux. Dans les intervalles ouverts entre les piliers soute-

125

nant la toiture de l'allée, elle recevait en plein visage, mue par le vent de sa propre course, l'odeur du sol fraîchement arrosé par la pluie, et celle, plus acide, des brouillards descendus des montagnes et dont les lourdes boucles grises venaient battre comme des vagues contre les murs.

Tout en courant, Miyuki se rappelait qu'avant de se prosterner devant l'autel, elle allait devoir extirper de son esprit toute pensée impure dictée par la convoitise (or la volonté farouche de récupérer ses carpes n'était-elle pas justement une de ces convoitises que réprouvaient les bouddhas ?) ou par la colère (elle en voulait rageusement à la créature inconnue, homme ou bête, car il n'était pas exclu que son voleur soit une bande de singes, qui lui avait subtilisé, presque sous son nez, six des plus beaux de ses huit poissons).

Elle savait aussi qu'elle ne pouvait attendre des bouddhas aucune faveur, aucune complaisance, aucune intervention miraculeuse. Il était dans leur nature de rester sourds à ce genre de prière, obstinément sourds – mais les *kami* n'étaient guère plus complaisants. Pour ces entités supérieures, l'être humain n'était qu'un lambeau d'on ne savait quoi, une pelure qui se décollait de son support, de cette existence à laquelle elle adhérait si imparfaitement qu'il suffisait d'un souffle pour l'en arracher. À présent que Katsuro, la personne qui avait été au plus proche d'elle, si proche que leurs deux natures se confondaient quelquefois au point que Miyuki, oubliant le langage poli et modeste des femmes, employait des tournures

126

spécifiquement masculines qui faisaient gronder son mari, *tu parles comme si mille crapauds puants sautillaient dans ta bouche !*, à présent qu'il arpentait un monde où elle n'avait pas accès, qu'elle ne pouvait même pas imaginer, Miyuki ne devait plus compter que sur elle. Même à ses prières les plus ferventes, à ses soupirs les plus langoureux, à ses postures les plus sensuelles, Katsuro resterait à jamais insensible.

Se glissant parmi les fidèles, la jeune femme s'approcha de l'autel. Discrètement éclairé par quatre lampes à huile dont les petites flammes se couchaient et se relevaient au rythme de la respiration des fidèles, il brillait en sourdine grâce aux tissus rouges et dorés dont il était drapé, et au brasillement des charbons auxquels on allumait les baguettes d'encens.

La statue du bouddha demeurait dans la pénombre, comme si, dans sa compassion, l'Éveillé craignait que les feuilles d'or dont on avait plaqué son avatar replet et pansu ne passent pour une provocation aux yeux des pèlerins épuisés, frigorifiés, quelquefois décharnés, qui bourdonnaient à ses pieds, regardant avec gourmandise les offrandes pourtant modestes – de l'eau pure, des bols contenant un petit dôme de riz rond cuit à l'eau, ou bien quelques haricots – disposées sur l'autel.

Plus familiarisée avec le rituel shinto qu'avec les oraisons bouddhistes, Miyuki surveillait ses voisins et les imitait pour ne pas commettre d'impair – elle élevait ses mains jointes au-dessus de sa tête, les ramenait lentement à hauteur de sa gorge, puis de son cœur, et, s'étant agenouillée, se prosternait jusqu'à toucher le sol avec son front. La première fois, là où son nez se posa, elle crut discerner la trace d'une odeur fécale. Elle fit palpiter ses narines, respira plus à fond la discrète émanation qui lui rappelait la maison longue et basse où logeaient les quelques bœufs appartenant en collectivité aux habitants de Shimae. C'étaient des bêtes de petite taille, au corps ferme, avec une toison serrée de poils très doux et, sous une peau souple, un squelette presque trop fin pour des bovins appelés à tirer de lourdes charges – mais leurs os, assujettis à des muscles puissants, s'articulaient entre eux avec une précision qui compensait leur apparente fragilité.

Ni Katsuro ni sa femme ne possédaient de rizière, ni même un simple carré de culture maraîchère. Katsuro était trop accaparé par la pêche pour travailler la terre, et Miyuki trop occupée par l'entretien des apparaux et du bassin des carpes. Aussi, désireuse de se rendre utile à la communauté, avait-elle rejoint les jeunes filles préposées aux soins des bœufs, et notamment à la récupération des bouses et des urines animales qu'on diluait dans un seau avant d'en amender les parcelles cultivées. Miyuki ayant les bras et les hanches plus solides que les jeunes filles, c'était souvent elle qui emportait le seau à travers champs, se penchant pour y puiser le mélange bourbeux à l'aide d'une cuillère à long manche afin de le répartir sur le haut des plantes, surveillant sa glisse le long de la tige jusqu'à la racine et usant d'un fétu de paille pour rectifier sa trajectoire s'il était dévié par un nœud.

Miyuki n'avait jamais éprouvé de répugnance à manipuler cette bouillie : si la dilution avait été faite dans le respect scrupuleux des pourcentages préconisés par les Anciens, et en ayant eu soin d'accorder au brassage une nuit de décantation pour permettre l'évaporation des substances les plus volatiles, l'odeur qui montait du seau était alors plutôt douce, presque sucrée ; quand Miyuki devait recruter de nouvelles jeunes filles, elle ne manquait jamais de minimiser le désagrément olfactif de l'ouvrage en les assurant que les nombreuses petites fleurs que broutaient les bovins au printemps donnaient à leurs bouses des senteurs de benjoin.

À la façon d'une nausée qui remonte, elle éprouva une bouffée de nostalgie au rappel de ce qui avait constitué son quotidien. Elle s'en voulait de ne pas l'avoir apprécié à sa juste valeur.

Mais avait-il seulement une valeur ?

Elle avait vécu la vie morne, harassante et chétive, de centaines de milliers de femmes japonaises, à deux exceptions près : contrairement à ses parents qui avaient trouvé la mort en tentant de fuir les massacres perpétrés par les guerriers d'un gouverneur provincial en rébellion contre le pouvoir de l'empereur – ce soulèvement s'était déroulé en même temps que de violents tremblements de terre et de sanglantes razzias menées par des pirates venus de

Goryeo[1] –, elle n'avait pas rencontré la souffrance, jamais éprouvé la douleur sèche des coups de bâton, la blessure brûlante du fouet, les seules cicatrices qui marquaient son corps lui venaient de la Nature, d'une pierre contre laquelle elle avait trébuché, d'une branche basse à laquelle elle s'était heurtée en courant, de la morsure d'une bête apeurée, d'une plaque de glace sur laquelle elle avait glissé, d'un buisson d'épines frôlé de trop près, et alors elle s'en consolait, et même elle en souriait, croyant subir la réprimande d'un *kami* dont elle avait involontairement violé l'intimité.

L'autre dérogation au désenchantement d'exister avait été l'amour de Katsuro, celui qu'il lui avait donné, celui qu'elle lui avait rendu.

Miyuki se rappelait les conteurs ambulants qui, les soirs d'été, après avoir écrasé les cigales dont le tapage dérangeait leurs récits, s'asseyaient au centre de la place et déroulaient d'une voix spectrale d'épouvantables histoires d'amants séparés par des destinées plus cruelles et injustes les unes que les autres ; et ceux de Shimae, dont le vêtement avait de longues manches, trempaient celles-ci de leurs larmes. Les seuls à se pousser du coude et à s'esclaffer étaient Miyuki et Katsuro, parce qu'ils étaient certains, eux, qu'aucune perversité des hommes ne saurait les désunir – seule la mort le pourrait, bien sûr, mais, même quand sa pensée les effleurait, elle

---

1. La péninsule de Corée.

était sans visage, donc presque sans existence. Ils se cachaient derrière leurs mains pour glousser, et le rire les secouait si bien que les villageois croyaient qu'ils sanglotaient. Et les conteurs se prenaient à regretter les cigales qui, bien qu'aussi bruyantes que ce jeune couple, ne montaient tout de même pas aussi haut dans les aigus.

Miyuki était heureuse d'avoir été heureuse, même si, à vrai dire, elle ne savait pas ce que le mot bonheur (*shiawase*, disait-elle) recouvrait. Elle aurait été incapable d'en donner une définition, sinon pour le distinguer de ses contraires innombrables (affliction, souffrance, blessure, tourment, malaise, honte, dégoût, répulsion, déception, lassitude extrême, éreintement, faiblesse, fourbure, détresse, désespoir, plaie, ennui), qui étaient le lot quotidien des créatures sensibles.

Mais le bonheur était passé. Non seulement elle ne reverrait plus jamais Katsuro, mais peut-être ne reverrait-elle pas non plus Shimae : après la perte injustifiable de ses carpes, comment oserait-elle retourner dans son village ? Que dirait-elle à Natsume ? Quelles excuses pourrait-elle présenter aux habitants qui lui avaient fait confiance ?

Le mieux n'était-il pas de poursuivre sa route vers Heiankyō, de se présenter au Bureau des Jardins et des Étangs et d'attendre que le directeur Nagusa décide de quelle façon elle méritait d'être punie ?

Serait-elle désignée pour laver et apprêter, en vue de leur présentation à l'empereur, les cadavres des ennemis décapités, ce qui serait une façon à peu près respectable de racheter son incompétence ? Si cette expiation paraissait néanmoins insuffisante, peut-être lui permettrait-on de pratiquer le *jigai*, seule issue véritablement honorable à une situation inacceptable. Ce suicide rituel était surtout l'apanage des femmes nobles, des épouses ou des filles de guerrier, mais il arrivait aussi que de simples servantes qui s'étaient rendues coupables d'une faute grave choisissent le *jigai* dans l'espoir de se réhabiliter aux yeux de leurs maîtres. En sectionnant sa veine jugulaire ou en per forant son artère carotide avec la lame d'un *kaiken*[1], Miyuki ferait la preuve de sa loyauté envers le Bureau des Jardins et des Étangs, et surtout envers ses compatriotes de Shimae.

Cette forme de mort était réputée rapide, et ne nécessitait pas, comme dans le cas du *seppuku*, l'assistance d'un ami armé d'un sabre pour abréger la souffrance insupportable du suicidé en lui coupant la tête. S'agissant d'une femme, la seule précaution requise était, après s'être assise sur ses talons, de se lier les jambes afin d'éviter toute indécence en basculant au moment de mourir.

Mais si elle prenait cette décision – qui ne lui pesait guère à présent que Katsuro n'était plus de ce monde –, Miyuki se heurterait à une difficulté qu'elle

---

1. Sorte de dague d'une quinzaine de centimètres de long que les femmes de samouraï portaient dans les manches de leur kimono.

ne savait comment résoudre : elle ne possédait pas de *kaiken*, et n'avait évidemment pas les moyens d'en acquérir un.

Sans cesser de rester prosternée, elle leva les yeux, regardant tout autour d'elle dans l'espoir de voir la lame d'un *kaiken* briller en sourdine parmi les objets dont se dépouillaient les pèlerins ayant choisi de rejoindre la vie monacale.

Mais les seules offrandes disposées sur l'autel étaient les bols rituels contenant l'eau, les fleurs, l'encens, la lumière, la nourriture et la musique que symbolisait, posé sur un dôme de riz, un petit coquillage en forme de conque.

À cet instant, un coup de tonnerre éclata dans la montagne. La cloche du sanctuaire bourdonna sans même avoir été effleurée par le battant suspendu.

Et juste alors, elle les vit : repoussées contre la base de l'autel, dépassant sous les franges de la nappe rouge et or qui couvrait celui-ci, les six têtes de ses carpes disparues, leurs belles joues encore gonflées, prolongées par la longue arête dorsale, soit six peignes blancs, nus, auxquels n'adhérait plus aucune parcelle de chair mais que continuaient de draper, comme des manteaux d'un cuir mince et rigide, les peaux d'écailles ternies par la mort.

Miyuki sentit une nausée monter en elle, et elle pressa la paume de ses mains contre ses lèvres. Son front retomba, frappant lourdement le sol.

Volées, tuées, dépecées, dévorées…

C'était une œuvre d'hommes, car s'il s'était agi

d'animaux, ils auraient mangé les têtes, broyé les petits squelettes nacrés.

Togawa Shinobu était un bonze relativement jeune encore, mais dont le visage, sévèrement grêlé par une petite vérole qu'il avait contractée à l'âge de neuf ans, accusait déjà les traits relâchés d'un vieillard. Lors de sa maladie, il avait passé de longs jours entre la vie et la mort, la suppuration de ses pustules dégageant une puanteur si insupportable que sa mère elle-même ne pouvait se tenir dans la pièce où il gisait, presque nu tant son corps était devenu sensible à la moindre chaleur. Il avait miraculeusement survécu grâce à l'intercession d'un esprit protecteur, l'un des sept dieux du bonheur auquel il avait ensuite consacré sa vie en signe de reconnaissance. Entré en religion, Togawa Shinobu avait gravi les échelons de la hiérarchie sacerdotale jusqu'à devenir le *zasu*[1] de ce sanctuaire qui, bien que bouddhiste, était considéré comme un des jalons incontournables du pèlerinage des trois divinités shintos de Kumano.

Il accueillit Miyuki au Pavillon des Rêves, un petit bâtiment octogonal qui tenait son nom d'un prince auquel ses vertus avaient valu de faire un songe dans lequel une créature céleste était descendue lui révéler le sens d'un *sūtra* jusqu'alors comme indéchiffrable.

Au centre d'une pièce occupant la base du Pavil-

---

1. Littéralement *maître du siège*, titre porté par le religieux en chef d'un monastère bouddhique.

lon, des paravents délimitaient un espace meublé seulement de quelques coussins. À travers le papier huilé, on devinait la masse proche des montagnes et des forêts qui les recouvraient.

Togawa Shinobu invita Miyuki à prendre place (par humilité, pour montrer sa déférence, elle évita de se poser sur un coussin) et à s'expliquer.

Tandis qu'elle relatait le motif de son voyage, insistant sur le fait qu'un échec ne serait pas seulement un déshonneur pour elle mais qu'il porterait aussi un grand tort aux habitants de Shimae (et elle baissait la tête pour dissimuler les larmes qui menaçaient de glisser sur ses joues), le maître du temple se remémorait le *sūtra* Gonjikinyo d'après lequel « *même si les yeux de tous les bouddhas du passé, du présent et du futur devaient sortir de leurs orbites et tomber à terre, aucune femme dans tout l'univers ne pourrait devenir bouddha* ». Certaines réussiraient peut-être à s'approcher de l'illumination, mais, pour franchir la toute dernière étape, elles devraient se réincarner en homme.

La tête légèrement penchée sur le côté, le *zasu* dévisageait Miyuki, et se disait qu'il serait dommage que sa renaissance se fasse dans un corps masculin. Togawa Shinobu n'était pas de ces religieux qui chérissaient les moinillons, il leur préférait les nonnes, d'ailleurs on le voyait fréquemment parcourir le chemin caillouteux qui menait au bâtiment annexe où elles logeaient, occupées à laver et réparer les robes des moines, à préparer les repas, et, d'une manière générale, à s'occuper de tout ce qui touchait à l'entretien du temple – ce pourquoi le Révérend avait confié à ses disciples qu'il espérait que sa prochaine renaissance ferait de lui une femme ou un bovidé, les deux plus belles façons à ses yeux de rendre service aux hommes.

Comme engourdi par la contemplation de Miyuki, Togawa Shinobu avait cessé d'écouter ce qu'elle disait. Il s'ébroua, s'efforçant de renouer le fil de sa pensée, cherchant à se remémorer la raison qu'avait invoquée cette femme pour lui demander justice. Et pourquoi se présentait-elle à lui dans une tenue si négligée ? N'aurait-elle pas dû peigner et attacher sa chevelure, et laver son visage ? Était-elle donc si émotive qu'elle n'en finissait pas de haleter comme si elle avait dû courir jusqu'à lui depuis le bas de la montagne ?

— Il est vrai qu'ils étaient savoureux, disait-elle, mais je n'aurais pas dû tous les manger.

— De quoi parlez-vous ? fit le Révérend en s'ébrouant.

— Des petits gâteaux, bien sûr. Les gâteaux spiralés que m'ont offerts hier au soir Genkishi-*san* et Akïto-*san*.

Bien qu'ayant abouti à la conclusion qu'ils étaient probablement les voleurs de ses carpes, elle continuait à leur témoigner le respect que, selon elle, une personne aussi insignifiante que la veuve d'un pêcheur devait à deux pèlerins des sanctuaires de Kumano.

— Et d'où venaient-ils, ces biscuits ?

— Des cuisines du temple. C'est ce qu'ils ont laissé entendre.

— Ils vous ont menti ! s'insurgea Togawa. Faute de pâte de haricots rouges dont nous manquons depuis deux lunes, notre cuisine n'a rien pu confectionner de tel. Je soupçonne vos messieurs d'avoir eux-mêmes préparé les pâtisseries et de les avoir fourrées d'un puissant somnifère dans l'intention d'endormir des pèlerins de rencontre afin de les rançonner plus facilement.

Pour en avoir le cœur net, Togawa Shinobu envoya deux novices vérifier le contenu du meuble où étaient enfermés les remèdes. Les moinillons revinrent bientôt : deux sachets de soie, l'un contenant de petites grappes de fruits de la morelle noire et l'autre des racines d'aconit, avaient disparu.

— Il est presque sûr à présent que vos compagnons de route vous ont droguée pour s'emparer de vos carpes, dit le Révérend. Après les avoir tuées, ils les ont sans doute fait cuire en se servant des lampes à huile qui brûlent la nuit devant l'autel. Puis ils les ont mangées. Puissent-elles ne pas les rassasier davantage que s'ils passaient le temps de cette incarnation et des mille suivantes à gober l'air frais des montagnes. Quant à vous, jeune dame, calmez-vous. Votre affliction ne résoudra rien. Ce n'est pas parce que vous vous lamenterez et tremperez de larmes votre manche que les carpes vont réapparaître et réintégrer leurs nacelles d'argile. Mais dites-moi, même si les choses ne sont plus ce que vous voudriez qu'elles soient, êtes-vous décidée à poursuivre votre voyage ?

— Si j'avais encore une raison d'aller de l'avant ! Mais à présent, les mains vides, pourquoi me rendre à Heiankyō ?

— Pour la raison que vous avez quitté votre village, que vous avez déjà beaucoup marché et escaladé cette montagne.

— Mais ça avait un sens, et ça n'en a plus.

— Il y a toujours du sens à continuer d'agir comme on doit, dit Togawa Shinobu, même si l'on croit que cela ne sert plus à rien. Mon désir est de vous aider à prendre conscience de cette vérité.

— Mais que pourrai-je dire au directeur du Bureau des Jardins et des Étangs ? Quelle excuse présenter à Nagusa Watanabe ?

— Aucune. Ne vous excusez pas. Taisez-vous si l'on vous blâme, même à tort, ne gémissez pas si l'on vous châtie, même à tort. Mais peut-être, ajouta-t-il avec un sourire malicieux, peut-être pourriez-vous tout de même remplir la mission qu'on vous a confiée.

— Comment, mais comment ? Huit carpes, c'était déjà si peu. Katsuro, mon mari, en livrait une vingtaine à chaque fois. Et moi, seulement huit ! Aussi avais-je prévu d'entreprendre un deuxième voyage, et même un troisième si le directeur Nagusa l'exigeait…

— Écoutez mon conseil : suivez la pente qui court au flanc de la montagne, marchez vers le nord. Bien-

tôt vous atteindrez un fleuve. On l'appelle le Yodogawa. On dit que ses eaux sont poissonneuses. De
nombreux pêcheurs s'activent sur ses rives, et il serait
bien surprenant qu'aucun d'eux ne soit capable de
vous attraper quelques belles carpes.

— De belles carpes ? Le plus beau poisson de
votre Yodogawa ne pourra jamais rivaliser avec
aucun de ceux de notre rivière. Les nôtres sont les
plus longues, les plus lourdes, les plus fuselées, les
plus puissantes. Leurs écailles sont comme des éventails ni tout à fait ouverts ni tout à fait fermés. Quelle
délicatesse, quelle harmonie ! Ce n'est pas diminuer
les mérites de mon mari que de dire que les eaux de
la Kusagawa, sa rivière, étaient aussi riches que lui,
Katsuro, était pauvre.

— Vous parlez de votre pêcheur comme si…

— Oui, oui, l'interrompit vivement Miyuki,
oubliant le respect qu'elle devait au maître du sanctuaire, vous devinez juste : Katsuro est mort, emporté
comme les fleurs du prunier par un jour de grand
vent. Pourtant, même si ses fleurs ont été dispersées,
foulées aux pieds, le prunier qui les a portées refleu-
rira au printemps prochain – mais quand, et dans
quel monde, renaîtra l'âme de mon mari ?

Les lèvres de Togawa Shinobu, qui n'étaient déjà
pas bien épaisses, s'affinèrent davantage encore
– c'était sa façon de sourire, le sourire bienveillant
qu'il adressait aux enfants, aux vieillards.

— Je n'ai pas la réponse, jeune dame. Sans doute
pourrais-je vous proposer des hypothèses, voire des

espérances, mais rien qui soit certain. Car la plus infaillible des certitudes est précaire, inconstante, douteuse. Ce qui paraît encore vrai ce matin sous la pluie sera peut-être un mensonge lorsque le nuage sera passé. Ce que je crois, c'est que l'âme – ce que vous appelez l'âme – ne saute pas d'un corps dans un autre : elle est intimement chevillée à la créature qu'elle a animée, de sorte que l'extinction de la chair entraîne nécessairement celle de l'esprit qui lui est associé.

— Il le disait moins bien, mais c'était aussi ce que pensait Katsuro, murmura-t-elle ; et elle revoyait l'espèce de lentille sèche et noire, tout ce qui restait de la luciole qui avait perdu sa lumière, puis sa vie, au creux de la grande main du pêcheur.

— Tandis que votre mari vivait, reprit le maître du sanctuaire, tous ses actes ont été comme autant de petites graines qui ont fondé son karma. Or le karma, lui, persiste après que nos vies se sont éteintes, et les semences qui le constituent, parce qu'elles sont des actions issues de la personne qui les a accomplies, et donc extérieures à elle, continuent à pousser quand la vie de cette personne s'interrompt. Voyez les graines d'une plante qui s'envolent dans le vent : elles viennent de cette plante mais elles ne sont pas cette plante, car elles s'en sont détachées et, en tombant à terre et en s'enfouissant dans le sol, elles donnent naissance à une plante autre que celle dont le vent les a séparées. Si elles étaient douées de pensée, elles ne se rappelleraient rien, et elles n'anticiperaient rien non plus. Sans mémoire de leur passé, sans prémonition de leur avenir, elles flotteraient sur l'instant présent comme un fétu de paille sur l'immensité de la mer. Le monde qui vous apparaît cohérent n'est que l'intrication, l'enchevêtrement de tous ces karmas. S'il n'était sans cesse remis en cause par les conséquences de ces milliards de milliards d'actions, le monde n'existerait pas.

Le ciel qui avait paru s'éclaircir à l'aube se chargeait à présent de nouvelles nuées.

— Eh bien, s'enquit Togawa Shinobu (le maître avait une voix qui avait tendance à sauter dans l'aigu, aussi s'efforçait-il de la rendre plus grave qu'elle n'était en réalité), qu'avez-vous décidé ? Irez-vous jusqu'à la capitale impériale ? Ou bien reprendrez-vous la route de Shimae ?

Il fallut à Miyuki de longues heures pour des cendre de la montagne.

Certes, elle n'avait pas à cheminer aussi prudemment que les jours précédents : la perte des deux derniers poissons qui lui restaient ne changerait pas grand-chose à sa situation tant vis-à-vis du Bureau des Jardins et des Étangs qu'envers Natsume et ceux de son village. Mais les carpes survivantes avaient été pêchées par Katsuro, c'était lui qui avait commencé à les acclimater dans le bassin de Shimae, il les avait caressées, il s'était baigné avec elles, elles avaient fini par s'enhardir au point de venir se frotter contre ses cuisses, d'une certaine façon elles représentaient la dernière empreinte charnelle de Katsuro sur cette terre, et c'était cette empreinte que Miyuki voulait protéger quoi qu'il lui en coûtât.

Elle atteignit la vallée à l'heure du Coq[1]. Comme

_____
1. De dix-sept à dix-neuf heures.

142

les troupeaux qui regagnent le couvert de l'étable à la tombée du soir, des formations de nuages sombres, ventrus, gonflés de pluie et de foudre – à travers leur peau floconneuse, on voyait parfois serpenter de longs fouets de lumière –, descendaient des sommets en une glissade de plus en plus accélérée.

À l'à-pic des pentes boisées, passé le dernier front de cryptomères, coulait un fleuve. Sans doute celui dont avait parlé Togawa Shinobu.

La jeune femme décida de remonter vers l'amont du Yodogawa, si du moins c'était lui, en restant à distance de son lit pour éviter que sa silhouette ne se reflète et danse sur les eaux. Car il fallait compter – encore une information qu'elle tenait de Katsuro, une de ces histoires qu'il gardait pour leurs longues veillées – avec le *kappa*, créature aquatique de petite taille, au corps couvert d'écailles verdâtres, sorte de bafouillage entre le singe et la grenouille. L'exécrable réputation du *kappa* lui venait de ce qu'il pouvait s'extraire des fleuves et des étangs pour évoluer sur la terre ferme grâce à une cavité remplie d'eau ménagée au sommet de son crâne. Dès lors, nul n'était à l'abri de ses cruautés dont la moindre n'était pas, lorsqu'il s'offrait le plaisir d'une chasse à l'homme, d'enfoncer ses mains à la fois griffues et palmées dans l'anus de ses victimes afin de remonter jusqu'à leur foie qu'il arrachait pour s'en régaler ; la gourmandise du *kappa* se portait aussi sur les jeunes enfants qu'il consommait après les avoir noyés. Mais ce que ce monstre préférait par-dessus tout, c'était le concombre – Katsuro n'aurait jamais longé le cours d'une rivière sans s'être prudemment muni de quelques beaux concombres afin de détourner l'appétence des *kappa*.

Pour autant, Miyuki ne croyait pas à l'existence des *kappa*. Avec son histoire de concombres, Katsuro s'était joliment moqué d'elle. Elle en avait ri, elle en riait encore ; comme l'obscurité gagnait et que personne ne pouvait la voir, elle ne se sentit pas obligée de mettre une main devant sa bouche, et elle trouva tout à fait délicieux de pouvoir rire la bouche grande ouverte, sans que rien s'interpose entre les éclats de son rire et la nuit humide qui s'avançait par vagues.

C'est alors que ses socques butèrent contre quelque chose de flasque en travers du chemin. Miyuki se pencha. C'était un cadavre, celui d'un homme jeune, très beau, au visage d'un ovale parfait dont les éclairs, qui entraient maintenant en sarabande, accentuaient la pâleur mortelle. Il avait une bouche petite, des yeux à peine fendus que la mort n'avait pas fermés, et une mince touffe de barbe à la pointe du menton. Ses vêtements à peine dérangés exhalaient une douce odeur de vase, d'algues de rivière. Il ne portait à première vue aucune blessure permettant de déterminer la cause de son décès. Étendu dans un abandon dénué de toute crispation, son air placide et sa posture aussi harmonieuse que s'il reposait sur une couche moelleuse et non sur la

144

terre nue donnaient l'impression que la mort était en fait son état naturel.

D'avoir trébuché contre le cadavre suffisait à infliger une souillure à Miyuki, souillure qu'elle avait encore aggravée en se courbant vers le mort presque à le toucher. Elle songea qu'au point où elle en était, elle ne risquait guère plus en retournant le corps pour voir si l'examen de son dos ne la renseignerait pas sur les raisons de son trépas.

Elle déposa ses nacelles sur le sol, les cala avec de grosses pierres. Puis, se penchant à nouveau, elle fit basculer la dépouille, sur le flanc d'abord, puis sur le ventre. Elle constata que les cordelettes retenant son ample pantalon bouffant en soie blanche avaient été dénouées, révélant un *ōguchi*[1] qui avait glissé jusqu'aux chevilles – ou que quelqu'un avait descendu jusque-là. Cette seconde hypothèse semblait la plus probable, car l'anus du jeune homme mort avait été déchiré, fouaillé comme avec une lame. Le rouge déjà terni du sang coagulé qui maculait les fesses et le haut des cuisses contrastait avec l'écarlate soyeux de l'*ōguchi*.

C'était bien là, à n'en pas douter, l'œuvre abominable d'un *kappa* qui, pour écarter les chairs et se frayer un chemin jusqu'au foie, s'était servi du bec arrondi et tranchant qui lui tenait lieu de bouche.

Miyuki s'écarta pour vomir. Puis elle leva son

---

1. Pantalon de dessous faisant culotte, souvent de couleur rouge.

visage vers le ciel, buvant à bouche que veux-tu les cataractes de pluie pour effacer le goût âcre de ses vomissures.

S'agenouillant près du jeune mort, elle lui dit à mi-voix, s'interrompant lorsqu'un roulement de tonnerre déchirait la nuit, que les mêmes dieux qui exigeaient qu'elle se purifie de la souillure contractée à cause de lui, la puniraient plus sévèrement encore si elle l'abandonnait ainsi, sans rien faire pour lui faciliter l'accès à l'après-vie. Or les dieux lui avaient déjà montré combien ils savaient être cruels en lui prenant l'être qui comptait pour elle plus que tout au monde, plus que les dieux eux-mêmes, et en permettant à Akïto, l'homme-cheval, et à Genkishi, son complice, de lui voler six de ses huit carpes et de les dévorer.

Aussi était-elle résolue à faire tout son possible, à aller jusqu'au bout de ce dont elle était capable dans de telles circonstances ; mais le jeune homme, tout mort qu'il était, devait comprendre qu'elle ne pouvait pas, à elle seule, pratiquer les rituels assurant la libération et l'envol de son âme, elle n'avait pour cela ni la connaissance des formules sacrées à prononcer, ni les accessoires cultuels indispensables, ni surtout la légitimité.

La première chose qu'elle entreprit fut d'éloigner le cadavre pour éviter qu'il ne soit davantage outragé par des bêtes surgies du fleuve – et pas seulement des *kappa*.

Elle glissa un bras sous la nuque du mort, un autre

sous ses genoux, et elle essaya de le soulever. Mais il était trop lourd pour elle, et elle dut renoncer.

C'est alors que de l'habit du jeune homme tomba un *kaiken* qu'il avait dû dissimuler dans sa manche. L'étui métallique épousait étroitement la forme de l'arme, il était décoré d'oiseaux, tandis que les gravures de la lame représentaient des graminées légères qui dansaient dans le vent.

Cette trouvaille plongea Miyuki dans la perplexité : les dieux avaient-ils lu dans ses pensées quand elle avait soupiré après un *kaiken* ? S'ils lui envoyaient à présent cet objet qu'elle avait tant désiré, n'était-ce pas pour qu'elle s'en serve selon l'usage pour lequel il avait été conçu – le *jigai*, le suicide féminin par section de la veine jugulaire ?

Mais la découverte de ce *kaiken* ne résolvait pas deux questions essentielles : où se situait précisément, dans le cou de Miyuki, la veine qu'elle devait trancher pour se conformer au rituel ? Et, pour ce qu'elle en savait, cette forme de suicide était le privilège de nobles dames et d'épouses de guerriers héroïques ; elle n'avait jamais entendu dire que la veuve d'un simple pêcheur pût la pratiquer.

C'est à cet instant qu'elle vit une barque grêle et basse glisser sur le Yodogawa.

L'embarcation semblait dériver, mais c'était une illusion due à la lumière du soir assourdie par les nuées d'orage qui raclaient le fleuve. En fait, trois hommes vêtus de manteaux de pluie en paille plongeaient tour à tour de longues perches dans le lit du fleuve, propulsant vigoureusement l'embarcation contre le courant.

Miyuki s'aplatit derrière le cadavre. Elle craignait que ces hommes, l'apercevant, ne fassent route vers elle. S'ils abordaient, ils découvriraient le mort, ce qui les amènerait nécessairement à soumettre la jeune femme à un interrogatoire serré.

Elle serait punie pour avoir dissimulé la vérité – une vérité qu'elle ignorait, mais ses juges tiendraient cette ignorance pour la manifestation d'un esprit rebelle et dissimulateur. Elle croyait déjà sentir son cou serré dans une cangue qu'elle aurait à supporter plusieurs lunes d'affilée. Rongées par le frottement du lourd collier de bois sur ses clavicules, écorchées jusqu'à l'os, ses épaules en seraient meurtries à vie. La dimension de cet instrument de supplice étant calculée de façon à empêcher les condamnés de porter la main à leur bouche, Miyuki serait forcée de mendier la moindre poignée de riz, la plus infime gorgée d'eau. Du moins si elle voulait survivre, car si elle choisissait de ne rien demander à personne, si elle s'en allait toute seule à travers la futaie – il lui semblait que le Japon n'était qu'une immense forêt : depuis son départ de Shimae, elle n'avait que rarement quitté le couvert des arbres –, alors elle finirait par dépérir d'inanition aussi sûrement que si elle pratiquait le *jigai*.

Mourir ne la révoltait pas. Si cela devait arriver, elle regretterait seulement de ne pas goûter les splendeurs de cet automne. C'était sa saison préférée, les journées étaient encore douces, le froid ne tombait qu'avec le soir, et encore n'était-ce pas un froid mordant, juste une fraîcheur contenue qui incitait à se nicher plutôt qu'à s'engoncer dans de lourdes pelures. Et où mieux se pelotonner que dans les creux et les déliés que Katsuro, exprès pour elle, formait avec son corps tiède ? Elle s'y rencognait en poussant de petits gémissements ourlés comme ceux des chats errants de Shimae qui, attirés par les odeurs de poisson, s'enhardissaient parfois à entrer dans la maison du pêcheur.

Mais Katsuro s'était noyé, et les charmes de l'automne allaient sombrer avec lui.

La barque se rangea parallèlement à la berge. Le plus âgé des mariniers, celui qui semblait faire fonction de chef de bord, un homme de petite taille doté d'un étrange menton au bout duquel flottait une bannière de longs poils jaunâtres, sauta sur la berge. Il resta un instant à se balancer sur ses jambes torses, comme dérouté de passer de la mouvance des eaux à la stabilité de la terre ferme.

— *Otome*[1], dit-il simplement en regardant le corps derrière lequel Miyuki s'efforçait de s'enfouir en grattant frénétiquement la terre détrempée par l'orage, tu ferais mieux de te montrer. Je sais que tu es là, *otome*, je t'ai vue avant que tu te caches.

Miyuki émit un gémissement pitoyable.

---

1. Demoiselle.

— Je sais aussi que tu n'as rien à voir avec ce mort, poursuivit l'homme. Vraiment, tu n'as aucune raison d'avoir peur de nous.

Il se rapprochait, se dandinant sur ses jambes arquées.

— Bien sûr que je n'y suis pour rien, confirma Miyuki en restant prudemment dissimulée, mais qui le croira ?

— Ce mort faisait partie de la suite de Kintaro, serviteur du samouraï Minamoto no Yorimitsu, lui-même fidèle soutien du régent Fujiwara no Michinaga, notre vénéré ministre des Affaires suprêmes.

Ces noms que l'homme aux vilaines jambes déclinait avec un profond respect – n'allait-il pas jusqu'à en souligner pratiquement chaque syllabe d'une salutation de la tête ? – n'évoquaient rien pour Miyuki. Le batelier parut choqué par une telle ignorance.

— Dans quel monde vis-tu donc, *otome* ? soupira-t-il. Sache au moins que les affrontements entre le clan des Minamoto et celui des Taira sont de plus en plus fréquents. Un jour, ils ne connaîtront même plus de trêve, et leur guerre embrasera tout l'empire. Si du moins l'empire existe toujours. Voici déjà que ce matin au lever du soleil, ce devait être entre l'heure du Tigre et celle du Lièvre[1], des bandits à la solde des Taira ont tué ce jeune homme dont tu te fais – dont tu *crois* te faire – un rempart. Pourquoi l'ont-ils exécuté ? Pour la seule raison qu'il portait dans

---

1. De cinq heures à sept heures du matin.

son dos le *nobori*[1] blanc frappé des fleurs de gentiane et des feuilles de bambou, l'emblème des Minamoto. Mais nous, ajouta-t-il en désignant les deux autres mariniers restés dans la barque, ce meurtre ne nous concerne pas plus que toi : nous ne sommes que d'humbles pêcheurs. En pistant ce pauvre garçon, c'est son maître, Kintaro, que nous suivions. Uniquement pour avoir le fin mot de l'histoire, comprends-tu ?

— Quelle histoire ? s'enquit Miyuki.

— Oh, un bruit qui court, une rumeur selon laquelle Kintaro, lorsqu'il était encore enfant, mais un enfant d'une force exceptionnelle, aurait combattu une carpe géante. Il y a longtemps de cela, et aujourd'hui le poisson prodigieux, si tant est qu'il ait existé, est forcément mort. Aussi n'est-ce pas la carpe qui nous intéresse, mes amis et moi, mais la rivière dans laquelle Kintaro l'aurait soi-disant défiée, la chevauchant et la maîtrisant en lui enfonçant ses bras dans les ouïes jusqu'aux coudes. Après tout, cette rivière abrite peut-être d'autres bêtes du même acabit. Mais aucun intérêt pour toi, *otome* !

Miyuki se montra alors, se dressant soudain au-dessus du cadavre, les yeux écarquillés, les lèvres arrondies :

— Beaucoup d'intérêt, au contraire : j'étais l'épouse de Nakamura Katsuro.

---

1. Bannière japonaise en forme de long et étroit drapeau vertical.

— Ah, dit le batelier en rapprochant ses sourcils – il n'avait pas la moindre idée de qui pouvait bien être Nakamura Katsuro, et ne semblait nullement préoccupé de combler cette ignorance.

— Il était lui aussi un pêcheur, poursuivit Miyuki. Un grand pêcheur. Le plus grand, peut-être. La plupart des carpes qui fraient aujourd'hui dans les étangs des temples d'Heiankyō sont issues de poissons capturés par Katsuro dans la Kusagawa, notre rivière.

Okano Mitsutada, ainsi se nommait le patron de la barque de pêche, fronça les sourcils. Oui, il avait entendu parler d'un pêcheur d'exception qui vivait tout à fait à l'ouest de l'île de Honshu, près de la ceinture des petits volcans d'Abu, dans la région de San'in – le versant obscur de la montagne –, face à la mer du Japon. Mais il n'avait jamais su le nom de ce pêcheur. Peut-être l'avait-on prononcé devant lui sans qu'il y prête attention. Lui, Okano Mitsutada, ne pêchait pas des poissons d'ornement : ses captures étaient destinées à être consommées, alors il importait peu qu'elles soient belles à voir, la clientèle ne s'intéressait qu'à la saveur et au poids de l'animal.

— Si tu te rends à Heiankyō, pourquoi ne viendrais-tu pas avec nous ? proposa le pêcheur. Même en remontant le fleuve, le chemin d'eau reste le plus court. Et surtout le plus sûr. Certes, tu n'es plus très loin de la ville impériale, mais même une courte distance recèle des dangers pour une jeune femme sans protection.

— Je vous remercie de votre offre, dit Miyuki, mais je ne peux pas voyager avec vous trois, car j'ai contracté une souillure en approchant le jeune mort. Et non contente de l'approcher, je l'ai touché, je l'ai flairé, je l'ai retourné, c'est même en voyant la blessure entre ses fesses que j'ai deviné qu'il avait été victime d'un *kappa*.

Okano se mit à grelotter des mâchoires tout en se frappant les cuisses du plat de la main ; c'était là sa manière de rire, qui n'était pas sans évoquer la lugubre euphorie des vautours découvrant une chair corrompue.

— Tu n'as rien deviné du tout, *otome* : ce sont les Taira qui ont dévasté son anus pour faire croire à l'attaque d'un *kappa* et échapper ainsi à la vengeance des Minamoto.

Il marchait à grands pas sur la berge, marquant de ses empreintes le sable amolli par la pluie.

— À défaut de m'emmener avec vous, reprit Miyuki, peut-être pourriez-vous tout de même me rendre un grand service, Okano-*san*.

Elle désigna ses nacelles, invitant le pêcheur à s'en approcher. L'homme s'avança, se pencha. Il siffla entre ses lèvres, puis appela ses compagnons :

— Venez donc voir, vous autres, ce n'est pas tous les jours que vous pourrez admirer des poissons pareils.

— J'en avais huit, c'était déjà très insuffisant pour féconder à nouveau les étangs des temples d'Heiankyō dont les carpes ont été très éprouvées

153

par la longue sécheresse de l'été, et voici qu'il ne m'en reste que deux après que des voleurs m'ont dépouillée. Puisque vous êtes pêcheurs, ne pourriez-vous capturer pour moi quelques carpes afin de remplacer celles qui m'ont été volées ?

Okano et ses hommes se concertèrent du regard.

— En vérité, observa le pêcheur, nos poissons risquent d'être beaucoup moins beaux que les tiens. Moins dodus, les écailles moins bien rangées, plus ternes, les nageoires abîmées par les chocs qu'ils se sont donnés à l'époque du frai.

— Je dirai que mes carpes ont souffert du voyage – oh ! je vous en prie, Okano-*san*…

Le pêcheur et ses deux compagnons s'accroupirent à l'écart. L'averse crépitait sur les manteaux de paille qui bosselaient leurs dos comme des carapaces de tortue. Ils discutèrent un moment, jetant parfois des regards furtifs vers Miyuki.

Okano Mitsutada revint enfin vers la jeune femme. Ses compagnons consentaient à pêcher pour elle, lui dit-il, mais ils réclamaient une rétribution d'un *koku*[1] de riz par poisson.

— Vois comme nous sommes honnêtes, *otome* : comme on ne peut pas se figurer d'avance si les carpes qu'on va sortir de l'eau seront assez belles pour les temples d'Heiankyō, tu ne paieras que pour celles que tu jugeras dignes des étangs sacrés.

---

1. Unité de mesure correspondant à la quantité de riz mangée par une personne en un an.

En formulant sa demande, Miyuki avait bien songé qu'il serait juste d'accorder une gratification à Okano et à ses acolytes, mais il ne lui restait presque rien de sa provision de *narezushi* et de gâteaux de riz.

— Je n'ai rien à vous donner, murmura-t-elle, aucune contrepartie en riz à vous proposer.

Les trois hommes échangèrent un regard complice, presque amusé, comme s'ils s'étaient attendus à cette carence et avaient en tête un moyen de la pallier.

Okano Mitsutada laissa passer un roulement du tonnerre particulièrement violent, attendit patiemment que les oiseaux éparpillés par la déflagration aient regagné leurs cachettes dans les pins, les cerisiers et les saules ployés par le vent, puis il dit :

— Écoute-moi, *otome*, il existe un moyen sûr de te procurer autant de *koku* de riz que tu peux en désirer, et non seulement du riz mais des pièces de soie, de l'encens, des poissons salés, et même de lourds colliers de sapèques de cuivre enfilées comme des perles par leur trou central.

— Quel est-il, ce moyen ?

Le pêcheur lui désigna, sur la rive opposée, une construction qui émergeait d'une roselière ébouriffée par les bourrasques. Jetés les uns contre les autres par les longues fouettées du vent, les roseaux mêlaient leurs cliquetis aux cris pathétiques des cigales *higurashi*.

Okano Mitsutada dut forcer la voix pour dominer le tumulte des éléments :

— Monte à bord, je vais te conduire de l'autre

côté du fleuve, à l'auberge des Deux Lunes dans l'eau. Une fois là-bas, demande la vieille *obasan*[1], la vieille Mère qui a des lèvres vertes, et propose-lui tes services.

— Comme empileuse de riz ? devina Miyuki.

— Ici nous disons *yūjo*. Mais c'est la même chose. La vieille aux lèvres vertes, c'est la plus douée pour attirer le client. Et surtout la plus roublarde en affaires. Avant d'être une Mère, elle a été la meilleure *yūjo* de tout le cours du Yodogawa. Oh, elle ne te menagera pas ! Mais apres quelques jours sous sa férule, tu seras assez riche pour convaincre n'importe quel pêcheur, moi ou un autre, de t'attraper toutes les carpes du Yodo et de ses affluents.

Pesant sur sa perche, le pêcheur lui désigna une maison dont l'aspect biscornu tranchait sur l'alignement d'une dizaine d'habitations plus ou moins cubiques bâties sur pilotis. On ne savait trop que penser de cette baraque : était-ce pour détourner le cours des vents, des pluies et des inondations qu'elle présentait ces angles bizarres, ces volumes irréguliers couverts d'une pelade de bardeaux de bois noircis par l'humidité, ces ruptures inexplicables et ces brusques excroissances poussant sur sa façade comme des tumeurs, ou bien n'était-elle plus communément qu'une de ces cabanes améliorées que leurs bâtisseurs, qui jusque-là n'avaient jamais scié une planche, bricolaient au fur et à mesure qu'ils réussis-

---

1. Tante. Surnom donné aux mères maquerelles.

saient à se procurer des matériaux ? Le plus souvent, ces constructions finissaient par s'affaisser sur leurs occupants sous le poids d'une neige trop lourde, ou bien un incendie les détruisait.

— Va ! Va, *otome*, saisis ta chance !

L'auberge des Deux Lunes dans l'eau était ainsi nommée parce qu'il advenait parfois, lorsque des gouttelettes de brouillard flottaient en suspension, qu'un effet d'optique donnât l'illusion de deux lunes se reflétant sur les eaux du Yodogawa.

La maison se prolongeait par un ponton tout de guingois qui s'avançait sur le fleuve. Plusieurs lourdes barques étaient amarrées aux pieux qui l'épaulaient.

Des Deux Lunes dans l'eau émanait une entêtante odeur de mousse et de farine mouillée due aux champignons qui colonisaient les murs en bois. S'y mêlaient, venant du dedans de l'établissement et se glissant par les interstices, des effluves de clou de girofle, de camomille et de poudre de riz, ce qui constituait une haleine plutôt insolite pour une auberge.

Sans avoir besoin de coller son oreille au linteau, Miyuki surprit des voix féminines, jeunes pour la plupart, au milieu desquelles sourdait parfois un gémissement pointu, comme d'un petit chien apeuré.

Quand Miyuki entra, des femmes dévêtues regardaient avec envie une jeune fille enfoncée jusqu'aux épaules dans une futaille d'où montaient des volutes de vapeur. Afin de ne pas la mouiller, la baigneuse avait étalé sa longue chevelure brune sur la collerette du fût, ce qui donnait à son visage très rond l'air d'être le cœur d'une fleur aux pétales sombres.

En retrait dans la partie la plus obscure de la salle, une femme âgée, visage bouffi, nez épaté et grande bouche horizontale, humide, façon crapaud, dont le corps flottait dans une tunique intérieure qui bouchonnait sous un pantalon rouge noué aux chevilles, jetait par intermittence de l'eau sur une prostituée que des cordes maintenaient suspendue à une poutre de la charpente.

En séchant, les liens rétrécissaient et entamaient la peau de la punie. C'était elle qui poussait des couinements de chiot quand les cordages s'incrustaient plus profondément dans sa chair.

Malgré la pénombre où se trouvait la punisseuse, Miyuki vit qu'elle avait les lèvres vertes. Elle en déduisit que c'était à cette vieille Mère qu'elle devait demander la faveur de l'initier et de lui procurer des clients généreux qui la feraient assez riche pour renouveler sa cargaison de carpes.

Sans cesser d'arroser sa victime qui se balançait au-dessus d'elle en gémissant, l'*obasan* écouta le récit de Miyuki. Elle plissa ses lèvres vertes et souffla comme un chat en colère :

— Demain, avant que s'achève l'heure du Mouton[1], tu auras gagné non seulement de quoi remplir tes nacelles, mais également de quoi acheter la barque d'Okano, ses perches, ses filets, son vivier, et même les deux bons à rien qui lui servent d'équipiers. Mais ne va pas t'imaginer que tu le devras à ta beauté, et moins encore à tes caresses. Car, à vrai dire, après une première impression favorable, il suffit de te regarder d'un peu plus près pour constater que tu n'es pas aussi jolie que tu sembles le croire : tu as le bas du visage passablement plus étroit que le haut, les lèvres qui poussent en avant comme si tu voulais donner un baiser – ah ! ça, n'en donne jamais, ni baiser ni rien : si je suis assez stupide pour satisfaire ce vilain poisson-chat d'Okano en te prenant à bord de ma barque, sache que tu ne dois rien donner sans mon accord aux hommes qui nous aborderont ; s'ils viennent frotter le flanc de leur barque contre la nôtre, c'est le signe qu'ils sont prêts à payer la moindre de tes faveurs, même ton souffle caressant leur visage, et alors il faudra bien qu'ils en passent par la vieille *obasan*, car tout se discute, tout se pèse, tout s'évalue, c'est moi qui fixe le tarif et, crois-moi, je peux transformer en or la moindre gouttelette de ta salive qui, tel un oiseau, ira se poser sur le perchoir de leur nez – et on dirait bien que j'ai perdu le fil de mon discours, te rappelles-tu où j'en étais ?

— À mes lèvres qui vous déplaisent, *obasan*.

---

1. De treize heures à quinze heures.

160

— Écarte-les, que je puisse voir tes dents.

Miyuki obéit. La vieille eut un rire grinçant :

— Cette façon d'ouvrir la bouche ! Ne dirait-on pas que tu roules un store qui a séché tout l'été, dont chaque lamelle s'est craquelée ? Personne ne t'a jamais dit qu'il fallait d'abord donner un ou deux coups de langue pour mettre de la luisance et lubrifier le mécanisme ? Et ces dents, ajouta-t-elle en cachant ses yeux dans ses mains, ces dents ! Une femme mariée, ça laque ses dents de noir.

— Je ne suis plus une femme mariée, je suis veuve.

— As-tu remarqué que les animaux ne pratiquaient pas l'*ohaguro*[1] ? Les dents blanches font de toi l'égale des bêtes.

Se rappelant les petits bœufs de Shimae, Miyuki dit qu'elle aimait les animaux, qu'elle appréciait leur compagnie, qu'elle ne se sentait pas humiliée d'avoir une dentition de la même teinte que la leur.

— Je t'avertis, gronda la Mère, j'ai bonne réputation sur le Yodogawa, je ne te laisserai pas la ternir, ni décevoir une clientèle qui m'est fidèle.

Malgré ces menaces, et même à cause d'elles, Miyuki comprit qu'elle avait remporté la joute verbale qui l'opposait à la vieille femme. Pour s'en assurer, elle décida d'exploiter son avantage.

Justement, sous la morsure des cordes de lin, la prostituée punie commençait à saigner là où sa chair était le plus tendre. Cela faisait sur sa peau comme

---

1. L'*ohaguro* désigne l'acte de se laquer les dents en noir.

une éruption légère dont chaque petite bulle devenait d'un rose de plus en plus soutenu.

— Détachez-la à présent. Je vous en prie, *obasan*, supplia Miyuki.

Tout en s'inclinant très bas, elle lui tendit le *kaiken* du jeune mort des berges du Yodogawa – mieux valait sabrer les liens plutôt que s'escrimer à démêler leurs méandres, d'autant que la maquerelle, pour ne pas griffer ses pommettes quand elle se fardait, coupait ses ongles au plus court, ce qui les rendait impropres à défaire rapidement les nœuds.

Si Miyuki s'abaissait jusqu'à poser son front sur les pieds de la vieille femme, c'était pour que la prostituée punie fût au plus vite soulagée de sa peine, car la femme du pêcheur ne pouvait s'empêcher de penser que Katsuro, qui devait avoir grand besoin de se décrisper après les longues heures de tension passées à s'assurer que les nouvelles carpes livrées au Bureau des Jardins et des Étangs s'acclimataient à leur nouvel environnement, avait peut-être bénéficié de la compagnie de cette jeune fille. Miyuki n'en éprouvait aucune jalousie : ces instants de plaisir que s'était accordés son mari n'étaient que des bouffées d'étincelles, comme celles que laissent dans leur sillage les flèches enflammées qu'on tire pour expulser les démons lors du rite d'exorcisme de la dernière nuit de l'année.

Mais pour une raison ou pour une autre, l'*obasan* rechignait visiblement à se servir de la lame. Miyuki s'en empara et, d'un coup sec, trancha net l'espèce de

162

pelote où aboutissaient les cordages de lin qui maintenaient la prostituée en suspension.

Cette dernière eut à peine le temps de tendre les mains en avant pour atténuer la brutalité de sa chute. Elle se reçut sur les paumes, écrasant ses avant-bras pliés comme des ressorts sous son poids de fille mal nourrie, et demeura un moment aplatie sur le sol telle une araignée pétrifiée. Enfin, d'un bond, elle se releva et vint se blottir contre Miyuki en gazouillant des mots incompréhensibles. Sa voix était vive, aiguë, pointue, et sa chevelure, détrempée par les aspersions que lui avait infligées l'*obasan*, dégageait une odeur douce d'alluvions. Miyuki, à qui Katsuro avait affirmé que les sirènes de rivière gazouillaient comme les hirondelles et sentaient le limon dans lequel elles se tortillaient pour s'extraire de l'eau, décida de l'appeler Nyngyo[1].

Les seules *yūjo* autorisées à passer la nuit dans l'auberge étaient celles que les Mères avaient choisies pour se réchauffer en se blottissant contre elles ou en glissant leurs pieds sous leurs robes pour les poser sur leurs ventres tièdes. Loin d'être assez dodue pour intégrer la caste des dispensatrices de chaleur humaine, celles-ci étant élues parmi les plus replètes, Miyuki suivit Nyngyo et une dizaine d'autres maigrelettes jusqu'au ponton où étaient amarrées les lourdes barques noires que les jeunes prostituées et

---

1. Sirène.

les Mères empruntaient pour se porter à la rencontre des clients.

— Nous travaillons à compter de l'heure du Coq expliqua Nyngyo. Mais les rituels du maquillage et de l'habillage commencent plus tôt. Lorsque les Mères décident de gagner le cours du fleuve, nous devons être prêtes. Les retards sont sanctionnés avec sévérité. Tu as pu voir ce qu'il m'en a coûté de n'avoir pas fini à temps de natter mes cheveux – quelle impertinence de ma part, je le reconnais, de les porter libres comme si j'étais une femme de la noblesse !

— Ils sont si beaux, si longs, admira Miyuki dont la chevelure était ramassée en un chignon approximatif qu'elle faisait tenir tant bien que mal en le piquetant d'un nombre toujours croissant de peignes et d'aiguilles improvisés avec les petits rameaux et les tiges qu'elle trouvait dans les sous-bois.

À l'inverse, les cheveux de Nyngyo dévalaient librement jusque sous sa taille, formant une large cascade noire d'une telle brillance qu'il suffisait d'un mouvement de sa tête pour y faire palpiter des éclaboussures de lumière en même temps que s'en échappaient le parfum sucré de l'huile que la jeune *yūjo* employait pour les lisser ainsi que les effluves de camélia du baume destiné à les gainer d'une sorte de vernis.

Après s'être assises sur le bord du ponton et avoir refait le monde en général et celui des Deux Lunes dans l'eau en particulier, les jeunes femmes gagnèrent l'embarcation qui leur était dévolue. Chacune se retrancha dans l'espèce de cabanon à l'intimité protégée par de légers volets de roseau, et qui, disposé au centre des bateaux, jonché de nattes et de coussins, devait servir le lendemain à abriter les ébats des *yūjo* et de leurs clients.

Avant de se glisser dans l'abri, Miyuki cala ses vasques de façon qu'elles ne se renversent pas même si le Yodogawa devenait agité, secouant les barques et les précipitant les unes contre les autres. Perturbées par l'orage qui menaçait et par le fleuve dont elles sentaient la présence toute proche, les deux carpes survivantes tournaient en rond dans leur prison avec la même fébrilité que lorsqu'elles affrontaient les courants du déversoir de Shūzenji pour aller frayer dans la partie plus calme de la Kusagawa. Fusant à travers l'eau des nacelles, les éclairs faisaient chatoyer leurs écailles comme autant de grenats, topazes ou tourmalines.

Se penchant par-dessus le plat-bord de sa barque pour mieux les voir, Nyngyo ne put retenir un petit cri d'admiration.

— En arrière ! s'écria Miyuki en agitant son *kaiken* sous le nez de la jeune prostituée. Tu dois à cette lame d'avoir été quitte de ta punition avant le terme prévu, mais je n'hésiterai pas à la retourner contre toi s'il te prend l'idée de toucher à mes carpes.

À regret, Nyngyo s'écarta des baquets. Pour amadouer Miyuki, qu'elle avait par ailleurs omis de remercier pour son intervention, elle lui donna une part de la pitance – des légumes émincés avec du riz saumuré et des châtaignes douces – que l'*obasan* avait fait distribuer à chaque fille, sauf à Miyuki, la vieille aux lèvres vertes attendant probablement de voir ce dont elle était capable avant d'engager des dépenses.

— Même après avoir été punie, on a droit au riz du soir ? s'étonna Miyuki.

— Les clients choisissent les barques les plus enfoncées dans l'eau, celles qui laissent présager que les courtisanes qu'elles portent sont bien charnues. Si on la prive de nourriture, une fille peut-elle être grassouillette au point de faire presque chavirer une barque ?

Miyuki admira l'efficacité des Mères qui pensaient à tout.

— Crois-tu que je sois moi-même assez dodue pour plaire aux hommes du Yodogawa ?

Les deux billes marron de ses yeux voletant au-dessus du corps de Miyuki comme un papillon explore un champ de fleurs, Nyngyo la détailla avec attention.

— Je crains que non, dit-elle enfin. Eh bien, tu n'auras qu'à remplir d'ouate le devant de ton vêtement. Et n'oublie pas d'en gonfler aussi les manches.

— Mais où vais-je trouver de la ouate ?

— À la pointe de ton *kaiken* ! s'esclaffa Nyngyo. Tu n'auras qu'à dépiauter un ou deux kimonos de la *kusobaba*[1]. Elle est maigre comme une branche

---

1. Vieille mégère.

en hiver, alors elle rembourre tous ses vêtements au niveau des épaules et des hanches.

— Et pourquoi farde-t-elle ses lèvres en vert ?

Nyngyo partit d'un rire moqueur, ravivant les traces de saignements qui marquaient encore sa peau là où les cordes avaient comprimé ses chairs. Puis son persiflage s'arrêta net, se transformant en petits jappements rauques comme si elle s'était étranglée avec sa propre hilarité.

— Mais elle ne farde rien du tout ! Elle a la bouche comme ça, verte, molle, et qui s'en approche peut constater qu'elle sent la pourriture, le poisson avarié, le fumier des bêtes. À mon avis, elle est morte, cette vieille-là. Mais d'être morte, ça ne l'empêche pas de vivre.

— Comment expliques-tu ça ? fit Miyuki, perplexe.

Depuis que Katsuro était mort, il ne lui était jamais apparu. Quoi que lui aient prédit Natsume et les femmes de Shimae pour l'encourager à prendre la route d'Heiankyō, elle ne croyait pas que les volutes de brouillard aux formes plus ou moins humaines qu'elle avait observées sur les sentiers escarpés de la chaîne des Kii pouvaient être des manifestations désincarnées de Katsuro : celui-ci n'était pas du genre à hanter Miyuki comme une piqûre d'insecte mal placée dont la démangeaison devient plus exaspérante à mesure qu'on cherche en vain à l'atteindre.

— Je ne l'explique pas. C'est ainsi. Cette femme a quelque chose d'un monstre, enfin je suppose. Moi, elle m'a déliée, mais il paraît que trois filles qu'elle avait pendues dans la position où tu m'as vue en sont mortes. Je ne sais pas si c'est vrai, mais c'est très possible.

Miyuki dormait encore quand la Mère aux lèvres vertes monta à bord de la barque. Marmonnant des paroles incompréhensibles, elle aligna les onguents et les accessoires nécessaires à la mise en beauté de ses *yūjo* : les baumes pour les cheveux, le mélange de cire et d'huile à appliquer sur le visage, l'épais maquillage blanc à base de poudre de riz et d'eau, les brosses en bambou pour l'étaler, les lichens absorbants pour en tamponner l'excédent, les bâtonnets de charbon de bois de paulownia pour dessiner de faux sourcils, et le nécessaire pour faire la laque à noircir les dents qu'elle élaborait à partir d'une poudre extraite de la galle du sumac.

Après avoir tout disposé, elle réveilla Miyuki et, lui mettant sous le nez des fils de soie issus de cocons percés et de déchets de filature qu'on avait modelés en boules brunâtres, elle lui ordonna d'aller les imprégner de la rosée du matin qu'elle trouverait sur les fleurs des lespédèzes et sur le feuillage écarlate des cornouillers, afin que les *yūjo* puissent en lustrer leur visage pour entretenir la pâleur de leur carnation.

— Ne tarde pas. Je n'attendrai pas ton retour pour larguer les amarres. Les affaires sont dures depuis qu'ont éclaté les rivalités pour le pouvoir. Nombreux sont les hommes qui ont déserté Heiankyō pour aller défendre leurs terres éloignées, comme si la guerre civile menaçait !

— Vous ne croyez pas qu'elle aura lieu ?

— Je ne te demande pas ton avis, alors épargne-toi la peine de me demander le mien.

Quand elle revint, la Mère avait planté sa perche dans le lit du fleuve, et la lourde barque se détachait déjà de la rive. Elle ne desserra pas ses lèvres vertes pour inciter Miyuki à la prudence, se contentant de la regarder prendre son élan, manquer tomber à l'eau en dérapant sur la berge glaiseuse et réussir *in extremis* à sauter à bord. Avec ses mains occupées à serrer la bourre de soie toute trempée de rosée, elle ne pouvait se raccrocher à rien, aussi s'étala-t-elle de tout son long dans le fond du bateau. Quand elle se releva, salie, la Mère lui donna au visage, sur les pommettes, quelques coups secs du revers de la main.

Le vent tombé, le ciel redevenu clair, le fleuve clapotait doucement contre les flancs de la barque que le courant d'aval emportait au milieu d'une flottille de bateaux chargés de longues gerbes d'avoine, ou lestés des ordures ménagères ramassées entre les pilotis des maisons et que de vieux mariniers conduisaient vers l'aval, vers la baie de Naniwa où elles seraient jetées à la mer.

Elles étaient cinq filles à bord, plus la Mère qui pesait sur la perche.

Comme les autres, Miyuki s'était vue gratifiée d'une épuisette en jonc qu'elle devrait tendre au client – si tant est qu'elle en ait jamais un – pour qu'il y dépose les raclures d'encens, les ligatures de cuivre, le riz, les poissons salés, les coupons de soie qu'il voudrait bien lui donner pour la remercier de ses prestations, et qui finiraient entre les mains de la Mère, celle-ci n'en restituant qu'une faible partie à la jeune femme après l'avoir défalquée des nombreuses mises à l'amende qu'elle avait encourues et dont elle n'avait pas toujours été avertie.

Miyuki rejoignit Nyngyo et les autres prostituées. Appuyées contre le plat-bord, frappant sur des tambourins qu'elles tenaient grimpés sur leurs épaules à la façon de petits singes, elles chantaient pour attirer les hommes :

> *Haïssable à mes yeux*
> *Est le fat sentencieux*
> *Qui ne veut pas boire de saké.*
> *Quand je regarde un tel être*
> *Je trouve qu'il ressemble à un dindon.*
> *Causez de trésors inappréciables !*
> *Peuvent-ils être plus précieux*
> *Qu'une seule coupe*
> *D'épais saké ?*
> *Parlez de joyaux*
> *Qui étincellent la nuit !*
> *Peuvent-ils donner autant de plaisir*
> *Que de boire du saké*

Qui emporte nos soucis ?
Aussi longtemps qu'en ce monde
Je trouve mon plaisir,
Dans une existence future
Que m'importe de devenir
Un insecte ou un oiseau[1] ?

Multipliées par le nombre de barques qui, dès la tombée du jour, se laissaient aller au gré du courant, les voix des *yūjo* se mêlaient aux piaillements des volatiles aquatiques regagnant leur nichée. Importunés par ce concert mal assorti de putains et d'oiseaux, certains marchands établis sur les rives, ou qui faisaient commerce en bateau, tentaient de chasser les «barques d'amour» en frappant la rivière à grands coups du plat de leurs rames.

À en croire Nyngyo, le moyen le plus efficace d'éveiller le désir des hommes était d'user d'une poudre parfumée spécialement élaborée par la Mère aux lèvres vertes. On la dressait en petits tas sur le plat-bord et l'on soufflait dessus, la confiant au vent qui l'emportait jusqu'aux narines des clients potentiels.

On touchait à la fin de l'heure du Chien lorsque Miyuki vit la lueur d'une lanterne qu'une silhouette, depuis le bord du fleuve, balançait au bout d'une perche.

---

1. D'après Ōtomo no Yakamochi (718-785), membre des «Trente-six poètes immortels».

Aussitôt la Mère dirigea la barque vers la berge.

Un homme se tenait sur la rive. La lueur de sa lanterne n'était pas assez vive pour révéler ses traits, mais il n'en gardait pas moins le front baissé et, tel un enfant qui cherche à parer une gifle, dissimulait son visage derrière la manche tombante de son manteau. Bien que celui-ci fût d'une couleur non protocolaire et que l'homme qui le portait n'ait arboré aucun insigne de dignité, il était évident, rien qu'à sa façon de saluer la Mère, que le personnage à la lanterne devait, d'une manière ou d'une autre, tenir son rang à la cour impériale.

Les cinq filles vinrent s'agglutiner contre le bastingage. Mais le bruit des galets entrechoqués par le courant les empêchait de saisir distinctement ce dont la Mère entretenait leur futur client.

— Rien qu'à entendre cette vieille hypocrite lui donner du seigneur par-ci, du seigneur par-là, je gage qu'elle est en train de lui demander le prix le plus élevé, dit Nyngyo. Je parie qu'elle lui réclame une robe en soie.

— Elle oserait, tu crois vraiment ?

— Brodée de fleurs d'automne, compléta Nyngyo.

— C'est au moins vingt-cinq journées de salaire d'un bon ouvrier !

— Alors, chuchota l'une des *yūjo* en désignant sa voisine, certainement ce sera pour Akazome.

Miyuki tourna légèrement la tête pour dévisager celle qu'on appelait Akazome. La peau très blanche tendue sur un visage rond et légèrement joufflu, les yeux enfoncés sous des paupières laissant passer bien plus qu'un mince filet de regard, des cils fournis, longs et naturellement recourbés, une bouche qui, sans être vraiment pulpeuse, avait des lèvres bien formées – *Comme elle est belle !* pensa Miyuki.

C'est alors qu'elle vit la lanterne décrire dans le ciel de nuit un orbe long et gracieux, puis s'arrêter si près d'elle qu'elle crut sentir, à travers les parois de papier huilé, la chaleur de la chandelle lui caresser le visage. Ce n'était pas une illusion : son front et ses pommettes étaient devenus cramoisis et brûlants, comme embrasés par un feu intérieur.

Nyngyo, elle aussi, avait suivi la course de la lanterne.

— Je m'étais trompée, murmura-t-elle en prenant la main de la jeune femme et en la pressant contre ses lèvres. C'est toi que cet homme désire, Amakusa Miyuki. Elle sera tienne, la robe de soie toute brodée de fleurs d'automne…

À peine eut-il enjambé le plat-bord de la barque que l'homme donna un coup de talon sur l'accotement, lançant l'embarcation vers le mitan du fleuve. Il signifiait ainsi qu'il devenait le maître de l'esquif et de ses passagères.

Émettant de petits grognements d'aise comme le chat qui pétrit la place où il va dormir, le client prit place sur les coussins dont les *yūjo* avaient jonché le fond du bateau. Assis sur les talons, il approcha de ses lèvres le bol de saké que lui présentait la Mère. Il

173

comptait sur l'alcool pour honorer sans défaillance la courtisane qu'il avait élue avant même d'avoir pris le temps de la détailler – il l'avait désignée dans la pénombre, se fiant à sa taille, à sa silhouette gracile, à la découpe de son profil et au timbre de sa voix quand elle lui avait chuchoté des mots de bienvenue, mais il ne pouvait être certain qu'elle correspondrait à ses désirs secrets.

C'était le jeu, le risque, que non seulement il acceptait mais qu'il recherchait.

Une fois sur deux – sinon deux sur trois – il évaluait mal la *yūjo* qu'il choisissait et se retrouvait affublé d'une fille grossière dont les caresses, hâtives et maladroites, irritaient ses sens au lieu de les combler.

Il subissait sans protester, sans même quémander un peu plus de moelleux. Ses amours vénales étaient à l'image du monde tel qu'il le concevait : de douces et jolies prostituées symbolisant Heiankyō, la ville impériale si raffinée, si épurée, où tout était parfaitement subtil, et des filles vulgaires représentant les autres nations, les pays lointains qui n'avaient même pas de noms, qui n'entretenaient avec le Japon ni commerce ni ambassade. Car, même si personne n'en parlait jamais, l'homme était sûr qu'il devait exister d'autres territoires, sans doute immenses, au-delà des cinq mers et des quelque six mille huit cent cinquante îles de l'archipel japonais. En montant dans une des barques d'amour du Yodogawa, le client ne se contentait pas d'apaiser ses pulsions sexuelles :

chaque *yūjo* étant une terre étrangère, il appareillait chaque fois pour un royaume exotique du vaste monde.

Il n'était pas un amant exigeant : il lui suffisait des traits, de la voix, du parfum de la courtisane, il ne ressentait pas la nécessité de lui faire l'amour, ni même de contempler sa nudité – un corps nu avait pour lui un attrait limité car il considérait que cette enveloppe n'était qu'une parcelle de la créature infiniment plus complexe dont il savait la *vraie* possession impossible.

— De quel négociant tiens-tu ton saké ?

— D'une brasserie fort discrète, seigneur, et qui entend le rester, dit la Mère aux lèvres vertes. Mais sachez que le breuvage exquis que je vous sers ce soir est du *bijinshu*, du saké de beautés.

— Du *bijinshu*, vraiment ? Je croyais que l'antique méthode consistant à mâcher et à recracher le riz avait été abandonnée depuis longtemps ?

— Vous dites vrai, seigneur. Mais je connais une maison où le miracle du grain de riz qui devient alcool est encore obtenu par la mastication assidue et la salive de jeunes vierges qui n'ont pas plus de dix-sept ans.

Comme le client se penchait en arrière pour boire jusqu'à la dernière goutte de son saké, offrant ainsi son visage à la lumière de la lune, Miyuki put détailler ses traits.

C'était manifestement un vieil homme, mais que l'âge avait en partie épargné : il était comme ces temples des siècles précédents dont on devinait, aux cicatrices dont ils étaient couturés, aux brûlures qui avaient noirci les enchevêtrements de leurs charpentes, aux corps amputés des dragons décorant leurs toitures, qu'ils avaient subi des incendies, survécu à des tremblements de terre dont, à défaut de sortir indemnes, ils émergeaient affermis, renforcés, parfois plus admirables qu'avant l'épreuve.

La Mère attendit que le client ait disparu dans l'obscur cabanon où Miyuki l'avait précédé, puis elle se campa devant l'ouverture et orienta une vaste ombrelle de papier tendu sur des lamelles de bambou de façon à faire écran à la curiosité des éventuels passants qui pourraient longer les berges.

L'abri était si étroit que le client n'avait d'autre choix que de se coucher sur la jeune femme qui s'était déjà allongée sur les coussins éparpillés jonchant le fond du bateau.

Miyuki frémit en sentant le vieil homme peser sur elle.

— Veuillez me pardonner, dit doucement celui-ci, je ne voulais pas vous faire mal.

— Vous ne m'avez pas fait mal, seigneur, répondit-elle derrière la grille de ses doigts (elle avait posé sa main sur sa bouche pour ne pas l'indisposer en lui imposant son souffle), mais je frissonne parce que j'ai peur de ne pas vous satisfaire : je n'ai pratiqué l'amour qu'avec un seul homme, il était mon mari, et quand il

176

est mort nous en étions encore à nous étonner l'un de l'autre, sans nous préoccuper de la manière d'aimer. Mais vous aurez de moi tout ce que vous désirez, à condition de ne pas oublier que je suis sans expérience, et sans doute assez sotte ; aussi devez-vous exprimer clairement vos volontés, guider mes gestes, plier et modeler mon corps selon vos goûts.

Malgré le poids de l'homme qui l'enfonçait dans le rembourrage des coussins, Miyuki réussit à dégager ses mains et, en se tortillant, à torsader le bas de sa casaque pour, ensuite, relever sa robe.

Elle seule, la Mère, était témoin de ce qui se jouait derrière l'écran de l'ombrelle de papier. Elle restait aussi discrète que possible, tout en s'arrangeant pour ne rien perdre de ce qui se passait, car, en cas de réclamation du client, il était essentiel qu'elle sache très précisément ce que la courtisane avait fait – ou omis de faire – pour le mécontenter.

Tout en surveillant les ébats du couple, la Mère continuait de pousser sur la perche, propulsant l'embarcation avec une suavité qui contrastait avec l'impétuosité de l'échange sexuel.

Les autres filles somnolaient, forcées par l'étroitesse de la barque de se chevaucher les unes les autres. Rejeté mollement par-dessus le plat-bord, le pied ou la main qui n'avait pas réussi à se caser dessinait à la surface de l'eau de gracieux sillages d'insectes. À force de se frotter joue contre joue comme les grains d'une grappe de raisin *koshu*[1], les maquillages blancs commençaient à se déliter et à laisser apparaître en filigrane le rose tendre des joues.

Habilement maintenue dans le droit fil du courant, la barque ne subissait aucun à-coup, si ce n'est lorsqu'elle croisait une barge lourdement chargée de bottes d'avoine que des bateliers halaient vers l'amont du Yodogawa.

Tandis que son client s'efforçait de libérer son pénis de l'entrelacs de plis, de lais et de rabats d'étoffe dans lequel il était empêtré, Miyuki réfléchissait : qu'allait-elle ressentir en livrant le plus intime d'elle-même à un étranger ?

Le sexe de Katsuro était le premier et le dernier qu'elle avait accueilli en elle. Quand son mari était mort, elle avait ressenti avec une tension fébrile l'envie impérieuse, devenue tyrannique au fil des jours, de faire encore une fois l'amour avec lui. Elle se réveillait plusieurs fois dans la nuit, persuadée d'avoir entendu quelqu'un marcher dans la maison, un pas d'homme énergique et résolu mais qui, par respect pour son sommeil, se posait sur le sol avec une sorte de retenue. Ce ne pouvait être que celui de Katsuro. Il était mort, bien sûr, elle avait vu la fumée de son bûcher funéraire s'élever vers le ciel, mais la mort était peut-être beaucoup plus poreuse qu'on ne

---

1. Cépage rose très courant au Japon. Connu depuis le VIIIe siècle.

l'imaginait, peut-être ressemblait-elle à la falaise qui dominait le déversoir de Shūzenji – elle donnait l'impression d'une paroi dense et compacte mais, quand la Kusagawa était en crue, des failles s'ouvraient dans cette falaise d'où l'eau se mettait alors à fuir en une multitude de jets. Miyuki se gardait bien d'ouvrir les yeux, mais elle souriait dans son demi-sommeil, elle allongeait une main paume ouverte afin que Katsuro, quand il viendrait s'allonger près d'elle, puisse reposer sa joue dans ce creux, sur les coussinets tièdes et doux de ses doigts. Malheureusement, elle finissait toujours par se rendormir avant de sentir sur sa main peser la joue de son mari. Mais le matin venu, quand elle rouvrait les yeux, son premier réflexe était de flairer la paume de sa main, et elle n'avait aucun mal à se convaincre qu'elle sentait la rivière, l'argile mouillée des carpes et l'odeur poudrée, boisée, violette, des iris des berges.

N'ayant plus le pouvoir d'assouvir ses pulsions charnelles au présent, elle les rassasiait par la mémoire. Elle pouvait désormais, rien qu'en s'allongeant les yeux clos et en évoquant le visage de son mari penché sur elle, ressentir avec une acuité saisissante la pénétration du sexe de Katsuro, la caresse de sa hampe de chair allant et venant dans son vagin dont elle parvenait à resserrer les parois sur ce sexe fantôme. Alors, sous la sollicitation du rêve de Miyuki, la verge irréelle de Katsuro se dilatait jusqu'à envahir tout le bas du corps de la jeune femme.

Si tout restait impassible autour d'elle, si aucun

engoulevent ne se mettait à crier, si la pluie ne marte-
lait pas le toit de paille, elle pouvait faire durer l'illusion jusqu'à l'instant déchirant où elle était convulsée
par un orgasme, bientôt suivi d'un second, voire d'un
troisième.

Mais cette nuit, le vieil homme qui l'avait distin-
guée parmi les autres *yūjo* lui imposerait l'empreinte
de son sexe à lui – si du moins il parvenait à en
retrouver l'usage dans le grand capharnaüm de son
vêtement –, et Miyuki craignait de ressentir cette
pénétration comme une effraction.

Elle devait se préparer à se dominer, à prendre
sur elle, à se convaincre qu'elle ne trahissait pas la
mémoire de Katsuro, que ce client n'était rien ni personne, que l'appeler seigneur ne lui conférait aucune
existence, qu'il suffirait qu'elle voie se déhancher
dans la naissance de l'aube la silhouette du pêcheur
du Yodogawa, Okano Mitsutada, les épaules cintrées
sous le poids des carpes capturées pour elle, pour
que le vieil homme de la nuit disparaisse comme ces
phalènes d'un blanc poudreux qui battaient tambour
contre le papier des lanternes, s'étourdissaient puis
tombaient mortes sur le plancher du bateau.

Le vieil homme réussit enfin à libérer son sexe.
Délivré du carcan d'étoffes et vivifié par un afflux
de sang, son pénis s'était aussitôt redressé et, comme
s'il tendait le cou pour hurler à la lune, il avait pointé
vers le ciel son gland décalotté, un gland pointu et

rouge qui, pensa Miyuki, lui donnait un peu l'allure d'un loup, un petit loup de Honshu.

Elle s'allongea sur le flanc, abandonnant à l'homme le choix de la chavirer sur le ventre ou sur le dos. Elle avait un corps ferme, peu de hanches, une poitrine modeste mais charnue. Il la retourna sur le ventre, puis s'étendit tout contre elle, les parties noueuses et bosselées de sa carcasse cherchant les creux douillets de sa chair à elle.

Elle ferma les yeux. De toute façon, il n'y avait rien à voir. Derrière les volets de roseaux du bateau défilaient en alternance des berges nattées d'un enchevêtrement de racines de cryptomérias et des colonies de fougères dont les frondes palpitaient avec un bruissement d'éventails agités par une assemblée de dames impatientes que la fête commence enfin.

Le vieil homme, lui, ne semblait pas pressé. À présent qu'il avait réussi à se trousser et que son sexe avait acquis une fermeté plus qu'honorable, il prenait son temps.

Comme il en était à palper les fesses de Miyuki, elle se demanda s'il allait remarquer leur singularité, la fesse droite plus ou moins en forme de goutte, et la gauche ronde comme un globe. Bien qu'elle ne fût pas considérable, cette dissymétrie enchantait Katsuro : était-ce un défaut de naissance, ou bien une mutilation accidentelle – à l'origine, la fesse gauche aurait été une goutte renflée comme la droite, mais, pour une raison ou pour une autre, la pointe de la goutte aurait été coupée, et seule aurait survécu la partie renflée ?

Penché sur Miyuki (elle pouvait sentir son souffle tiède la parcourir du coccyx à la nuque), le client, lui, n'avait apparemment rien remarqué. Après tout, la différence entre les deux fesses n'était peut-être pas si évidente que Katsuro avait bien voulu le dire, en tout cas aux yeux d'un amant de passage.

Pourtant, bien que respirant de plus en plus bruyamment, ce qui pouvait passer pour un signe d'excitation sexuelle, le vieil homme n'avait toujours pas touché Miyuki, ni même esquissé le geste de l'effleurer.

Après lui avoir pétri les reins, il resta étendu contre elle, parfaitement immobile et pensif pendant de longues minutes.

Puis il se souleva au-dessus de la jeune femme, à quatre pattes et le ventre rentré comme pour éviter tout contact entre leurs deux corps.

Et maintenant il reculait, avec cette lenteur sèche d'un tiroir vide dont on avait espéré qu'il contenait quelque chose de précieux, et que l'on refermait à regret.

— Je ne vous plais pas, seigneur ?

Il ne répondit pas tout de suite, continuant à reculer doucement, comme pour se mettre à distance de quelque chose d'insoutenable.

Miyuki se rappela les habitants de Shimae, une nuit d'hiver, se repliant en silence, s'éloignant d'un bouquet de maisons qu'un incendie venait de ravager et dont il ne restait déjà plus que des cendres qui voletaient et quelques foyers de braises qui continuaient à papilloter. Elle se souvenait des pas dans la neige, des empreintes des sandales en bois qui s'arrêtaient brusquement, puis d'une zone de piétinement comme si les villageois avaient hésité sur la conduite à tenir – aller plus avant ou rebrousser chemin – et des traces repartant à reculons car, bien qu'en s'écartant du drame, personne n'avait osé faire volte-face, personne n'avait tourné le dos aux moignons de poutres fumantes, aux parois constellées de pustules noires, aux corps carbonisés qui présentaient tous le même rictus, les mêmes orbites démesurées au fond desquelles les yeux avaient fondu ; et Miyuki avait noté que les empreintes du retour étaient plus profondes que celles de l'aller, comme si les villageois portaient désormais dans leur regard le poids de quelque chose d'écrasant.

— Voulez-vous que j'appelle une autre *yūjo* ? proposa-t-elle.

Le vieil homme secoua la tête.

— Pourtant, seigneur, vous n'avez pas eu ce que vous désiriez.

— Le fait est, dit-il, que je reste insatisfait. Profondément insatisfait. Et déçu, surtout. Comme lorsqu'on entre dans une auberge avec l'intention de se régaler d'un plat d'anguille et qu'on s'entend dire qu'il n'y en a pas ce jour-là.

Être rabaissée au niveau d'un plat d'anguille, que par ailleurs Miyuki n'aimait guère, était sans doute

183

humiliant, mais ce n'était rien en regard de la honte qu'elle éprouverait si la Mère décidait de l'attacher et de la suspendre au plafond des Deux Lunes dans l'eau pour la punir d'avoir mécontenté un client important.

Celui-ci s'était adossé à une membrure de la barque et il considérait son pénis redevenu flasque.

Miyuki rampa sur ses genoux jusqu'au vieil homme, elle se pencha et, avec le renfort de sa langue, s'employa à réveiller le sexe amorphe. Mais le client la repoussa :

— Non, c'est inutile. Vois-tu, il émane de toi...

Il se tut brusquement.

— Oui, seigneur ? l'encouragea-t-elle, espérant qu'il allait lui fournir les raisons de son échec, et qu'elle pourrait rétablir la situation à leur avantage à tous les deux – elle avait des haut-le-cœur à l'idée de passer peut-être plusieurs heures ligotée au plafond de l'auberge, et, dans une moindre mesure, elle était contrariée que le vieil homme, à cause d'elle, n'ait pas goûté au plaisir qu'il avait sans doute espéré.

Comme il se taisait, elle poursuivit :

— Qu'est-ce qui émane de moi ? Avez-vous vu sur mon corps quelque chose qui vous aura choqué ? Quelque chose qui vous répugne ? Une impureté, une tache, une salissure, une trace de souillure, une marque, une cicatrice, est-ce que je sais ?

C'était possible, après tout. Ne possédant pas de miroir, elle n'avait jamais pu observer son propre dos, ni l'arrière de ses épaules. Les seuls reflets d'elle-même dont elle disposait étaient ceux que lui renvoyait l'eau du bassin des carpes et ce que Katsuro lui avait révélé de son apparence. Or, à part des spéculations amusées concernant la dissymétrie des fesses de sa femme, Katsuro était peu loquace concernant son physique. Loin de lui, pourtant, la pensée qu'elle n'était pas assez séduisante pour mériter des commentaires, c'était même tout le contraire : il la trouvait si belle, justement, qu'il pensait n'avoir ni en tête ni en bouche les mots capables de décrire une personne telle que Miyuki.

— Crois-tu que je t'aurais choisie si tu avais eu quelque chose de repoussant ? dit le vieil homme.

— Mais comment auriez-vous pu savoir, seigneur ? Comment auriez-vous pu voir quoi que ce soit à travers les huit robes qu'on m'a enfilées les unes sur les autres, afin que du mélange de toutes ces soieries naisse la nuance prune pourpre du printemps au coucher du soleil dont notre *obasan* voulait absolument me parer ce soir ? Prune pourpre du printemps au coucher du soleil, répéta-t-elle en pinçant les lèvres, je vous demande un peu ! En voilà une couleur ! Ça n'existe pas dans la nature, ni au printemps, ni à aucune heure du jour ou de la nuit. Jamais.

— Il ne s'agit pas seulement de voir ! s'écria le vieux avec agacement. Tu n'es pas qu'un objet qu'on regarde. As-tu jamais entendu parler d'un vieil homme, bien plus âgé que moi, qui s'appelait Kichijiro Ueda ?

— Où aurais-je pu entendre parler de Kichijiro-*san* ?

— Dans le monde qui est le tien : il n'aimait rien tant que les courtisanes. Oh, pour ça, il était insatiable ! Toutes les nuits il lui en fallait une, et qui soit différente des précédentes. Ce besoin dévorant qu'il avait des femmes était-il lié à la contemplation de leur beauté ? Non, non : figure-toi que Kichijiro Ueda était né sans yeux, une sorte de portière de peau recouvrait ses orbites.

— Mais alors, si rien en moi ne vous déplaît...

— La senteur, dit-il.

Elle fronça les faux sourcils que Nyngyo lui avait peints sur le front, un doigt au-dessus des vrais qu'elle avait préalablement rasés :

— La... senteur ?

Elle aurait compris si le vieil homme avait parlé d'odeur, de parfum, mais senteur était un des innombrables mots dont Miyuki ignorait le sens.

— La senteur, répéta-t-il en plissant les narines, celle que tu exhales.

Alors elle devina ce qu'il voulait dire. Et elle eut à cet instant si froid que ce fut comme si la barque s'était soudainement remplie de toute l'eau du Yodogawa, et comme si cette eau noire et glacée l'avait engloutie, ne laissant dépasser d'elle que sa bouche afin qu'elle puisse encore prononcer quelques mots désespérés.

— Je sens mauvais ?

— Ai-je dit cela ? Non, j'ai simplement relevé que

tu sentais quelque chose. Je ne sais pas ce que c'est, c'est une odeur que je n'ai encore jamais respirée sur la nuque d'aucune *yūjo*. Mais elle ne m'est pas particulièrement agréable, voilà tout.

— Puis-je…

— Non, fit-il, non, tu n'y peux plus rien.

Son ton s'était fait lointain, et son attitude aussi sèche que la peau décharnée, racornie, d'un lézard mort. Il souleva la portière en lamelles de roseau, se glissa dessous. Miyuki l'entendit pousser comme un soupir de soulagement alors qu'il débouchait à l'air libre. Elle imagina ses narines, verticales et effilées comme des amandes, qui se dilataient, se gavaient de nuit froide.

Il entraîna la Mère à l'écart tandis que les *yūjo* prenaient soin de Miyuki et l'aidaient à remettre de l'ordre dans sa toilette.

— Vous êtes contrarié, seigneur ? s'inquiéta la Mère en voyant un pli soucieux barrer le front du vieil homme.

— Où as-tu recruté cette courtisane ?

— Je ne l'ai pas recrutée à proprement parler. Elle s'est présentée d'elle-même à l'auberge des Deux Lunes dans l'eau. Elle m'a demandé l'hospitalité pour une nuit en échange d'une autre nuit où elle travaillerait pour moi, quel que soit ce travail. C'était le soir où il y a eu cet orage qui n'en finissait pas, rappelez-vous, la fois où il a tant plu.

— N'était-ce pas hier ?

— Hier, oui, en effet. Toujours est-il que je ne pouvais pas la laisser dehors.

— L'as-tu questionnée ? Et examinée ?

— Non. C'est que, voyez-vous, j'étais occupée à punir une *yūjo* qui s'était mal conduite. Une punition qui réclamait toute mon attention : j'ai déjà perdu des filles en les corrigeant de cette façon, je ne voulais pas laisser mourir celle-ci à cause d'un moment d'inattention. Alors j'ai simplement jeté un œil sur la nouvelle qui nous arrivait du dehors. Il faisait sombre, j'ai cru voir qu'elle n'était pas trop laide – est-ce aussi votre avis ?

— Peu importe de quoi elle a l'air ! C'est son fumet qui m'a alerté. Elle embaume – ou empeste, je ne suis pas encore décidé – quelque chose de sauvage, un relent de forêt, d'herbes froissées, de terre détrempée, de tanière.

— De… tanière ?

— De tanière, oui. Je ne suis pas loin de penser que cette créature pourrait bien être un *kiyûbi no kitsune*.

Comme la plupart des gens qui «voyaient passer du monde», la Mère aux lèvres vertes avait entendu parler des *kiyûbi no kitsune*, ces renards capables de prendre une apparence humaine, et de préférence celle d'une femme jeune et séduisante.

Mais pour avoir une chance de se métamorphoser ainsi, un renard devait avoir au moins cinquante ans. S'il atteignait les cent ans, sa transformation était assurée, mais les circonstances de la vie, tant celle des hommes chasseurs que celle des renards chassés, faisaient que les goupils vieux d'un siècle, et donc les demoiselles issues de renards, n'étaient pas légion. Pourtant, comment douter de leur réalité quand même des empereurs se portaient garants de leur existence en les accueillant à leur cour ?

— Tu dis qu'il faisait nuit quand la fille s'est présentée à toi ?

— Sauf quand les éclairs déchiraient le ciel, les ténèbres étaient si profondes qu'on aurait pu croire que la lumière du jour ne serait jamais capable de les mettre en déroute, confirma la Mère en versant une nouvelle et généreuse rasade de saké de beautés dans le bol du client ; et cette fois, elle s'en accorda également une bonne lampée qu'elle but à même le goulot du flacon – elle supportait de moins en moins qu'on fasse allusion au surnaturel sous quelque forme que ce soit, car cela lui rappelait la possibilité, ténue mais tout de même, de l'existence d'un Au-Delà où il lui serait demandé raison du moindre de ses actes.

— Tu n'ignores pas qu'une jeune femme qui erre en solitaire dans une nuit pourtant peu propice à la promenade peut fort bien être un *kiyûbi no kitsune* ?

— Pas cette femme-ci, protesta la Mère sans hésiter. Pas Amakusa Miyuki.

— Amakusa Miyuki, répéta le client. C'est son nom ?

— C'est en tout cas celui qu'elle m'a donné. Est-ce qu'il vous dit quelque chose ?

Le vieil homme secoua la tête : le nom d'Amakusa

Miyuki ne lui évoquait rien, et pourtant il avait la vague impression de l'avoir déjà entendu prononcer. Mais dans une cité en perpétuelle effervescence comme était Heiankyō, on ne prêtait guère plus d'attention aux noms qui fusaient de partout qu'aux nuées d'oiseaux qui striaient le ciel.

Des profondeurs de son manteau, l'homme sortit des rondelles de cuivre percées d'un trou central et enfilées sur un lien de jonc :

— Combien ? questionna-t-il. Combien de sapèques ? À moins que tu ne préfères de la soie, une robe brodée par exemple ?

— Ni soie ni sapèques, seigneur, dit la Mère. Quelle honte pour moi, si je me faisais payer ! J'ai entendu, à travers les volets de roseau, les reproches que vous adressiez à cette *yūjo*. J'ai manqué de vigilance, j'aurais dû l'examiner, la renifler avec soin avant de vous la proposer.

— Tu ne m'as rien proposé du tout, *obasan*. C'est moi qui ai choisi cette fille. J'avais des alternatives, n'est-ce pas ?

Elle répondit par un long soupir sifflant qui fit naître et éclater de petites bulles de salive entre ses lèvres vertes.

— Certainement, seigneur. Pour ma part, j'étais persuadée que vous alliez réclamer les services d'Akazome.

— Akazome ?

— Akazome aux joues si rondes et si pâles que la lune...

— … en est jalouse, compléta le vieil homme, oui, oui, chanson connue : c'est ce qu'on dit toujours des courtisanes malades, ou trop enfantines encore. Mais moi, je n'avais d'yeux que pour l'autre – comment l'appelles-tu déjà ?

— Amakusa Miyuki.

— Allons, s'impatienta-t-il en tendant sa main dans le creux de laquelle luisaient les sapèques, prends ton dû. Et donne à Amakusa Miyuki la part qui lui revient.

— La part qui lui revient, murmura la Mère, c'est la mort. Car elle vous a offensé, vous dont la réputation…

Il se recula vivement comme pour échapper aux halos de lumière des lanternes de papier qui se balançaient à l'arceau du cabanon. Tout aussi vivement, elle le retint par une manche.

— Non, non, ne craignez rien, malgré l'honneur que me vaut votre clientèle, je ne vais pas ébruiter votre nom ; mais moi qui le sais, et qui connais votre rang, vos titres, votre noblesse, j'affirme que la faute de la *yūjo* n'en est que plus grande. Et donc elle mourra. Nous ferons cela vite et proprement.

Elle se pencha par-dessus le bastingage, laissant sa main droite courir au ras de la berge et arracher de longues feuilles d'acore.

— Ces plantes, on les noue, on les tresse, c'est solide, on finit le lacet par une sorte de tourniquet, il n'y a plus qu'à le passer autour du cou et à serrer. Le verdict et la méthode ont-ils votre approbation, seigneur ?

Le vieil homme vida son bol de *bijinshu*, davantage pour gagner du temps que par plaisir de boire – ce saké était curieusement instable et volatil, pensa-t-il, à l'image des jeunes filles qui avaient contribué à son élaboration.

— Non, répondit Nagusa Watanabe.

— Mais, seigneur…

— Demande-lui seulement de s'arracher un de ses ongles et de me l'offrir, comme font les *yūjo* véritablement désireuses de prouver l'authenticité de leur sentiment aux plus cléments et aux plus généreux de leurs protecteurs.

Vers le milieu de l'heure du Lièvre, après avoir débarqué le dernier des quatre clients fortunés qui avaient succédé au directeur du Bureau des Jardins et des Étangs, la Mère jugea que la nuit avait été suffisamment fructueuse.

Elle orienta la barque vers des pontons sur pilotis où étaient déjà amarrés plusieurs bateaux noirs et ventrus. Une fois l'embarcation mise à couple avec une grosse chaloupe qui exhalait une irritante odeur d'oignon (ses plats-bords et ses membrures en avaient été généreusement imprégnés pour décourager les prédateurs, enfants et animaux, d'approcher la cargaison de miel qu'elle rapportait du mont Miwa à l'intention des médecins de la cour impériale), la Mère fit défiler devant elle les *yūjo* qui avaient pris part à la navigation nocturne. Toutes reçurent une gratification, qui consistait le plus souvent en un carré de soie aux bords effilochés.

Miyuki fut la seule à qui la Mère remit des ligatures de cuivre.

— Ne te réjouis pas trop vite d'être mieux payée que les autres filles. Car, en contrepartie, ton bienfaiteur demande que tu lui fasses don d'un de tes ongles. Celui du majeur à la plus grande valeur. C'est aussi celui dont l'arrachage est le plus douloureux.

— Un ongle ? fit Miyuki en ramenant instinctivement ses mains derrière son dos.

— Offrir un de ses ongles est une tradition. Et un grand privilège.

— La souffrance doit être atroce, protesta Miyuki.

— Elle l'est. C'est ce qui donne tout son prix au présent que tu vas faire. Car l'objet en lui-même, noirci et souillé de sang séché, n'est pas particulièrement esthétique. De plus, avec le temps, il finit par sentir mauvais.

La Mère fit valoir que les ligatures de cuivre que le vieil homme avait accordées à Miyuki représentaient une véritable richesse. Se livrant à un rapide calcul mental, elle en déduisit que ces ligatures allaient permettre à la jeune veuve d'acheter au moins cinquante carpes de bonne taille.

— Mais à quoi bon acquérir plus de poissons que je ne pourrai en porter, *obasan* ?

C'était une remarque pertinente, mais la Mère

n'en tint pas compte. Elle ne voyait qu'une chose : dès lors qu'elle aurait reconstitué son cheptel de carpes, Miyuki ne s'éterniserait pas aux Deux Lunes dans l'eau où son odeur incommodante risquait de dissuader d'autres clients. Odeur dont seul Nagusa s'était offusqué, car rien de particulièrement désagréable n'était venu chatouiller les narines de la Mère. Il est vrai que le directeur du Bureau des Jardins et des Étangs avait été doté dans sa jeunesse d'un odorat particulièrement sensible ; son nez avait grossi, bourgeonné, enlaidi avec l'âge, mais, à en croire son propriétaire, il avait gardé des capacités olfactives plus développées que les autres nez d'Heiankyō.

— Je préfère attendre qu'il fasse grand jour pour procéder à l'arrachage de ton ongle, dit la vieille femme aux lèvres vertes. Un mouvement maladroit est si vite arrivé ! Je ne pratique jamais ce petit rituel sans m'entourer de toutes les précautions, dont la première est de bien voir ce que l'on fait afin de ne pas risquer de détériorer l'ongle. Tu n'imagines pas comme c'est fragile, un ongle de femme qu'on a séparé de son support de chair. Rentre à l'auberge et essaie donc de dormir un peu en attendant.

Elle se garda bien de parler de l'intense douleur pulsatile qu'éprouverait Miyuki lorsque le sang s'accumulerait sous l'ongle avant qu'il soit complètement déraciné. C'est Nyngyo qui aborda le sujet, alors que les *yūjo* suivaient le sentier qui reliait l'embarcadère au bouquet de maisons.

— Tu ne dois surtout pas la laisser te toucher. Car

au prétexte de ne pas abîmer l'ongle, elle l'arrache très, très lentement. Et toi, pendant ce temps-là, tu souffres à en hurler. Mais moi, je connais un moyen de la laisser sur sa faim, cette vieille *kusobaba*.

Nyngyo se pencha pour ramasser un caillou plat et bleu qu'elle fit habilement ricocher à la surface de l'eau.

— À ton tour, invita-t-elle en choisissant un autre caillou pour Miyuki.

— Je ne sais pas faire ça.

— Vraiment ? s'étonna Nyngyo. Je croyais pourtant que tu vivais près d'une rivière ?

— Oui, la Kusagawa. Mais elle est beaucoup trop agitée pour y faire rebondir des cailloux. De toute façon, Katsuro n'aurait pas aimé que sa femme perde son temps à jouer aux ricochets : on n'arrêtait pas de travailler, tu sais.

Nyngyo approuva : elle non plus n'avait pas de temps à gaspiller ; si elle s'était arrêtée, ce n'était pas tant pour montrer son adresse aux ricochets que pour laisser passer les autres *yūjo*. S'étant assurée que celles-ci suivaient sans se retourner le chemin bordé de fougères, elle saisit Miyuki par un bras.

— À présent que nous sommes seules, dit-elle en faisant voler une dernière pierre plate au-dessus du fleuve, je vais t'expliquer comment nous allons tromper la *kusobaba*. Elle t'a remis la prime qui te revient ?

— Oui, bien que je n'aie pas procuré au client ce qu'il attendait de moi.

— Il prendra son plaisir autrement. En imaginant

ce que tu vas endurer pendant que la Mère t'arrachera un ongle. C'est une douleur qui vous retourne le cœur, il le sait. Bien sûr, il n'en verra rien, mais il lui suffira d'y penser pour éprouver un plaisir divin. Les hommes sont ainsi. Pas tous, mais beaucoup d'entre eux. Ils appellent cette jouissance particulière la pluie sur les pavots pourpres. La pluie, ce sont tes larmes, et la danse affolée de tes doigts blessés figure celle des pavots sanglants. Mais cette fois, il n'y aura ni averse ni fleurs rouges. Dis-moi, puisque tu as de quoi payer Okano Mitsutada et ses aides, rien ne t'empêche de prendre dès maintenant possession des carpes qu'ils ont capturées pour toi ?

— S'ils les ont prises…

— Pour ça, tu peux en être sûre, Okano Mitsutada n'a pas d'égal sur le Yodogawa. Alors, voici : sur l'un de ces poissons, tu prélèveras une écaille. Prends-la assez grande et aussi bombée que possible. Je la transformerai en un bel ongle fraîchement arraché de… voyons, de quel doigt ?

— L'*obasan* a parlé du majeur, dit Miyuki en présentant sa main. Lequel est-ce ?

Personne ne lui avait jamais appris le nom des doigts. À Shimae, quel profit en aurait-elle retiré ? Il valait mieux pour elle savoir identifier au premier coup d'œil les insectes nuisibles et les mauvaises herbes des rizières.

— C'est que je vais devoir maquiller aussi ton doigt, précisa Nyngyo. Nous aurons besoin d'un peu de sang – pas du tien, rassure-toi, il nous suffira d'écraser quelques *mushi*[1], nous obtiendrons une espèce de bouillie bleu-vert, j'y ajouterai une goutte-lette d'encre pour l'assombrir, nous en maculerons le bout de ton doigt et le tour sera joué.

Pour faire bonne mesure, la *yūjo* frotta le doigt de Miyuki avec une touffe de poils récupérée dans la tanière d'une belette. Le musc dont ces rongeurs imprégnaient les dépouilles des animaux qu'ils avaient chassés et dont ils tapissaient leur nid suffit à donner au majeur de Miyuki l'odeur fétide caractéristique des doigts auxquels on avait arraché un ongle.

Avant que l'aube glisse sur les eaux encore nui-teuses du Yodogawa, Miyuki fit à la vieille *kusobaba* l'offrande de son ongle soi-disant arraché. Puis, le visage baigné de larmes de souffrance parfaitement imitées grâce à quelques traces d'huile de sésame sur ses joues, elle s'éloigna en trébuchant, soutenue par Nyngyo qui s'efforçait de ne pas pouffer.

L'auberge des Deux Lunes dans l'eau vibrait des ronflements légers des jeunes *yūjo* lorsque Nyngyo, riant en silence, força les tiroirs de la commode où la Mère alignait ses plus belles toilettes. Elle ramassa une pleine brassée de vêtements que la vieille femme ne mettrait plus jamais, dont elle avait même proba-blement oublié jusqu'à l'existence : elle s'empara ainsi d'une robe de dessus couleur prunier rouge, d'une autre couleur de myrtille, d'une troisième couleur

---

1. Ancienne dénomination des insectes.

d'aster mauve, et, pour la quatrième, celle qui serait portée au plus près de la chair, elle choisit une soierie lie-de-vin.

Elle allait refermer le meuble lorsqu'elle surprit le regard de Miyuki fixé sur un long kimono blanc. Il gisait au fond du tiroir, davantage abandonné que plié, mais avec une telle grâce qu'on aurait pu le prendre pour la dépouille encore tiède et souple d'une jeune fille morte à l'instant.

— Celui-là, non, chuchota Nyngyo, nous ne pouvons pas le lui voler : c'est celui qu'elle portera le jour de ses funérailles. Elle nous l'a présenté en le tenant par le col, en le faisant trembloter et se mouvoir mollement comme s'il s'agissait d'une vraie personne, d'une sorte de vieil amant revenu du fond de sa mémoire. Nous avons essayé d'en savoir davantage, mais il semble qu'elle soit incapable de se rappeler le nom de cet amant ; n'importe, elle lui a attribué un autre patronyme, et c'est bien suffisant, je suppose, pour se consumer sur un bûcher funèbre.

Afin de transporter plus commodément toutes ces toilettes que Nyngyo avait dérobées pour elle, Miyuki les enfila les unes sur les autres.

— Ainsi font les nobles dames de la Cour, approuva la *yūjo*. Elles peuvent en empiler jusqu'à quinze. Les couleurs se superposent, se mélangent les unes aux autres, et, à la fin, une seule teinte reste visible, une teinte que la dame doit être la seule à arborer et que…

Nyngyo se tut brusquement.

— Comme tu es belle ! s'écria-t-elle alors.

La *yūjo* se mourait d'amour pour Miyuki. De son côté, sous toutes ces épaisseurs de soie, Miyuki, elle, se mourait de moiteur. Les deux mourantes s'enlacèrent et échangèrent un long et profond baiser d'adieu.

En quittant Shimae, Miyuki avait pris la résolution de tenir fidèlement le compte de ses nuitées. Elle ne doutait pas que Katsuro écouterait avec intérêt la relation qu'elle lui ferait de son voyage, ne fût-ce que pour railler gentiment sa lenteur : « Deux jours pleins pour aller de Hongu à Tsugizakura ? Non, je ne le crois pas ! Tu as croisé une sorcière qui t'a transformée en escargot, ou quoi ? Moi, pour faire le même trajet, et avec l'inconvénient d'être parti avant l'aube et d'avoir dû marcher sous une pluie battante, je me suis mis en route à l'heure du Lièvre et j'ai atteint Tsugizakura à l'heure du Cheval… »

Mais brusquement lui était revenue l'évidence que Katsuro était mort et qu'il n'entendrait plus jamais sa voix.

Alors elle avait perdu le sens de la durée. Elle avait interrompu le décompte de ses petits pas et de ses grandes enjambées, renoncé à recenser les bornes qui marquaient les distances, cessé d'additionner l'alternance des jours et des nuits. Ne se préoccupant plus du temps, oh ! plus du tout, mais seulement de la bonne santé de ses carpes, de leur bien-être et de leur éclat – les poissons que lui avait fournis Okano Mitsutada étaient presque aussi beaux que ceux de

Katsuro et nettement plus vifs – il est vrai qu'ils n'avaient pas encore eu à subir la claustration des nacelles, ni la corruption de l'eau stagnante –, c'est ainsi qu'elle arriva en vue de Rashōmon, la porte monumentale de l'entrée sud de la ville impériale, sans avoir la moindre idée du temps qu'elle avait passé à cheminer. En tout cas, à considérer la crasse qui la recouvrait et les sanies dont elle était maculée, ç'avait dû être un long voyage.

Le directeur du Bureau des Jardins et des Étangs sortit du Palais impérial par la Kenshunmon, la porte affectée aux ministres et hauts fonctionnaires.

Que celle-ci soit réservée aux dignitaires n'empêchait pas une foule d'artisans, de colporteurs, de marchandes foraines déguenillées et de marionnettistes, de l'utiliser sans même songer que leur position sociale ne les autorisait pas à frayer avec les autorités qui avaient le privilège de passer sous le toit à pignon. D'ailleurs, pourquoi s'en soucier, la sanction qu'ils encouraient se limitant à deux ou trois coups de bâton sur les épaules, davantage pour faire symboliquement plier celles-ci que pour rosser leur propriétaire ?

Les bousculades, la promiscuité bruyante, et surtout l'indiscipline des petites gens, apparaissaient aux yeux de Nagusa Watanabe comme une des manifestations les plus détestables de la décadence qui rongeait l'empire : l'administration centrale s'était peu à peu laissé déposséder de l'essentiel de ses prérogatives au profit des grands propriétaires terriens, en tête desquels le clan des Fujiwara qui, en mariant habilement ses filles, petites-filles ou nièces aux princes impériaux, avait réussi à tirer à son profit tous les fils du pouvoir. Ponctionné par une dynastie qui prélevait sur lui de quoi assurer sa propre croissance, l'empire se vidait de sa substance à la manière d'un crabe qui fait sa mue, mais qui, s'étant dépouillé de sa carapace trop exiguë, constate alors qu'il n'a pas produit d'exosquelette de remplacement, ce qui le condamne a une telle mollesse que ses jours sont désormais comptés.

Il avait tenu du miracle, le nombre de filles, plutôt jolies d'ailleurs, que les Fujiwara, des siècles durant, avaient pu offrir comme épouses aux jeunes empereurs qui se succédaient sur le trône – autant d'unions qui leur avaient permis de parfaitement régenter l'empire sans avoir à prendre eux-mêmes le pouvoir.

Mais voici que la source semblait s'être tarie. Après la plus assidue, la plus immuable des floraisons, le cerisier était nu : le clan Fujiwara n'avait plus la moindre demoiselle à proposer au prochain souverain.

Après les orages qui avaient sévi les jours derniers, le ciel était redevenu pur et calme. Nagusa descendit l'avenue de l'Oiseau-Rouge en direction du Sixième Pont.

Il avait attaché sur son crâne son *eboshi*[1] de cérémonie, poudré et fardé son visage, et s'était volup-
tueusement parfumé.

Accroupis, des enfants jouaient à s'appliquer
au-dessus des yeux des feuilles de saule en guise de
sourcils. C'étaient des feuilles tout récemment tom-
bées à terre, sans doute arrachées par les bourrasques
de vent, et dont les teintes allaient du vert fané au
bronze léger, en passant par l'or incertain – cet or
qui, selon qu'on l'orientait vers les rayons du soleil ou
qu'on l'en détournait, était d'un jaune de fruit mûr ou
d'un rouge prune. Pour coller leurs faux sourcils, les
enfants enduisaient les minces feuilles oblongues de
leur salive rendue poisseuse par les friandises dont ils
s'étaient régalés – car c'était un jour de fête, le vent
sentait le sucre et le riz chaud.

Nagusa se promit de dessiner un jour ses propres
sourcils en vert jade.

Du vert jade à son âge ? Sans doute cela le
rendrait-il un peu ridicule, mais tout valait mieux
que ce lent et irrémédiable effacement auquel étaient
voués les vieillards. Il avait vu trop de personnages
considérables arrivés au terme de leur carrière, qui
n'était pas encore la fin de leur vie, et qui s'étaient
enfoncés dans l'indifférence de la Cour comme dans
des sables mouvants. Un soir ils étaient là, ombres
violettes derrière un store en bambou, silhouettes

---

1. Coiffe en gaze laquée noire ayant la forme d'un haut bon-
net.

dont la lune projetait les découpes sur un paravent, et le lendemain ils avaient disparu, le store frissonnait, solitaire, au vent du matin, et le paravent, ses panneaux repliés, gisait par terre contre un mur. Voici pourquoi Nagusa s'était juré de saisir, voire de provoquer, toutes les occasions possibles de démontrer, de rappeler, d'imposer son existence. En se fondant sur les derniers cancans qui avaient agité le Palais impérial, il estima qu'en s'affublant d'inexplicables et saugrenus sourcils vert jade, on parlerait de lui pendant au moins une lune.

Il s'arrêta au milieu du pont en dos d'âne où il avait donné rendez-vous à Kusakabe Atsuhito, son assistant qui avait des élégances de danseuse et qui troublait si bien les employés du Bureau des Jardins et des Étangs – du moins Nagusa voulait-il se persuader qu'il n'était pas le seul à s'en émouvoir – en fronçant ses lèvres pour imiter la bouche pulpeuse des carpes.

Depuis qu'il s'était adjoint ce jeune collaborateur, Nagusa Watanabe lui cherchait des défauts. Physiques de préférence. Non par mesquinerie ni jalousie, mais parce qu'il n'aimait rien tant que démasquer les légères impuretés qui troublent toute espèce de beauté, que ce soit la grâce d'un petit matin ou celle d'un être juvénile. L'imperfection, qu'il était souvent le seul à discerner, déposait comme un voile imperceptible, discret, une brume évanescente sur le paysage ou sur la jeune personne, tout comme les écornures légères d'un bol en faïence révélaient la vulnérabilité de sa glaçure et rendaient d'autant plus précieux le breuvage qu'il contenait.

Si Kusakabe Atsuhito n'était pas n'importe quel auxiliaire, le Rokujo, à hauteur de la Sixième Avenue, n'était pas non plus n'importe quel pont : les berges de l'étroit canal qu'il enjambait étaient le lieu officiel des exécutions capitales. Mais, depuis quelque deux cents ans, le sabre du bourreau n'avait pour ainsi dire plus jamais sifflé, sinon pour couper des bottes de paille à titre d'entraînement. Le bouddhisme, dont l'influence était grandissante, tenait la mise à mort pour l'une des souillures dont il était le plus difficile de se purifier. Certains empereurs avaient d'ailleurs poussé le respect de la vie jusqu'à prohiber la consommation de viande de bœuf, cheval, volaille, chien ou singe, entre avril et septembre. Mais on pouvait toujours se rabattre sur le sanglier, et les paysans ne s'en privaient pas : il suffisait de le rebaptiser *yamanokujira*, c'est-à-dire baleine de montagne, pour que le cochon sauvage échappât à la protection impériale.

Délaissé par la justice, abandonné aux renouées, aux bardanes et aux sauges, le dessous du pont était devenu le réfectoire et le dortoir des sans-logis qui affectionnaient cet endroit protégé des vents dominants et des averses de pluie ou de neige.

Pour oublier l'agacement que lui procurait déjà le léger retard de Kusakabe, le directeur du Bureau des

Jardins et des Étangs se pencha par-dessus le parapet peint en rouge, maintenant d'une main son *eboshi* qui avait tendance à glisser sur ses cheveux huilés. Il observa les pauvres gens qui, sur les berges étriquées, s'agitaient et brassaient l'air sans raison apparente. Une nuée d'éphémères, une grappe de moucherons étourdis, pensa Nagusa, se demandant s'il n'allait pas s'en inspirer pour composer quelque *tanka*[1], histoire de passer le temps en attendant l'arrivée de Kusakabe ; la misère des autres ne le préoccupait guère, il se contentait de lui porter, depuis le haut du pont Rokujo, la même attention distraite qu'aux jeux des canards sur la Kamogawa.

Stimulé par le chant de l'eau courant sur les pierres parsemant le fond du canal, le directeur Nagusa formula quelques vers maladroits où il était question de la rivière qui, bien que disciplinée par la rigidité des berges, gardait encore assez de liberté pour frétiller en zézayant *yoroshiku onegaishimasu, yoroshiku onegaishimasu*, ravie de vous rencontrer, enchantée de faire votre connaissance...

Cela faisait plusieurs jours que Nagusa avait demandé à son adjoint de chercher un lieu où le

---

1. Ancêtres des haïkus, les poèmes appelés *tanka* constituèrent au Japon de l'époque Heian une des formes les plus élevées de l'expression littéraire au point que seuls les membres de la cour impériale pouvaient la pratiquer ; toute personne de rang inférieur surprise en train de composer un *tanka* était passible de la peine de mort.

Bureau des Jardins et des Étangs pourrait loger la veuve de Shimae, celle-ci étant tenue de demeurer dans la ville impériale jusqu'à ce qu'on ait la certitude que ses poissons s'acclimataient aux pièces d'eau des temples. Car si la plupart des carpes se pliaient sans problème à leurs nouvelles conditions de vie dans les étangs sacrés, certaines étaient perturbées, après les eaux vives de la rivière où elles avaient été capturées, par la stagnation et la turbidité de celles des temples d'Heiankyō. On les voyait alors se frotter contre les berges, des rougeurs ou bien des lésions ressemblant à des taches de cire de bougie apparaissaient sur leurs flancs et leur ventre, puis leur peau se desquamait et elles finissaient par mourir. Ce n'était jamais arrivé avec les carpes fournies par le pêcheur Katsuro, mais qui pouvait prévoir ce qu'il adviendrait de celles que sa veuve allait apporter – si elle réussissait jamais à atteindre Heiankyō ?

Ce matin, enfin, Kusakabe avait annoncé avoir trouvé un endroit à peu près satisfaisant pour héberger Amakusa Miyuki :

— À l'occident de la ville, Nagusa-*sensei*, dans ce secteur que les gens même les moins fortunés désertent dès qu'ils le peuvent, excédés qu'ils sont par les inondations de la rivière. Inondations qui ne vont pas manquer de survenir cette année encore si le début de l'hiver est aussi pluvieux que cette fin d'automne. Mais croyez-vous, *sensei*, que la veuve d'un pêcheur de carpes se formalise d'un peu d'eau et de boue ?

Nagusa s'était bien gardé de répondre. La dernière fois qu'il s'était risqué à pronostiquer le comportement d'une femme – il s'agissait de rien moins que de Nakatomi Shungetsu, une des dames d'atours de l'impératrice – il avait piteusement échoué. L'affaire s'était passée durant la nuit du Singe, où il est recommandé de ne surtout pas céder au sommeil, car, cette nuit-là, des vers s'introduisent dans le corps des personnes assoupies afin de leur dérober leurs secrets les plus inavouables – ce que les vers faisaient ensuite de ces secrets, la façon dont ils en tiraient profit, nul n'en avait la moindre idée, mais il était déjà assez désagréable de se savoir dépouillé de pensées que l'on voulait garder enfouies.

Nagusa avait parié un char et une paire de bœufs blancs que Nakatomi Shungetsu était assez dévouée à l'impératrice pour demeurer jusqu'au point du jour éveillée aux pieds de sa maîtresse, prête à écraser sans pitié le moindre ver, chenille, larve, asticot, ou même serpent, qui ferait mine de se tortiller en direction de Sa Majesté. Mais, trompant les espoirs de Nagusa, dame Nakatomi s'était endormie, elle s'était même laissée aller à ronfler légèrement. Par effet de contagion, l'impératrice s'était à son tour assoupie. Et, à l'aube, deux émissaires de l'homme qui avait parié contre le directeur du Bureau des Jardins et des Étangs étaient venus trouver ce dernier pour prendre possession de sa voiture richement ornée, avec ses quatre stores, ses rideaux intérieurs et les deux bœufs blancs.

— Mène-moi voir cet endroit où tu envisages de loger la veuve du pêcheur. C'est à l'ouest, dis-tu ?

— Oui, *sensei*, à proximité de la porte Dantenmon, sur le domaine consacré du Saiji.

Du vaste sanctuaire où, jusqu'à l'incendie de 990 qui l'avait en grande partie détruit, s'était dressé le Saiji, ou temple de l'Ouest, ne subsistait qu'une pagode à cinq étages. Le reste du site ne présentait plus qu'un semis de bâtiments délabrés, calcinés, éparpillés sur des terrains vagues livrés aux plantes rudérales, aux renards et aux voleurs. Le sol semblait avoir été ravagé, consumé par un feu d'une extrême violence qui avait laissé une sorte de croûte noirâtre semblable au résidu d'une coulée de lave.

Leurs clôtures rompues, leurs toitures effondrées, les anciens magasins et le logement des moines, colonisés par des mousses dont les inondations à répétition encourageaient la prolifération, exhalaient une odeur de sous-bois détrempé et de feux mal éteints.

Kusakabe Atsuhito avait repéré là un ancien *kyōzō*, modeste pavillon utilitaire dédié au stockage des *sūtra* et des livres relatant l'histoire du temple, et qui était sorti à peu près indemne de l'incendie. Il ne restait évidemment aucun rouleau à l'intérieur, mais les étagères noircies par les flammes étaient toujours en place. Des hirondelles les avaient réquisitionnées pour y maçonner leurs nids.

Parmi les avantages que présentait cette maison, il y avait la proximité du marché de l'Ouest. La veuve y trouverait toujours quelque chose à glaner. Et pour peu qu'elle sache les amadouer, les quelques religieux qui continuaient d'animer le sanctuaire lui céderaient sans doute un peu du riz que les pèlerins déposaient en offrande à Bouddha.

— Je peux donc considérer que le séjour de cette femme ne coûtera pratiquement rien au Bureau, ni en frais de bouche ni en logement, nota Nagusa. Merci, c'est fort appréciable.

La satisfaction du directeur venait surtout du fait qu'il pouvait adresser à son adjoint un compliment qui soit fondé, qui n'ait rien de ces flagorneries qui, de l'avis de Nagusa, empoisonnaient le langage de tous ceux qui évoluaient derrière les paravents et les écrans du Palais impérial. Car, à force d'être échangées dans le seul but de flatter, répétées toujours avec la même grandiloquence, à force, en somme, de n'être fécondées que par elles-mêmes, les louanges s'appauvrissaient, elles perdaient leur fonction de surprendre, d'exalter et de dilater, elles n'étaient plus qu'un bruit de fond comme celui de la pluie du matin sur les toits.

Après avoir franchi les murs blanchis de frais et les piliers vermillon de Rashōmon, Miyuki s'engagea dans l'avenue de l'Oiseau-Rouge.

Bien que peu accentuée, la dénivellation entre le nord où se dressait la résidence de l'empereur et la porte du sud par où la jeune femme était entrée dans la ville permettait de découvrir, d'un regard comme en vol plané, la configuration de la cité. Celle-ci ressemblait à un vaste damier composé de cases régulières, aux bords soulignés par des murs en pisé dont l'ocre jaune était, après le blanc et le rouge – plus exactement *les* rouges, qui allaient de l'incarnat rosissant aux pourpres les plus profonds –, la troisième couleur dominante d'Heiankyō.

Ce qui d'emblée frappa Miyuki n'était pas tant les dimensions de la cité impériale que la rigueur de son implantation, si éloignée de l'anarchie avec laquelle ceux de Shimae avaient bâti leur village, éparpillant les maisons au seul gré de leur fantaisie ou de la vie

sociale qui leur faisait fuir tel voisinage mais rechercher tel autre.

La jeune femme se dit qu'elle aurait pu vivre une
longue vie à Heiankyō sans jamais croiser deux fois la
même personne en parcourant ces voies qui se cou-
paient à angle droit.

Ponctuée çà et là par des toitures aux bords incurvés, la perspective lui donnait l'illusion d'une ville
sans fin, et cette ville était la plus belle chose que
Miyuki ait jamais contemplée, exception faite, bien
sûr, du corps de Katsuro les nuits où, après s'être
occupé de ses poissons, il s'extrayait, nu, ruisselant,
du bassin des carpes, et s'ébrouait, heureux, en
lançant vers la lune une large pluie de gouttelettes
comme s'il ensemençait le ciel, après quoi, toujours
nu, le sexe luisant d'eau et de mucus, il enlaçait sa
femme, la serrait à la faire crier, et l'aimait debout
– voilà quelle était vraiment la plus belle chose
que Miyuki se souvenait d'avoir vue, mais tout de
suite après la nudité de Katsuro amoureux venait
Heiankyō étendue, épanouie dans la lumière fruitée
de l'heure du Singe[1].

Attentive à protéger sa palanche des heurts de la
foule, la jeune femme marchait au milieu de l'avenue,
dans la puanteur douce des bouses et du crottin lais-
sés par les attelages de bœufs et la cavalerie militaire.

Grâce aux récits que Katsuro lui avait faits de ses
expéditions, elle savait où se diriger pour trouver

---

1. De quinze heures à dix-sept heures.

le Bureau des Jardins et des Étangs, elle avait une assez juste idée de son emplacement dans l'enceinte du Palais impérial, de ce à quoi il ressemblait, elle connaissait le nombre de marches qu'elle devrait gravir avant d'être reçue par le directeur Nagusa et de pouvoir enfin se libérer des nacelles qui lui sciaient les épaules.

Peut-être ce haut fonctionnaire pour lequel Katsuro montrait tant de déférence (il baissait les yeux et la voix quand il évoquait Nagusa Watanabe) accepterait-il, avant que tombe la nuit, de la conduire jusqu'aux étangs sacrés afin qu'elle puisse y tremper sa main et la lécher pour apprécier la sapidité de l'eau – une saveur douce, légèrement alliacée, avec un arrière-goût de céleri, de champignon, que lui donnaient certaines herbes qui colonisaient les vases du fond, c'est du moins ce qu'affirmait le pêcheur qui ne manquait jamais de goûter les eaux où il allait lâcher ses poissons afin de s'assurer qu'ils y trouveraient leur bien-être.

C'est alors que l'avenue de l'Oiseau-Rouge qui s'ouvrait devant Miyuki eut une sorte de frisson : les silhouettes des passants et des chars à bœufs qui l'arpentaient se troublèrent, pâlirent, puis disparurent derrière ce qui semblait être un rideau de brume tombé sans que rien l'ait annoncé.

De derrière ce rideau montaient des cris, des pas précipités, des craquements.

Ce que Miyuki avait pris pour de la brume n'en

était pas : c'était de la fumée qui, en l'absence de vent, s'étalait en larges raquettes horizontales à la façon des branches de cornouiller.

Un incendie avait éclaté dans l'habitation d'un danseur de *bugaku*[1], Mutobe Takeyoshi. On avait vu le malheureux se précipiter à l'extérieur, le visage dissimulé derrière son masque de *karura*[2], l'effrayant homme-oiseau, ses vêtements enflammés lui faisant comme d'immenses plumes rouges et ronflantes.

Même dans son agonie, il conservait la grâce parfaite qui avait fait de lui l'un des maîtres du *bugaku*. Il se convulsait de douleur avec une lascivité instinctive, telle qu'on aurait pu croire qu'il dansait encore, et les éclatements des maisons en feu soutenaient sa prestation comme les tambours à percussion, le *koto*[3] à six cordes ou l'orgue à bouche.

Les manches fumantes du kimono de Mutobe Takeyoshi évoquaient de grands arbres à moitié calcinés se balançant dans le vent avant de s'effondrer en lançant des gerbes d'étincelles.

Personne ne lui venait en aide, mais, de toute façon, ça n'aurait servi à rien, déjà ses gestes ralentissaient, ses genoux ployaient, il ne pouvait plus se tenir debout.

Il s'écroula, tassé sur lui-même. Repues, les

---

1. Danse traditionnelle, lente, majestueuse, raffinée, codifiée à l'extrême, plus ou moins l'apanage des élites de la cour impériale.
2. Oiseau divin de la mythologie.
3. Instrument traditionnel. Longue cithare à cordes pincées.

flammes s'assagirent, nimbant son front d'une dernière auréole pourpre qui se nourrissait de la combustion de ses cheveux. Lui-même était d'une noirceur absolue.

Au fur et à mesure de sa danse folle, Mutobe avait propagé le feu qui le dévorait à des maisons qui, à leur tour, s'étaient enflammées. Seize édifices furent ainsi détruits, et combien de vies ! La plupart des victimes moururent asphyxiées par la fumée et les émanations, mais on en recensa d'autres qui avaient péri carbonisées au cœur du brasier.

Lorsque cessèrent les grondements de l'incendie, une multitude de cigales déchaînèrent un vacarme assourdissant.

Plaquant une main sur son nez et sur sa bouche, Miyuki traversa le rideau de fumée.

Parvenue au mur rectangulaire derrière lequel étaient regroupés la résidence de l'empereur et les bâtiments de l'administration centrale, dont ce qui restait du Bureau des Jardins et des Étangs, Miyuki dut patienter longtemps parmi la foule qui se pressait à la Taikenmon, la porte de l'Accueil des Sages, seul accès à être contrôlé par des gardes, et donc passage obligé pour les visiteurs qui n'avaient encore jamais été introduits dans les méandres du Grand Palais – la racaille, les voleurs, et surtout les fantômes qui, disait-on, pullulaient dans l'enceinte impériale dès le coucher du soleil, préférant évidemment se faufiler par des entrées peu et mal surveillées.

L'incendie dont la jeune femme venait d'être témoin était le sujet de toutes les conversations. Un jour prochain, qui d'après les devins serait d'ailleurs plus probablement une nuit, ce serait la ville tout entière qui disparaîtrait dans les flammes ; et l'on discutait déjà des lieux possibles où, sur les conseils des géomanciens, l'empereur pourrait établir sa nouvelle capitale.

Nagusa et son adjoint Kusakabe avaient eux aussi été arrêtés entre la Cinquième Avenue et l'avenue Konoemikado par le brasier qu'avait provoqué le danseur incendiaire.

Indisposé par la fumée, le directeur du Bureau des Jardins et des Étangs se sentait tout près de perdre connaissance. Plutôt que de s'effondrer, il choisit de se blottir contre la poitrine vigoureuse de Kusakabe. Il en aurait certainement conçu du plaisir s'il ne s'était mis à tousser à en perdre le souffle. Chaque nouvelle quinte le pliait en deux, le forçant à s'écarter du refuge idéal qu'il avait trouvé entre les bras de son adjoint.

— Mais vous crachez du sang, Nagusa-*sensei* ! s'écria Kusakabe en considérant avec effroi la tache pourpre qui s'étalait sur la manche de sa tunique. Remettons notre visite à plus tard. De toute façon, la veuve de Shimae n'est pas arrivée. Nous savons qu'elle a pris la route mais, depuis, aucun de nos fonctionnaires chargés de la surveillance des voyageurs n'a signalé son passage.

— Vraiment ? s'enquit Nagusa tout en s'efforçant de maîtriser sa toux et de dissimuler sa manche derrière son dos. A-t-on interrogé l'*omisan* de La Cabane de la Juste Rétribution – une certaine Akiyoshi Sadako, je crois ?

Kusakabe Atsuhito avait beau savoir que le directeur Nagusa jouissait d'une mémoire d'exception, il était toujours aussi stupéfait quand Nagusa en apportait une nouvelle évidence. C'était aussi fascinant que de voir un acrobate exécuter presque négligemment un numéro d'équilibre qu'on pensait impossible.

— J'ai dépêché des messagers dans toutes les auberges entre Shimae et Heiankyō, *sensei*. C'est ainsi que j'ai appris que La Cabane de la Juste Rétribution n'était plus que ruine après avoir été mise à sac par des pirates de la Mer intérieure, puis incendiée par les bushis envoyés pour la défendre.

— Qu'est-ce qui nous arrive ? fit tout bas Nagusa.

— Que voulez-vous dire, *sensei* ?

— Rien, répondit le directeur, rien de particulier. Mais tout de même, ne trouves-tu pas que la façon dont désormais vont les choses, c'est à n'y rien comprendre ? Tu es jeune, Atsuhito, tellement plus jeune que moi, tu n'as pas connu l'époque où un fait comme celui que tu viens de relater aurait été inconcevable : des bushis, des guerriers gentilshommes appelés à protéger une auberge, et qui en viennent à la saccager pire que ne l'auraient fait ceux qui l'ont attaquée les premiers, oui, voilà qui dépasse l'entendement !

— Quant aux autres auberges, coupa Kusakabe comme s'il était insensible au désarroi de son directeur, elles n'ont apparemment reçu personne qui réponde au signalement de la veuve du pêcheur.

Laissant Nagusa s'asseoir sur une borne et apaiser sa toux grâce aux graines de pavot qu'il avait toujours sur lui, Kusakabe se mit en quête d'un véhicule qui permette à son maître de poursuivre plus confortablement sa route. Mais tous ceux qui passaient étaient pris d'assaut, les habitants d'Heiankyō fuyant le début d'incendie dont ils redoutaient l'extension, bien qu'il fût à présent maîtrisé ; mais la ville avait connu trop de feux que l'on croyait éteints, et auxquels une seule rafale de vent avait suffi à rendre toute leur fureur.

Nagusa et Kusakabe finirent par trouver place dans une imposante chaise à porteurs en treillis de bambous que soutenaient et propulsaient huit hommes aux pieds nus. Cette longue boîte oblongue était occupée par deux femmes qui s'empressèrent de dissimuler leurs traits derrière les manches de leur kimono, gémissant qu'elles commettaient une offense aux bonnes mœurs en laissant monter à côté d'elles des hommes dont elles ignoraient l'identité et surtout les intentions.

— Soyez en paix, les rassura Kusakabe (après s'être exténué à hisser et à installer Nagusa à bord de la chaise, il n'avait aucune envie de recommencer la manœuvre en sens inverse). Cet acte de mansuétude

envers nous vous sera compté plus tard, oui, certainement ! Le Bouddha de la Terre Pure tient compte du
moindre de nos actes. Même nos pensées que nous
croyons les plus secrètes, Amitabha les fait apparaître, les sonde, les épluche, les raisonne.

La propension de certaines femmes à ne pas envisager les conséquences de leurs actes fascinait le
fonctionnaire du Bureau des Jardins et des Étangs.
D'un pinceau léger effleurant à peine le papier, il
composait de nombreux *tanka* qui stigmatisaient
l'insouciance des jeunes filles. Lui-même étant un
homme prévoyant, il savait qu'il finirait par réciter
ses vers à des demoiselles qu'il voudrait séduire,
aussi les héroïnes désinvoltes de ses poèmes n'étaient-
elles jamais identifiées comme des femmes mais
comme des papillons. Comprenait qui pouvait. En
fait la plupart des jeunes personnes ne tardaient pas
à déchiffrer la métaphore ; et pour le prouver, elles
arrondissaient leurs lèvres, leur donnaient la forme
d'une petite trompe qu'elles promenaient sur le
visage de Kusakabe dont elles faisaient mine de butiner chaque orifice.

— C'est moi qui ai donné aux porteurs l'ordre
de s'arrêter, moi qui vous ai fait signe d'approcher,
moi qui vous ai invités à prendre place, souligna la
plus âgée des deux femmes. Qu'il s'agisse d'un incendie, d'une inondation ou d'une secousse sismique,
les catastrophes me font toujours le même effet : à
chaque désastre me prend l'envie irrésistible d'aider mon prochain. Vous souvenez-vous du dernier

tremblement de terre ? Je me trouvais près du temple Rokkaku, il y avait là, posé au milieu du chemin, un palanquin magnifiquement orné dont les porteurs s'étaient adossés aux arbres bordant le chemin. Trois d'entre eux étaient assoupis, les cinq autres se massaient les jambes. Le palanquin étant vide, je supposai que son occupant en était descendu pour aller prier au temple. C'est alors que le sol se mit à frissonner. Et, en un instant, l'étang qui jouxtait le temple se souleva comme la mer un jour de tempête. Les porteurs du palanquin prirent peur et s'enfuirent – quelle attitude inconséquente, ne trouvez-vous pas ? Quand la terre se met à trembler sous vos pieds, sachez qu'elle continuera à vous secouer n'importe où que vous alliez. Moi, en tout cas, je n'ai pas bougé. J'ai enlacé le tronc d'un grand arbre, un arbre trop solide pour être déraciné, et j'ai attendu que ça se calme. Bien m'en a pris ! Au bout de quelques secondes, j'ai vu apparaître une créature ravissante, un tout jeune garçon qui n'avait guère plus de dix ou onze ans. Il portait un habit d'un extrême raffinement, composé de textures et surtout de teintes que je n'avais encore jamais vues. J'en ai déduit qu'il s'agissait des couleurs réservées à Sa Majesté, et donc que ce merveilleux enfant devait être notre nouvel empereur. Mais autant son habit témoignait du rang le plus élevé, autant le cœur qui battait dans sa poitrine n'était qu'un pitoyable organe rabougri par la peur : le jeune prince courait en effet vers le palanquin en poussant de ces cris déchirants dont seuls sont capables les enfants et les chevaux blessés.

Nagusa remarqua que la vieille femme calait son élocution sur la cadence avec laquelle les pieds nus des porteurs frappaient le sol. Elle faisait cela si naturellement qu'il en conclut qu'elle devait utiliser ce moyen de transport depuis longtemps, et de façon assez constante pour que le martèlement des huit porteurs lui soit devenu aussi familier que les battements de son propre cœur.

— Il ne pouvait s'agir de Sa Majesté, intervint Kusakabe. L'empereur est jeune, certes, mais il n'est plus un enfant.

Il dévisagea la vieille dame. Son visage n'était pas trop ridé et l'harmonie des teintes feuille morte, prune, malachite, mordorée et carmin de ses cinq robes superposées mettait en valeur l'élégante pâleur de son teint, mais, à l'inverse, une sorte d'affaissement des tempes, des pommettes et des mâchoires dénonçait un âge déjà avancé. Les secousses sismiques et l'empereur qu'elle évoquait dataient peut-être d'un règne ancien, pensa-t-il.

La vieille dame était sur le point de répliquer, mais Kusakabe s'était déjà tourné vers Nagusa :

— Qu'en pensez-vous, *sensei* ? S'agissant de la personne de l'empereur, je ne voudrais pas répondre de façon erronée.

Mais le directeur n'écoutait plus. Avec l'âge, il se sentait de plus en plus indifférent à l'égard des sujets qui ne le concernaient pas directement. Des idées qui lui auraient paru de la première importance quand il était encore assez jeune au point de risquer sa vie pour les défendre, à présent lui semblaient ternes et ne méritant pas d'être appuyées fût-ce d'un vague haussement des sourcils.

Quelle importance si la noble dame qui les avait pris dans sa chaise à porteurs, et grâce à qui ils traversaient maintenant, comme sur une plume, la ville en effervescence, confondait l'empereur avec un petit garçon apeuré ? Il fallait être Kusakabe Atsuhito et n'avoir pas encore dix-sept ans pour s'alarmer d'une telle confusion. Lui, Nagusa, n'allait pas tarder à disparaître, il sentait que sa vie serait bientôt soufflée comme une chandelle qui papillote et s'éteint parce que, dans les profondeurs du Palais, un serviteur désireux de contempler la pleine lune a relevé un store et fait naître un filet d'air glacé et coupant qui ondule de couloir en couloir jusqu'à venir escamoter la petite flamme.

Mais qui s'en soucierait vraiment ? Quelles conséquences la disparition de Nagusa Watanabe aurait-elle sur le Japon ? Allons donc, aucune ! À tout prendre, elle serait le prétexte idéal pour opérer enfin la dissolution totale du Bureau des Jardins et des Étangs.

Nagusa n'aspirait qu'à une chose : qu'il fasse beau le jour de sa mort. Car, à l'inverse des orgueilleux chefs de guerre qui ne conçoivent pas de quitter ce monde sans entraîner leurs séides avec eux, il pensait avec plaisir que la vie allait continuer sans lui. Après une ultime promenade (et si ses jambes refusaient de le porter, il n'aurait aucun mal, en puisant dans ses souvenirs, à se remémorer quelque balade idéale), il sortirait de l'existence comme on quitte un jardin, un temple ou une bibliothèque, sans perturber le cours usuel et tranquille des choses, en sorte que presque personne ne s'aperçoive de votre disparition qui ne doit pas faire plus de bruit qu'un insecte tombant d'un brin d'herbe. Il espérait que le marché de l'Ouest, devant lequel à cet instant passait la chaise, continuerait de résonner du tambour des bambous sur lesquels frappaient frénétiquement les commerçants pour rappeler la clientèle que l'incendie avait dispersée comme une volée de moineaux.

Il priait donc pour que le jour de son décès fût ensoleillé, avec des oiseaux jouant dans la pénombre humide d'un bosquet – les oiseaux ne jouent pas, bien sûr, ils n'en ont pas le temps, ils ont leur survie à assurer, mais Nagusa comptait qu'il lui resterait assez d'imagination au moment de mourir pour se figurer toute une nuée de gobemouches bleus se pourchassant à travers les bambous en poussant leur cri si lent et si mélancolique – un cri parfait pour accompagner l'agonie du dernier directeur du Bureau des Jardins et des Étangs.

Les huit porteurs ralentirent leur course.

— Je crois que vous êtes arrivés, dit la vieille dame en désignant la pagode à cinq étages qui dominait les restes du Saiji.

Écartant un des stores latéraux, elle donna de

petits coups d'éventail sur les épaules d'un des porteurs. L'homme s'accroupit, les sept autres en firent autant, la chaise s'abaissa au ras du sol.

Le directeur et son adjoint pénétrèrent dans le *kyōzō*, dérangeant d'énormes corbeaux qui s'enfuirent vers un bouquet de camphriers en jetant des cris terribles.

Avant d'être la proie de plusieurs incendies, les murs du petit bâtiment avaient été ornés de paravents représentant, sous un soleil resplendissant, des paysages de collines douces plantées d'arbres arrondis. Dégradés par le feu, et plus encore par l'eau destinée à vaincre les flammes, ils avaient été exilés et adossés dans l'endroit le plus sombre du temple. Alors, par un phénomène qui tenait autant de la chimie des pigments que de la vie secrète des œuvres, leurs couleurs s'étaient spontanément ternies, assombries au profit d'une sorte de crépuscule brunâtre qui, à la façon d'une moisissure, avait fini par affecter l'ensemble des peintures.

Le reste du pavillon n'était guère plus engageant : son toit délabré laissait passer la pluie, les stores de jonc étaient tavelés de larges plaques de moisissure.

Au milieu de ces décombres se tenait Miyuki, immobile et très droite.

La rectitude de sa position et la perche parfaitement horizontale en travers de ses épaules lui donnaient l'aspect d'une crucifiée. Ou d'un arbre en hiver, un arbre maigre étirant ses branches au soleil pâle. Ou d'un oiseau de mer faisant sécher ses ailes encore humides de ses pêcheries nocturnes.

Elle s'inclina la première, profondément, et resta longuement ainsi.

En voyant entrer Nagusa, elle avait tout de suite reconnu en lui son client du fleuve Yodogawa, l'homme âgé qui lui avait fait remarquer qu'elle répandait une odeur inhabituelle – une simple remarque, il ne l'avait pas vraiment réprimandée, c'était juste une constatation, d'ailleurs il l'avait payée plus généreusement que les autres *yūjo*, il avait même poussé l'intérêt qu'il lui portait jusqu'à la prier de s'arracher un ongle pour lui en faire don.

Alors que Miyuki s'inclinait aussi bas que le lui permettait son fardeau, son nez se rapprocha de son ventre, et il lui sembla bien, en effet, qu'un parfum singulier montait de la partie basse de son corps. C'était une odeur tiède, fruitée, avec une légère acidité qui rappelait un peu l'astringence de la chair du kaki.

Comme elle attendait avant de se redresser, des émanations complémentaires vinrent se greffer sur la senteur initiale qui évoquait le fruit du plaqueminier. Miyuki aurait aimé les identifier, se rappeler où et dans quelles circonstances ces effluves s'étaient accrochés à elle à la façon des teignes de bardane, mais leurs arômes se fondaient trop vite les uns dans les autres.

Elle essaya de se remémorer ce que sentait Katsuro quand il revenait d'Heiankyō. Ce souvenir rôdait dans sa mémoire, mais, comme tout ce qui se rapportait à son mari, c'était devenu quelque chose de flou, de fragile, qu'elle avait du mal à nommer.

En fait, les retours de Katsuro sentaient la mousse humide, le saké, le linge gorgé de sueur et d'urine, la résine de pin, la paille et le soja, et quelque chose d'autre qui ne pouvait se définir par rapport à des matières, mais à des appréciations telles qu'odeur excessive, odeur vulgaire, odeur basse.

Au bout de quelques jours, ces bouffées incertaines disparaissaient, et Katsuro, de nouveau, sentait bon Katsuro, c'est-à-dire la rivière, le riz tiède, les fleurs, le bois, la corde et l'argile.

— Qui es-tu ? demanda Kusakabe.

— Amakusa Miyuki, du village de Shimae. Katsuro, le pêcheur Katsuro, le plus habile pêcheur de carpes de la province d'Ise, était mon mari. Je le remplace à présent. Non pas pour pêcher des carpes, mais pour choisir parmi celles qu'il avait capturées avant sa mort, réconforter les poissons, les charger dans ces nacelles – elle inclina alternativement celle de droite et celle de gauche –, et puis marcher longtemps à travers les forêts, les montagnes, les pluies froides, jusqu'à la ville impériale pour remettre ces carpes au directeur du Bureau des Jardins et des Étangs. Son nom est Nagusa, Nagusa-*san*.

— Nagusa-*sensei*, corrigea Kusakabe.

— Nagusa-*sensei*, répéta Miyuki en se cassant en deux. Je me suis présentée au Bureau qu'il dirige, mais il n'y était pas. Alors on m'a dit de m'installer ici en attendant. Et que Nagusa-*sensei* saurait bien nous y trouver, mes carpes et moi.

Légèrement en retrait, Nagusa n'avait pas reconnu en elle la prostituée dont il avait loué les services sur le bateau du Yodogawa. Il est vrai que, cette nuit-là, troublé par les multiples odeurs qu'elle exhalait, il n'avait pas détaillé ses traits. D'ailleurs, ces *yūjo* n'avaient-elles pas toutes le même visage d'un blanc crayeux, le même regard de soie noire et sans fond, le même nez étroit aux narines pincées, et, surtout, les mêmes lèvres trop écarlates, trop sèches et trop tièdes, alors que Nagusa les aimait roses, humides et fraîches ?

— Sans doute puis-je dénicher pour vous une *yūjo* avec la bouche mouillée, lui avait dit la tenancière des Deux Lunes dans l'eau. Ce genre de bouche est assez courant chez les servantes, Nagusa-*sensei*. Mais je vous prie de prendre en considération le fait que si ces bouches sont mouillées, c'est à cause d'un excès de salive. Je craindrais que cela ne vous répugne un peu.

Nagusa n'avait rien répondu, faisant mine de suivre des yeux, la main levée et prête à écraser, le vol heurté d'un papillon de nuit. L'incompréhension qu'avaient certains commerçants de leur clientèle ne manquait jamais de le déconcerter.

— Tu es Amakusa Miyuki, n'est-ce pas ? Quant à moi, ajouta-t-il sans attendre une réponse qui allait de soi (quelle autre jeune femme normalement constituée se tiendrait droite comme un i dans cette salle abandonnée, un lourd fardeau pesant sur ses épaules ?), je suis Nagusa Watanabe, fonctionnaire du sixième rang supérieur majeur, directeur de l'ex-Bureau des Jardins et des Étangs qui est désormais sous l'autorité du Bureau de la Table de l'Empereur.

— La Table de l'Empereur ? fit Miyuki en amorçant un mouvement de recul si brusque qu'elle fit tressauter ses nacelles ; un peu d'eau s'en échappa et crépita en pluie sur les lattes du plancher. Oh, mais je n'ai pas fait ce long voyage pour fournir la table impériale ! Les carpes dont la capture a coûté la vie à mon cher Katsuro sont pour les étangs des temples, pour les divinités, pas pour être bouillies, dépecées et servies à la table de Sa Majesté.

Au contraire des dames de la Cour, Miyuki ne se dessinait pas de faux sourcils plus haut sur le front, les siens étaient à la place où la Nature les avait fait pousser, et ils étaient constitués de vrais poils noirs et brillants que, dans son accès de contrariété, elle fronçait de façon telle que Nagusa ne put s'empêcher de dissimuler un petit rire derrière sa main.

— Bien que je n'aie aucune raison de me justifier devant toi, dit-il, je n'évoquais le Bureau de la Table que par rapport à mon propre Bureau. Pour préciser le rapport de hiérarchie entre les deux. Bien sûr, tu ne peux pas comprendre – le mot hiérarchie a-t-il seulement une signification pour toi ?

— Pas vraiment, seigneur, reconnut Miyuki.

Mais elle se rappelait avoir été heureuse avec Katsuro sans avoir jamais éprouvé le besoin de connaître le sens du mot hiérarchie.

Puis, tout en ayant conscience de se montrer insolente, elle fixa le haut fonctionnaire droit dans les yeux. Aucun doute, c'était bien le vieil homme qui était monté dans la barque de la *kusobaba* aux lèvres vertes et qui avait reproché à Miyuki d'exhaler une odeur déconcertante. Mais il ne semblait pas s'en souvenir. Ou alors, il se remémorait trop bien sa déception de n'avoir pu faire l'amour avec elle, et, parce qu'il était un homme puissant dans l'empire et elle une paysanne de rien, un fétu de paille de riz sur les ailes du vent, il tenait à lui montrer combien, malgré tout, il savait être magnanime.

Après avoir laissé Miyuki le scruter de la tête aux pieds, le directeur du Bureau des Jardins et des Étangs avança d'autant de pas que la jeune femme avait reculé.

Alors, pour la deuxième fois qu'il l'approchait, il respira l'odeur qui émanait d'elle. Ce n'était pas une odeur solitaire, isolée, mais une longue suite d'arômes, comme un ruban qui flotte et se torsade sur lui-même. Et lui revint en mémoire l'image de la barque glissant dans la nuit sur le Yodogawa, et de cette femme qui lui avait abandonné son corps dont il n'avait pas voulu.

Il regarda la bouche, les lèvres de Miyuki, et, sans qu'il en ait vraiment conscience, son poignet gauche commença à coulisser sous la manche de son *hō*[1] de couleur prune.

— Est-ce ici que le Bureau a choisi de te loger ?

— Seigneur, vous devez le savoir mieux que moi...

— C'est ici, oui, intervint vivement Kusakabe. Cette pièce n'est guère accueillante, j'en conviens, mais c'est parce que le *kyōzō* a été désaffecté à cause de l'humidité due aux inondations de la Kamogawa. Les portes ont pourri et n'ont pas été remplacées. Comme vous pouvez le constater, *sensei*, les animaux de la forêt voisine se considèrent ici comme chez eux. Mais il y a une autre pièce à l'étage, aussi grande et beaucoup plus salubre. Les bêtes n'y montent pas.

Nagusa n'écoutait pas. Ses yeux glissaient de la bouche de Kusakabe à celle de Miyuki. Désir ancien, désir récent, tous deux inassouvis, et qui resteraient sans doute du domaine du fantasme. Mais il n'était pas désagréable de rêver à des cibles inaccessibles, ces songeries dirigées remplaçant avantageusement au moment de s'assoupir le chaos des idées sans queue ni tête.

— Là-haut, poursuivait Kusakabe en désignant le plafond, les murs sont sains : les crues de la rivière ne sont jamais montées jusque-là, bien sûr ! Seules

---

1. Longue robe aux manches très larges, fermée au col et serrée à la taille par une ceinture.

des hirondelles, parfois. Elles adorent accrocher leurs nids aux étagères où les moines rangeaient des papiers. Mais j'ai fait balayer le plancher et ôter ce qui restait des nids. Si vous voulez voir...

— Qu'elle nous montre d'abord ses poissons, fit Nagusa d'une voix devenue un peu rauque.

D'un geste de la main, Miyuki l'invita à s'approcher. Il esquissa un pas, puis deux, puis s'arrêta net.

— C'est étrange.

— Qu'est-ce qui est étrange, seigneur ?

— Je ne sais pas trop, murmura Nagusa.

Quelque chose d'invisible emmaillotait la veuve du pêcheur, suivait les contours de son corps, en épousait les pleins et les déliés, formant autour d'elle comme une seconde enveloppe charnelle, mais invisible, inaudible, intouchable. Cette sorte d'aura, parfaite réplique immatérielle de Miyuki, corps subtil suppléant le corps réel, ne se dévoilait qu'à un odorat aussi entraîné et passionné que celui du directeur du Bureau des Jardins et des Étangs.

Et Nagusa se souvint alors des circonstances dans lesquelles il avait déjà rencontré cette émanation de la jeune femme.

Il secoua la tête comme pour se débarrasser d'une toile d'araignée dans laquelle il se serait empêtré.

— Tu sens ? chuchota-t-il à l'intention de son assistant.

Kusakabe regarda autour de lui. Les murs portaient des traces d'humidité, des plaques de salpêtre, des tas de plumes et de petits os étaient disséminés çà et là. La dépouille d'un renard achevait de se décomposer au pied de ce qui avait été une imposante bibliothèque tournante à huit faces où les moines conservaient les *sūtra*. Il était évident que rien de tout cela ne pouvait répandre une odeur agréable.

Mais était-ce une odeur agréable, celle qui montait de Miyuki ?

— Si je sens quoi, *sensei* ?

— L'œuf. Enfin, il me semble.

— Le jaune ou le blanc ?

Kusakabe avait posé la question comme si la réponse de Nagusa pouvait changer la face du monde. Et Nagusa se mit à réfléchir comme si, lui aussi, accordait une extrême importance à ce qu'il allait dire.

— L'œuf que tu tapotes sur le rebord d'un bol, la coquille se fendille, tu achèves de la rompre, tu sépares le blanc du jaune, normalement ils ne devraient rien sentir ni l'un ni l'autre, et pourtant si, le blanc surtout.

— À quoi diriez-vous que cette odeur vous fait penser, *sensei* ?

La question pouvait paraître oiseuse à bien des gens, mais Kusakabe Atsuhito ne laissait jamais passer une occasion de s'instruire. Fils d'un modeste commerçant, il avait eu le privilège d'être initié très tôt à l'écriture et à l'arithmétique par un grand-oncle qui, ayant choisi d'entrer en religion, s'était retiré dans un monastère de montagne où il régnait sur une riche compilation de livres savants. Kusakabe avait passé presque toute son adolescence dans ce monastère haut perché, profitant des violentes tempêtes de neige qui l'isolaient du reste du monde pour dévorer de précieux ouvrages réservés en principe à l'éducation des samouraïs.

— Cette odeur, lui répondit Nagusa, me rappelle celle du riz trop lavé, trop chauffé, trop cuit, et celle d'une toilette de soie qu'une servante étourdie a oubliée sous la pluie et qui est à présent définitivement gâchée, et plus que tout, elle m'évoque la nausée, la beauté souillée, et puis la mort des oiseaux – mais tout ça est un peu la même chose, n'est-ce pas ?

— Bah ! la mort d'un oiseau, ça n'est rien du tout, dit Kusakabe qui goûtait particulièrement la chasse et se saignait aux quatre veines pour entretenir à cet effet une volière de faucons dont les pensionnaires, mal soignés et chichement nourris, mouraient les uns après les autres.

— Crois-tu, Atsuhito ? Moi, je pense qu'il n'y a rien qui donne davantage l'idée du désenchantement qu'un oiseau aux ailes froides et rigides.

Miyuki écoutait, mais n'y comprenait rien. Comment, à partir d'un banal constat sur les hirondelles et les petites bêtes de la forêt qui venaient nicher dans le *kyōzō*, ces deux grands personnages (elle avait déduit l'importance de leur rang à la somptuosité de leurs habits) en étaient-ils arrivés à discourir sur le blanc des œufs qui puait la soie mouillée, l'oiseau crevé, et la mort pour finir ?

Jamais ses papotages avec Katsuro, longs bavardages nocturnes entrecoupés de caresses, de frottements et de lèchements soyeux, n'avaient suivi un cours aussi décousu que l'échange entre le directeur et son assistant. Ces hommes, pensa-t-elle en observant Nagusa et Kusakabe, avaient une conception de la conversation plutôt déconcertante. Sans compter que, tout à leurs propos sur la mort des oiseaux, ils ne lui prêtaient plus la moindre attention. Miyuki aurait pu quitter la pièce sans qu'ils remarquent sa disparition.

Elle toussota, frotta ses *geta* l'une contre l'autre (n'osant tout de même pas aller jusqu'à en frapper le sol comme un cheval impatient), mais rien n'y fit : les deux hommes lui avaient tourné le dos et continuaient de discuter avec animation.

À force d'écraser les muscles du haut du dos et des omoplates de Miyuki, la perche de bambou supportant les nacelles avait fini par imprimer dans la chair de la jeune femme un long sillon bleuâtre allant d'une épaule à l'autre. Le moindre balancement de la perche lui provoquait désormais des douleurs d'autant plus vives qu'il lui était difficile de soulager la zone sensible en la massant : pour ce faire, elle devait d'abord se délivrer du poids de la palanche, et donc trouver un emplacement pour poser les nacelles en s'assurant de leur stabilité.

Mais, à défaut d'être parfaitement récuré, ce en quoi il ne différait pas tellement des habitations où la jeune femme avait logé, le sol du *kyōzō* présentait au moins toutes les garanties de stabilité. Réprimant le gémissement qui lui montait aux lèvres, Miyuki fit précautionneusement rouler le lourd bambou le long de sa colonne vertébrale jusqu'à le sentir devenir plus léger, signe que les nacelles avaient touché terre.

— … en compensation de certaines taxes dont Sa Majesté la dispense, disait à cet instant Kusakabe, la province de Hida nous envoie chaque année une centaine de charpentiers réputés pour leur excellence. (*Et voilà*, pensa Miyuki, *ces deux-là ont encore changé de sujet !*) Ils sont affectés pendant un an au Bureau des Réparations et ils seraient tout à fait habilités à remettre en état ce triste *kyōzō*. Malheureusement, ils sont très occupés par la reconstruction de quelques bâtiments du Palais impérial qu'un récent incendie a réduits en cendres. Mais je doute que tu aies l'intention de séjourner longtemps à Heiankyō ? conclut-il en se tournant enfin vers Miyuki.

— Le temps qu'il faudra, répondit-elle. Je ne quitterai pas la ville avant d'être tout à fait sûre que les carpes de Katsuro s'acclimatent aux étangs sacrés. À ce propos, j'aimerais voir à quoi ils ressemblent.

Le directeur Nagusa émit un curieux petit rire – c'était comme s'il avait la bouche pleine de cailloux et qu'il les avalait tous à la fois, alors on croyait les entendre dévaler sa gorge en tintinnabulant les uns contre les autres – tandis que Kusakabe dévisageait la jeune femme avec étonnement :

— Et à quoi veux-tu qu'ils ressemblent ? Un étang est un étang.

— Mais ceux-ci sont sacrés.

— Il n'y a pas de différence visible entre ce qui est sacré et ce qui ne l'est pas, intervint Nagusa. Du moins à nos yeux d'êtres humains. Eh bien, voyons un peu ces poissons, ajouta-t-il en se penchant sur la première des nacelles.

Ainsi courbé pour mieux voir, le vieil homme avait l'air de s'incliner respectueusement devant quelque noble personnage. Ce n'était qu'une illusion, bien sûr, mais Miyuki se dit que ses carpes étaient incapables de différencier une posture de profond respect de celle d'un vieillard obligé de s'approcher au plus près pour compenser sa myopie. Alors, du bout de sa *geta*, elle tapota discrètement la paroi d'une des vasques afin d'effrayer légèrement les poissons pour les inciter à sortir de leur torpeur. Comme si elles avaient compris ce qu'on attendait d'elles, les carpes s'ébrouèrent, firent danser leurs nageoires caudales et arrondirent leurs lèvres pour monter téter l'air à la surface.

— Elles ne sont pas mal, apprécia Nagusa.

— Elles sont magnifiques, rectifia la jeune femme.

Les lèvres de Nagusa s'amincirent comme s'il allait sourire.

— Il est légitime que tu vantes ta marchandise, dit-il. Mais « magnifiques » me semble quelque peu excessif. Ce qui est certain, c'est qu'elles ont l'air d'avoir plutôt bien supporté la longue claustration du voyage. Mieux que toi, appuya-t-il en détaillant Miyuki à travers ses yeux plissés.

— J'étais responsable d'elles vis-à-vis de vous, seigneur. Elles, sauf la faim, qu'est-ce qui pouvait les inquiéter ? Du fond de leurs vasques, elles ne voyaient pas les nuages d'orage noircir, enfler, se souder les uns aux autres. Elles ne devinaient pas que le chemin glissait sous mes pas. Et que plus d'une fois j'ai failli tomber dans la boue parce que je ne pouvais pas maintenir la palanche en équilibre en même temps que je me retenais aux branches. Que serait-il arrivé si j'avais chuté, si les nacelles s'étaient renversées, vidées, si les poissons n'avaient plus eu d'eau ?

— Ils auraient crevé, dit Kusakabe avec indifférence.

— Et moi ? murmura-t-elle.

Des larmes noyaient son regard. À la façon des lentes glissées d'eau qui préludent aux inondations, et contre lesquelles on ne peut déjà plus rien, les pleurs de Miyuki envahissaient peu à peu tout son être, sa peau pleurait, son ventre pleurait, le creux de ses reins, la paume de ses mains.

Palpitant au rythme de sa respiration, un mince rideau de morve fermait une de ses narines, comme le voile de mucus dont l'escargot scelle l'ouverture de sa coquille.

Miyuki vacilla. Nagusa n'eut que le temps d'étendre les bras pour amortir sa chute.

Plus tard commença à tomber cette étrange pluie invisible des soirs d'automne – on sentait sa mouillure épaisse et froide sans pourtant avoir vu les gouttes se détacher du ciel, on ne les avait pas davantage entendues cliqueter sur les portières ou les stores en papier, toutefois la ville n'en devenait pas moins moite et humectée, grasse et luisante. Des glaires d'eau pluviale glissaient le long des caniveaux.

Retranché dans sa maison de l'avenue de l'Oiseau-Rouge, le directeur du Bureau des Jardins et des Étangs observait ses serviteurs qui s'affairaient à lui préparer le bain glacé qu'il avait réclamé. S'y plonger serait une épreuve d'autant plus rude qu'il avait repoussé la coupe de saké tiède dont il avait l'habitude de se délecter avant son bain. Mais ce soir, il était impatient de s'immerger dans l'eau dont la morsure allait le purifier.

Car lorsqu'il s'était penché sur les vasques pour

observer la nage des carpes, il avait dû s'approcher de Miyuki, il l'avait frôlée, l'avait presque touchée, au point de sentir la chaleur sourdre de sa peau, et monter de son vêtement l'odeur douceâtre de la mort, et celle, âcre et saline, de la sueur et de l'urine, il en avait tout de suite déduit que la jeune femme n'était pas du genre à respecter les interdits.

Nagusa s'était aussitôt écarté d'elle, mais *aussitôt* n'avait plus la même valeur de précipitation à présent qu'il était un vieil homme. Avant de pouvoir mettre une distance convenable entre elle et lui, il avait d'abord dû se redresser, et ce mouvement avait été douloureux, et donc ralenti, le laissant exposé assez longtemps pour être à son tour effleuré, maculé, infecté par les souillures qu'elle avait subies au cours de son voyage.

Il ne pourrait expulser ces salissures qu'en soumettant son corps au fouet de la cascade d'eau glacée qui dévalait à travers la forêt de cèdres du mont Atago (si du moins il était capable de monter jusque là-haut) ; mais son lugubre bain froid de ce soir serait déjà une preuve de sa bonne volonté, de sa soumission aux dieux.

En sa qualité de haut fonctionnaire, il n'était pas soumis à l'obligation de rester reclus chez lui, il pouvait continuer à administrer le secteur dont il avait la charge. Mais l'impureté qu'il avait contractée lui défendait de participer à des funérailles, alors qu'il entrait dans ses attributions de fournir les bois aromatiques pour les crémations ; il lui était interdit de rendre visite à des malades, or un de ses neveux, Takamine, était en proie à des fièvres inexpliquées ; et, surtout, la proscription pour souillure interdisant d'assumer la fonction de juge, il craignait de devoir renoncer à siéger comme président du jury chargé de désigner le vainqueur du *takimono awase*[1] auquel toute la Cour s'apprêtait à participer avec fébrilité – comment pourrait-il justifier son désistement auprès de l'empereur qui lui avait personnellement accordé la faveur de cette préséance ?

Il se sentait à ce point accable qu'il ne put réprimer un cri lorsque l'eau glacée, traversant le linge immaculé dont il avait tenté de protéger ses parties, entoura son sexe d'anneaux si froids qu'ils en paraissaient brûlants.

— Est-ce que tout va bien, *sensei* ? s'inquiéta l'un des serviteurs.

— Tout va on ne peut plus mal, répondit Nagusa avec un sourire apaisé qui démentait ses paroles.

Loin de songer à sourire, il avait tenté une grimace traduisant son abattement ; mais, à son âge, sans doute à cause d'une défaillance de certains muscles de son visage, toutes ses grimaces prenaient désormais des allures de sourires.

Il aurait voulu pouvoir oublier la veuve du pêcheur comme il réussissait, entre deux frissons, à dédaigner la froidure de l'eau qui transformait son corps en une sorte de gelée livide et tremblotante. Mais bien

---

1. Concours de parfums.

qu'elle fût une pas grand-chose, on ne se débarrassait pas comme ça d'Amakusa Miyuki : lorsqu'il serait purifié, le directeur du Bureau des Jardins et des Étangs devrait faire en sorte de la tenir à l'écart du Palais impérial en général et, en particulier, des salles où se déroulaient les duels de fragrances ; car cette femme n'était pas chargée que de souillures : elle exhalait aussi des odeurs inconvenantes (à ce propos, comment expliquer que Kusakabe, si fin, si délicat, si raffiné, ne s'en soit toujours pas offusqué ?) qui, flottant parmi les parfums exquis de poudre d'agar, de clou de girofle, de musc, de santal blanc et de résine de boswellia, ne pouvaient que profaner le *takimono awase*.

Tandis que Nagusa éternuait dans le bain de purification où il finirait par prendre froid, Miyuki s'allongeait sur une natte efflanquée qu'elle avait trouvée à l'étage du *kyōzō*.

Elle disposa les nacelles dans un rayon de lune. D'après Katsuro, les carpes aimaient la clarté lunaire, or il y avait longtemps que celles de Miyuki n'avaient pas été baignées de cette lumière de cendre bleue. Et, de fait, à peine furent-ils effleurés par la lune, que les poissons, malgré l'étroitesse de leur prison, se mirent à louvoyer avec une sorte de volupté qu'ils n'avaient jamais montrée jusqu'alors, allant jusqu'à nager sur le dos et à se gober mutuellement les lèvres – les mêmes baisers goulus que ceux de Katsuro.

À défaut d'être heureuse, du moins Miyuki était-elle satisfaite d'avoir mené sa tâche à bien. Dirons-nous qu'elle était fière ? Non, nous ne le dirons pas : la fierté était un sentiment inconnu pour une veuve qui n'avait d'autre espérance que de redevenir une paysanne touillant l'urine et la bouse des bœufs de Shimae. Mais il n'est pas impossible qu'elle se soit demandé si Katsuro, là où il était, à condition bien sûr qu'il fût quelque part, était content d'elle, et qu'elle ait répondu par l'affirmative – oui, il devait être satisfait.

Dans le vaste étang de la vie, Katsuro avait aménagé pour Miyuki un petit royaume protégé. Au début de leur union, ce territoire n'était guère plus grand que l'ouverture des bras du pêcheur, et puis il s'était dilaté aux dimensions de la maison de Shimae, avant de s'élargir jusqu'aux arbres à lucioles des rives de la Kusagawa, et maintenant jusqu'aux enceintes de la cité impériale – si Katsuro n'était pas mort, qui sait quelles dimensions aurait fini par atteindre le royaume de Miyuki...

Elle s'endormit avec le souvenir de Katsuro, et elle fit ce rêve : après avoir libéré ses carpes dans un des étangs sacrés, elle s'y précipitait à leur suite. La dernière carpe n'avait pas encore disparu sous la surface qu'on ne voyait déjà plus que les petits doigts de pied de Miyuki au milieu des cercles concentriques marquant l'endroit où la jeune femme avait plongé.

L'étang n'était pas très profond, mais la densité des matières organiques en suspension faisait que Miyuki s'était dérobée aux regards avant que l'un ou l'autre des nombreux spectateurs massés sur le bord de la pièce d'eau pour assister au lâcher des poissons ait pu esquisser le moindre geste pour la rattraper.

L'eau dans laquelle elle s'enfonçait en oscillant comme une feuille morte était d'une noirceur d'encre, une de ces encres faites de noir de fumée auxquelles on ajoute la gélatine d'une corne de cerf pour les rendre vitreuses, brillantes comme du vernis.

Tout en se laissant descendre en dodelinant vers le fond de l'étang, Miyuki spéculait sur la meilleure façon de se noyer. Devait-elle s'abandonner simplement, laisser l'eau l'envahir sous l'effet de sa propre pesanteur, submerger son corps et son esprit comme un sommeil liquide, ou bien lui fallait-il prendre une part active à sa propre noyade, desserrer les lèvres, écarter les mâchoires pour augmenter la cavité de sa bouche, retirer la langue en arrière pour que l'eau vienne en occuper la place, et boire, engloutir, ingérer sans respirer, boire, boire encore, boire jusqu'à connaître la même fin que Katsuro ?

Soudain elle sentit comme un pétillement frais sur son visage : dans un sillage de bulles, son mari se glissait près d'elle, son kimono gonflé par une énorme poche d'air.

Il observait Miyuki, attentif à ses efforts pour se noyer vite et bien – car si elle n'avait pas l'intention de se noyer, pourquoi se serait-elle enfoncée sous la surface de l'eau ?

Quand elle toucha enfin le fond de l'étang, Miyuki s'allongea sur la banquette de vase douce et gluante. Katsuro vint se poser sur elle. Il ouvrit son kimono pour libérer son sexe. Et du même coup s'échappa la bulle d'air qui, si elle était restée collée à lui, l'aurait rappelé vers la surface, le privant de pénétrer le corps de sa femme.

Son gland s'était métamorphosé en museau de carpe dont les quatre barbillons turbulents s'agitaient, ceux de la lèvre supérieure, petits et charnus, titillant le clitoris de la jeune femme, tandis que les deux plus grands, situés aux commissures, caressaient les parois de son vagin.

Miyuki jouit en songe plusieurs fois dans la nuit. Son corps s'arquait comme les ponts en dos d'âne qu'elle avait empruntés pour enjamber la rivière Kamogawa. Et, de fait, elle était bien une sorte de pont, car le plaisir intense qu'elle éprouvait à chaque caresse rêvée du sexe à museau de carpe, ce plaisir dansait sur elle, il courait en dansant de son ventre à sa tête.

Elle connut un dernier orgasme au petit matin, alors que le jour se levait. Sa natte était gorgée de cyprine. Son cri de jouissance se confondit avec les harangues des marchands qui investissaient le marché de l'Ouest dont c'était le jour d'ouverture.

À l'heure du Serpent[1], Kusakabe vint chercher

---

1. Entre neuf heures et onze heures du matin.

Miyuki pour la conduire à l'étang sacré situé à l'ouest de la ville.

Au tout dernier moment, Nagusa avait fait savoir qu'il ne pourrait se joindre à eux, l'empereur l'ayant convoqué au Palais pour avoir son conseil à propos d'un choix difficile qu'il devait faire. Mais il avait obtenu de l'office du Palais qu'on mît à disposition de son adjoint et de la pourvoyeuse de carpes une calèche attelée à un bœuf, portée par deux énormes roues laquées de noir et escortée par huit pages. Comme le pourpoint de ces jeunes écuyers, la capote de la voiture était frappée des glycines pourpres du puissant clan des Fujiwara, ce qui était supposé inciter la populace à s'écarter sur son passage.

— Et tes carpes? s'étonna Kusakabe en constatant que Miyuki n'avait pas les épaules écrasées par sa lourde palanche. Tu n'emportes pas tes carpes?

— Si on les relâche sans les avoir habituées à la nouvelle eau dans laquelle elles vont vivre, elles risquent de mourir. Je dois d'abord leur préparer un petit bassin dans un coin de l'étang, un petit quelque part rien que pour elles où, à l'abri des autres poissons, des oiseaux et des chats, elles auront tout le temps qu'il faudra pour apprendre l'eau.

— Apprendre l'eau? répéta Kusakabe en haussant les sourcils. Qu'est-ce que ça signifie, ça, apprendre l'eau?

— Je ne sais pas, seigneur. Ce sont les mots de Katsuro. Sa façon de parler. De toute façon, reprit-elle, on ne peut pas lâcher les carpes avant.

— Avant quoi ?

— Avant que l'empereur ne les ait admirées.

— L'empereur n'a que faire de tes poissons.

— C'est pourtant Sa Majesté qui nous a ordonné de les lui fournir – nous, les gens de Shimae. Tout le village s'était rassemblé pour accueillir ses messagers.

— Ont-ils dit qu'ils venaient au nom de l'empereur ?

— Bien sûr, confirma Miyuki. Sinon, jamais Natsume ne leur aurait offert un festin. Tout ce qu'ils ont dévoré, c'est autant de nourriture que les pauvres gens de Shimae n'ont pas mangée.

— C'est le directeur Nagusa-*sensei* qui a envoyé cette ambassade, dit Kusakabe. Et il n'en a pas informé l'empereur : négocier la livraison de quelques poissons, ce n'est tout de même pas une affaire d'État !

— Pourtant, si nous étions mortes en route, mes carpes et moi...

— Qui l'aurait su ? Et à supposer qu'on nous en ait avisés, crois-tu que nous aurions importuné Sa Majesté avec le décès d'une inconnue ? Réfléchis, *onna*[1] : combien de sujets de l'empereur meurent chaque jour sans qu'il en ait jamais connaissance ?

— Je ne suis pas sûre de savoir compter aussi loin, fit humblement Miyuki.

— C'est bien ce que je pensais, ironisa Kusakabe. De toute façon, l'empereur est trop sollicité

---

1. Femme.

par l'organisation du *takimono awase*, le concours de parfums. Pour la première fois cette année, il y prendra une part personnelle. Et, du coup, toutes les personnes éminentes, ou qui se croient telles, se sont inscrites aux joutes. Il paraît que les habitants sont prêts à dilapider de véritables fortunes en échange de quelques grains odorants et de copeaux de bois d'agar ou de santal.

— Comment peuvent-ils être aussi stupides ? s'étonna Miyuki.

À peine eut-elle fini sa phrase qu'elle reçut, en travers de la bouche, une gifle courte et sèche qui fit saigner sa lèvre.

— Qui t'a permis de juger des personnes dont tu n'es pas digne ?

— Je voulais juste dire que si l'empereur participe au concours, qui osera lui préférer un autre candidat ?

— Oh, je suppose qu'il ne s'impliquera pas comme compositeur de parfum : il se contentera de présider la réunion des arbitres. Mais nul doute que son avis sera prépondérant : l'empereur s'est-il jamais trompé sur quoi que ce soit ?

Débouchant d'une petite voie tortueuse proche du marché de l'Ouest, la lourde voiture s'apprêtait à s'engager dans l'avenue de l'Oiseau-Rouge. Les pages piaillaient de leur mieux pour inviter le flot des piétons à se ranger. Les roues noires écrasaient des fruits blets, des tas de crottin, des bouses coagulées, des brassées de feuilles aromatiques, des viscères de poisson et des coquillages, et révélaient, tels des brûle-parfums sans feu, des mélanges d'odeurs fortes.

— Bien qu'il n'ait que quinze ans ? insista Miyuki en léchant furtivement sa lèvre écorchée.

Kusakabe posa sur la jeune femme un regard plein de dédain.

— Que veux-tu dire ? Ne comprends-tu pas que les quinze ans d'un empereur ne sont d'aucune façon comparables aux quinze ans d'une créature telle que toi ?

Miyuki ne répondit pas. En vérité, elle n'avait jamais eu quinze ans, elle n'avait vécu que deux années : une première, très longue, très inutile, jusqu'à son mariage, et une seconde année, éblouissante mais trop brève, qui s'était achevée lorsque les villageois de Shimae lui avaient rapporté le corps glacé et boueux de son mari. On aurait pu penser qu'une nouvelle année – la troisième, donc – avait commencé à la mort de Katsuro, mais non, cette supposée troisième année n'avait pas d'existence réelle, elle s'effilochait, se délitait au fur et à mesure que ses lunes s'enchaînaient, comme ces rêves fuyants qui se dissipent d'autant plus qu'on essaie désespérément de les retenir.

— Quel sera le prix offert au vainqueur ?

Kusakabe se cala dans le nid de coussins de soie qu'il s'était aménagé sur le côté droit de la voiture. Il réfléchit un instant.

— Pour commencer, il aura l'honneur de recevoir des compliments de la bouche même de l'empereur.

— Et pour suivre ? fit Miyuki.

De nouveau la main lourdement baguée du jeune fonctionnaire punit ses lèvres.

— Insolente ! La satisfaction de Sa Majesté ne te semble pas suffisante ?

— Si fait. Mais à propos de satisfaction, autant vous prévenir tout de suite : le contentement de Nagusa-*sensei* et le vôtre ne suffiront pas à me payer mes carpes. Un accord a été passé entre mon village et votre Bureau des Jardins et des Étangs – vous le respecterez ?

— Ça dépend de Nagusa-*sensei*, pas de moi.

Après un silence, Miyuki reprit :

— Il faut être une noble personne pour participer au concours ?

— Évidemment oui, dit sèchement Kusakabe. Mais n'aie aucun regret : même si tu étais une princesse impériale, tu n'aurais aucune chance de l'emporter. Parce que Nagusa-*sensei* ne s'y est pas trompé la première fois qu'il t'a approchée : tu empestes, et ton odeur gâterait celle de la plus exquise des fumées d'encens.

Et il s'empressa de retrousser les stores de la voiture pour faire circuler l'air, signifiant par là qu'il régnait sous la capote une puanteur intolérable.

Miyuki ne releva ni les mots humiliants ni le geste. Elle avait conscience d'être sale, mais ça ne concernait que son enveloppe externe, ça n'affectait pas son être réel.

À Shimae, lorsque des brumes basses glissaient à mi-hauteur des grandes herbes et lui dissimulaient le sol, il lui arrivait de trébucher sur une pierre qu'elle n'avait pas vue, et de s'étaler en renversant sur elle le contenu du seau plein des bouse liquide qu'elle s'apprêtait à répandre sur les plantations. Eh bien, elle n'en faisait pas toute une histoire, même quand la malchance avait voulu qu'elle s'en fasse gicler jusque sur le visage. Certes, elle répandait alors une odeur si forte que les oiseaux l'évitaient et remontaient en flèche vers les hauteurs du ciel. Elle riait – des oiseaux, d'elle-même. Il ne lui restait plus qu'à présenter humblement ses excuses pour ce bon fertilisant qu'elle avait gâché, et à grimper sur les collines de Shimae jusqu'à une série de bassins naturels où fumaient des eaux volcaniques. Là-haut, elle pouvait laver ses habits dans une des vasques, récurer son corps dans une autre, nettoyer son visage dans une troisième, et, pour finir, s'immerger dans la quatrième et dernière cuvette, là où l'eau était la plus chaude.

— Vous-même, Kusakabe-*san*, avez-vous déjà participé à un concours de ce genre ?

— Oui. Mais je n'ai pas remporté l'épreuve. Je me suis classé parmi les derniers. Sans doute avais-je voulu trop bien faire.

— Votre parfum sentait trop fort ?

— Ce n'est pas la respiration qui était en cause,

mais l'inspiration. Lors d'une excursion au lac Biwa, l'empereur nous avait honorés de quelques poèmes qu'il avait ciselés pour l'occasion. L'un d'eux évoquait la parade d'amour des libellules bleues grésillant au-dessus des eaux lacustres. C'est l'image que j'avais choisi d'illustrer en hommage à Sa Majesté. J'avais pris pour base le bois d'agar dont le Bouddha a dit qu'il était l'odeur du nirvana, et je lui avais associé des racines de haisokoh à cause de leur odeur de menthe, mais aussi d'anis, enfin une fraîcheur verte qui devait rappeler celle du lac, ainsi qu'un très léger distillat de saussurea sur lequel je comptais pour donner une impression d'envol, d'impermanence et de poussière.

— De poussière ?

— J'ai toujours trouvé que la libellule était un insecte poussiéreux. C'est une opinion toute personnelle, bien sûr. Mais y a-t-il rien de plus subjectif que le *takimono awase* ?

De temps en temps, une rafale de vent mêlée de grésil faisait vibrer le Pavillon du Sud.

Au centre de la salle cérémonielle, Nijō Tennō, soixante-dix-huitième empereur du Japon, se tenait accroupi sur une haute chaise en bois laqué rouge. Ce n'était pas une posture très confortable pour un adolescent particulièrement vif et remuant, mais Sa Majesté s'y pliait (dans tous les sens du terme) parce que cette attitude voulait signifier que son regard portait loin. De même, le grand dais à six pans qui capuchonnait le jeune souverain et sa chaise, superflu dans une pièce fermée aux intempéries, avait-il une fonction symbolique : celle de représenter la bienfaisance de l'empereur couvrant le monde. C'était du moins la raison officielle de sa présence : en réalité, il avait été installé après qu'une récitation de *sūtra* faite par quarante moines, si interminable qu'elle durait encore alors que s'achevait l'heure du Rat, avait été perturbée par une pluie de papillons gris tombant du plafond. Si la plupart des insectes mouraient en

252

touchant le sol, ceux qui échouaient sur les moines survivaient plus longtemps, s'insinuaient sous leurs vêtements et faisaient gigoter les saints hommes de façon ridicule. Les courtisans n'osaient imaginer ce qu'il serait advenu de la dignité du jeune empereur si certains de ces insectes, se faufilant sous ses vestes de dessous, l'avaient obligé à quitter la pose et à se trémousser.

Le long des murs s'alignaient quatre grands coffres à pieds, trois coffres plus petits, et un grand nombre de boîtes en bois de paulownia dont l'empereur lui-même ne savait pas ce qu'elles renfermaient. Il n'y attachait d'ailleurs aucune importance : c'était un empereur sans curiosité, peut-être parce que l'éducation qu'il avait reçue l'avait préparé à absorber, digérer et métaboliser une culture qui pendant des siècles avait été importée de Chine – la cité d'Heiankyō n'avait-elle pas été conçue comme une fidèle réplique de Chang'an, capitale chinoise des Tang et plus grande ville de son temps ? La seule différence entre les deux cités était que, pour être digne de son nom qui signifiait Capitale de la paix et de la tranquillité, Heiankyō avait été bâtie sans murailles pour la défendre. Quant à l'éducation qu'avait reçue le jeune souverain, sa finalité était de contribuer à la maîtrise des compétences utiles au métier d'empereur plutôt que de développer un besoin, ou tout simplement une envie, d'explorer de nouveaux champs de connaissance. Un jour, quelqu'un ouvrirait les boîtes en bois de paulownia. Alors l'empereur découvrirait ce qu'elles contenaient. Ou pas – car peut-être ce qu'on y avait mis aurait-il alors disparu, ainsi le voulait la loi de l'impermanence, celle qui régissait le destin des hommes et des choses en ce monde.

Tandis qu'on entendait dans toutes les directions le claquement des *geta* des fonctionnaires fuyant l'averse de grêle qui venait de les surprendre, l'empereur dit à Nagusa qu'il avait choisi de participer personnellement au prochain *takimono awase*, ce qui l'obligeait à remporter l'épreuve.

— À rien de ce qu'entreprend l'empereur la victoire ne peut échapper, le rassura Nagusa. Votre Majesté a-t-elle déjà fait choix d'un thème pour le concours ?

Une rumeur courait selon laquelle, cette année, les joutes s'inspireraient des mutations odorantes provoquées par les fortes pluies de juin quand elles croulent sur les jardins ; alors, à la façon d'un préparateur d'encens, elles hachent menu, pilonnent et broient les fleurs crémeuses, elles déchiquettent, tailladent, lacèrent les feuilles et les tiges pleines de sève, elles concassent, émiettent, triturent, pétrissent la terre, pulvérisent les coquilles désertées des escargots, la chitine des carapaces abandonnées, les lourds accords de l'humus soutenant la fraîcheur des émanations florales. Voilà du moins comment le directeur du Bureau des Jardins et des Étangs sentait les choses.

— La demoiselle dans la brume, dit l'empereur Nijō.

Nagusa regarda le souverain sans comprendre. D'où venait cette demoiselle, et qui était-elle ?

— La demoiselle dans la brume ? répéta-t-il en arquant ses sourcils.

Comme il se l'était promis, il les avait redessinés et peints en vert de jade ; mais à son grand dépit, personne ne semblait l'avoir remarqué. Y avait-il un âge où les autres, qu'ils soient votre empereur ou votre subordonné, vous regardent mais ne vous voient pas – jusqu'au jour où ils ne vous voient plus du tout ?

— Nous imaginons un jardin, dit l'empereur, un jardin envahi par la brume matinale. Enjambant un cours d'eau, un pont-lune très escarpé relie le jardin de droite au jardin de gauche. Seule la partie surélevée du tablier émerge de la nuée. C'est alors que, surgissant du brouillard qui noie le jardin de droite, une demoiselle s'engage sur le pont. Elle marche vite. Parvenue au sommet du dos d'âne, elle s'arrête un court instant. Puis, reprenant sa course, la voici qui dévale le pont pour rejoindre le jardin de gauche. Et aussi soudainement qu'elle avait éclos de la brume de droite, elle disparaît dans la brume de gauche. Si je vais dans son sillage tout en haut du pont, qu'y trouverai-je ?

— Hélas, Votre Majesté ne trouvera rien, j'en ai peur. À moins que, dans le bref intervalle où elle a fait halte tout en haut du pont – pour admirer les canards, je suppose ? –, la demoiselle n'ait laissé tomber un peigne, un bijou de ceinture, peut-être un éventail ?

— Non.

— Non, Votre Majesté ? En ce cas, je ne vois pas ce…

— L'odeur, coupa l'empereur, c'est l'odeur de la demoiselle qui sera restée en haut du pont.

— Mais le vent…

— S'il y a du brouillard, c'est qu'il n'y a pas de vent. Une demoiselle est donc passée d'une nappe de brume à une autre, et dans son sillage un peu de son parfum a subsisté en haut du pont. Quel est ce parfum ? Voici la trame du *takimono awase*. À présent, conçois et exécute la formule qui décrira cette image sans qu'il soit besoin de mots.

La bouche ouverte, Nagusa considérait le jeune empereur avec sidération : jamais il n'avait entendu énoncer un plus beau thème de concours de parfums, et jamais personne ne lui avait lancé un aussi grand défi.

Aussitôt des souvenirs de fragrances d'exception lui revinrent, qu'il se mit à mélanger dans sa tête : kansho, saussurea, nardostachys jatamansi, rei ryokoh, daioh, sève des hêtres et pistil des lys sauvages. Il se demanda quelle composition originale pourrait donner la victoire à Sa Majesté.

Dans l'après-midi, le grésil cinglant céda la place à une chute de flocons doux, hésitants : l'époque des petites neiges était en avance de plusieurs semaines. Sept centimètres de poudreuse recouvraient déjà le

256

sol lorsque Nagusa s'enferma chez lui et entreprit de réfléchir à la mission qui lui avait été confiée.

Aucun des éléments balsamiques (résines, poudres, écorces, herbes…) servant à constituer les boulettes d'encens et que l'on entreposait dans un magasin spécial de la Deuxième Avenue ne correspondait à ce qu'attendait l'empereur. Certes, tout l'art du *takimono awase* résidait dans la façon de mêler les ingrédients les uns aux autres. Depuis que le moine Ganjin, venu de Chine deux siècles auparavant, avait introduit au Japon l'art de mélanger les encens en les liant avec des substances comme le miel, le nectar des fleurs, la mélasse ou la poudre de *makkō*, à peu près toutes les combinaisons avaient été expérimentées. En jouant sur les proportions, on pouvait faire passer la palette d'une centaine d'odeurs à un peu plus de mille, chaque formule étant recensée dans un livre confié à la garde du directeur du Bureau des Jardins et des Étangs en sa qualité de responsable de l'acclimatation des arbres aromatiques.

Nagusa savait donc mieux que personne qu'il n'existait à ce jour aucune traduction embaumée de l'image d'une demoiselle des brumes franchissant un pont en dos d'âne – et encore l'empereur n'avait-il précisé ni la saison ni l'heure du jour ou de la nuit. Il allait falloir innover. Nagusa Watanabe en avait perdu l'habitude. Rien qu'à cette idée, il sentit la lassitude l'envahir.

Kusakabe avait donc accompagné Miyuki jusqu'à

l'étang du temple consacré au bouddha Amitabha, le bouddha des bouddhas, celui qui règne sur la Terre Pure, monde éternellement bienheureux à l'écart du mal et de la souffrance, vaste à lui tout seul comme soixante et un milliards d'univers.

Un vent acide s'était levé, les dernières cigales de la saison faisaient entendre leur chant obsédant, des colonies de bestioles avec des embryons d'ailes palpitant sur leurs corps velus grattouillaient le sol pour s'y enfouir. Passant à travers les fines feuilles empourprées des érables, la lumière se chargeait d'écarlate qu'elle étalait sur la neige tombée durant la nuit, et bien que le soleil fût à peine levé, le temple resplendissait déjà des couleurs du couchant.

Au cœur d'un enchevêtrement d'azalées et de camélias, la pièce d'eau ne s'offrait pas tout de suite aux regards. Il fallait, pour la mériter, suivre des sentiers spongieux sur lesquels stagnaient des galettes de brume grise.

Après un dernier rideau de buissons, Miyuki avait entrevu le miroir de l'étang. Elle s'était précipitée. Sans prendre la peine de relever ses manches, elle avait plongé les mains entre les lotus, creusé ses paumes et ramené de l'eau. Elle y avait baigné son visage, elle en avait aussi bu un peu, la roulant dans sa bouche comme font les amateurs de saké pour permettre aux saveurs délicates de leur boisson de s'épanouir.

L'étang avait un goût très doux, effacé, de fruit mal venu, mal mûri, avec une finale légèrement boueuse due sans doute à la présence de nombreux éléments organiques en décomposition que seule une éleveuse de carpes pouvait percevoir.

— Elle est bonne, conclut Miyuki. Bien que trop froide, mais ça c'est à cause de la neige qui la rend... comment dire ?... un peu endormie, un peu...

— ... *ajikenai*, insipide ? proposa Kusakabe.

La jeune femme n'avait jamais employé le mot insipide. Du moins dans ce contexte. Car même si c'était le mot juste, ça ne pouvait pas être le mot vrai du point de vue des carpes pour lesquelles aucun liquide n'était plat, fade ou anodin.

À proximité de la rive, émergeait de l'eau une rangée de poteaux mal équarris dessinant une demi-couronne approximative. L'eau s'était infiltrée dans le bois qui s'effilochait en longues squames d'écorce gangrenée. Miyuki devina qu'il s'agissait des piquets dont Katsuro lui avait parlé : après avoir hérissé leur tête de clous pointus destinés à dissuader les oiseaux de s'y poser pour observer la nage des poissons et plonger plus sûrement sur eux, il suffisait de les ficher dans la vase et de tendre un filet de pieu en pieu pour délimiter un bassin d'acclimatation où les carpes pouvaient évoluer en toute sécurité.

Après avoir joint les mains et s'être prosternée pour saluer l'étang, Miyuki se tourna vers Kusakabe :

— Croyez-vous que les moines voudront assister au lâcher des carpes ?

— Qu'est-ce que j'en sais !

— Mais le directeur Nagusa, lui, ne manquera pas de nous honorer de sa présence, n'est-ce pas ?

Par nous, elle entendait tous les gens de Shimae dont elle était l'envoyée. Et, à cause de cette ambassade, il lui semblait inconcevable que le directeur du Bureau des Jardins et des Étangs ne soit pas sur les bords de l'étang quand elle rendrait les carpes à leur élément.

— Je suppose que oui. Mais c'est un homme important – ici, nous disons un grand. Les grands sont occupés du matin au soir. Parfois même, ils passent la nuit sans dormir.

— Et Sa Majesté l'empereur ?...

Kusakabe la dévisagea avec incrédulité : cette femme croyait-elle *vraiment* que le souverain allait se déranger pour voir frétiller quelques poissons qui n'avaient de remarquable que d'avoir survécu à un voyage périlleux ?

— Les cérémonies que Tennō Heika[1] honore de sa présence sont programmées et répétées très longtemps à l'avance. Comment aurions-nous pu préparer Sa Majesté à un lâcher de carpes alors que nous ne savions pas précisément quand tu devais arriver – ni même si tu allais *vraiment* arriver ? Et puis, tu ne prétends tout de même pas que mettre à l'eau trois ou quatre carpes...

— Huit, corrigea Miyuki.

— Trois, quatre ou huit, qu'est-ce que cela

_____

1. Sa Majesté l'empereur.

260

change ? Il y a plus important que tes poissons, non ? Quel dommage que je ne puisse t'introduire au Palais, car tu verrais de tes propres yeux à quoi ressemblent les jours et les nuits de Sa Majesté : pas un instant d'accalmie, pas une éclaircie, pas une trêve, pas de repos !

Les jours et les nuits que Miyuki avait vécus auprès de Katsuro différaient-ils tellement de ceux de l'empereur, même si la chaumière de Shimae n'avait évidemment rien de commun avec le *shishinden*, le vaste et solennel bâtiment où se déroulaient les cérémonies officielles présidées par le descendant d'Amaterasu[1] ? Après tout, le pêcheur et sa femme n'avaient pas eux non plus connu de répit, surtout lorsque Katsuro, prévoyant que la notoriété acquise auprès du Bureau des Jardins et des Étangs lui vaudrait peut-être des demandes émanant d'autres sanctuaires bouddhiques, avait pris le parti de creuser un véritable bassin où il pourrait élever une cinquantaine de carpes et répondre ainsi à des commandes précipitées sans se soucier de savoir si les eaux de la rivière seraient praticables et si le poisson aurait ou non envie de mordre à l'appât. Miyuki avait approuvé ce projet, mais, ne voulant pas que Katsuro prenne sur son temps de pêche, elle avait assumé seule la tâche harassante de creuser la terre, puis de charger

---

1. Déesse du Soleil. D'après la légende, elle envoya sur terre son petit-fils le prince Ninigi no Mikoto pour y planter le riz et gouverner le monde. Ninigi eut un arrière-petit-fils, Iwarebiko, qui, en 660 av. J.-C., fonda l'empire du Japon.

dans des hottes les déblais qu'elle hissait à flanc de colline pour en étayer les diguettes des rizières en terrasse. Le bassin achevé, il avait fallu l'alimenter, et Miyuki s'était de nouveau transformée en portefaix pour monter de l'eau depuis le déversoir de Shūzenji.

Entre deux expéditions, elle partageait son temps entre l'épandage des champs et l'entretien des apparaux de pêche que Katsuro traitait avec autant d'efficacité que de désinvolture, surtout depuis qu'il savait pouvoir compter sur Miyuki pour ramender épuisettes et filets déchirés, et façonner de nouveaux hameçons en bois de cornouiller.

— ... plus d'une centaine de rites à respecter chaque année, poursuivait Kusakabe, autant de cérémonies à célébrer, tantôt l'empereur offre un banquet de l'Ivresse avec force saké, grand repas sacré et danseuses – dont, sache-le, il a personnellement surveillé les répétitions –, tantôt il préside la Gustation des Prémices pour célébrer le riz nouveau, et il doit officier parfois jusqu'à l'heure du Tigre[1], tantôt encore il arbitre des joutes poétiques ou des concours de parfums, ou bien il doit entendre le long rapport sur les condamnations à mort prononcées durant l'année, rapport parfaitement inutile puisqu'il y a cent ans et plus que la peine capitale n'est pas appliquée – oui, mais la tradition reste la tradition, n'est-ce pas ?

Miyuki ne répondit pas : la tradition, encore un mot qu'elle ne connaissait pas, à tout le moins qu'elle

---

1. Trois heures du matin.

n'avait jamais employé. Le langage qui était le sien était surtout fait de silences. À Shimae, elle pouvait passer un jour entier sans prononcer une seule parole. Le soir venu, quand Katsuro remontait de la Kusagawa, qu'elle l'apercevait enfin et se précipitait vers lui, sa bouche était sèche, ses lèvres racornies, sa langue nouée. Seul son sexe s'embuait au fur et à mesure qu'elle courait vers le pêcheur.

— Le respect de la tradition demande une concentration de tous les instants, reprit le fonctionnaire. Or la nuit ne favorise pas la vigilance. Heureusement, dans les moments de tension, le saké réveille le discernement tout en apportant l'apaisement – je parle du saké brun que l'on brasse seulement pour la personne de l'empereur. J'ai eu le privilège d'y goûter quelquefois. Le Bureau des Jardins et des Étangs ayant été intégré au Bureau de la Table Impériale, je fais partie des fonctionnaires habilités à contrôler la température et la saveur des mets servis à Sa Majesté. Eh bien, le saké de Tennō Heika, c'est quelque chose de fameux, tu peux me croire ! Te plairait-il d'y tremper tes lèvres ? Bien qu'il soit interdit à une femme de ton rang de toucher à la nourriture ou à la boisson de l'empereur, je pourrais sans doute arranger la chose.

Elle eut un geste d'indifférence. Kusakabe laissa échapper un grognement. Il était déçu, il avait cru allumer en elle la petite flamme de la curiosité, la petite flamme qu'il savait pourtant si bien faire palpiter et grâce à laquelle, même dans ce monde d'extrême convenance de la cour impériale, il réussissait à briller d'un éclat légèrement plus soutenu que ses commensaux.

Voyez : préposé à l'accueil des fournisseurs du Bureau des Jardins et des Étangs, pour la plupart des paysans venus proposer les produits de leur région, cerisiers à fleurs blanches du mont Yoshino, pruniers de Yushima Tenjin, chrysanthèmes pleureurs d'Ise, Kusakabe commençait toujours l'entretien en les félicitant d'être là, au cœur de la plus prestigieuse ville du monde. Peu importait, leur disait-il, qu'ils fassent affaire ou non : rien que d'avoir entrevu Heiankyō, ils repartiraient plus riches qu'ils n'étaient venus. Les paysans, qui jusqu'alors n'avaient connu du monde que leurs tanières, leurs rizières, leurs arpents de mauvaise terre, l'écoutaient bouche bée. Il maîtrisait si parfaitement son sujet qu'il pouvait discourir sur la cité jusqu'à ce que le ciel se charge de lames violettes, que le crépuscule s'étale comme un bol d'encre renversé, et que les cent vingt-deux gardes des portes commencent à évacuer tous ceux qui n'avaient aucune raison de passer la nuit dans l'enceinte du Palais.

Pareillement intarissable sur tout ce qui entrait dans la bouche de l'empereur, dévalait sa gorge, passait par son ventre et ressortait par son pénis ou son anus, Kusakabe s'était préparé à une longue apologie du saké impérial.

Et ça n'intéressait pas cette femme malodorante ?...

(Car il commençait à donner raison à Nagusa-*sensei* : oui, cette jeune personne exhalait quelque chose d'indéfinissable qui n'était pas particulièrement plaisant.)

Dépité mais pas découragé, il en revint au saké de Tennō Heika : dans les rares occasions où Sa Majesté faisait circuler sa propre coupe, lui-même avait eu le privilège insigne d'y goûter. Brassé à partir de riz de la province d'Echigo[1], réputé le meilleur du Japon, ce saké était incroyablement doux, onctueux et fruité – et Kusakabe commença à chercher les mots pour décrire ce goût qui le ravissait rien qu'à l'évoquer, au point même qu'il n'était pas loin, en fermant les yeux, de s'enivrer en imagination.

Mais Miyuki, elle, avait gardé les yeux ouverts, et le regard morne avec lequel elle accueillit son discours persuada le jeune fonctionnaire d'en rester là. Ce qui ne l'empêcha pas de soupirer :

— Es-tu donc si peu avide de t'instruire, Amakusa Miyuki ?

C'est à elle, alors, que les mots manquèrent pour répondre – la fatigue, probablement.

Ce qu'elle aurait voulu dire était pourtant simple : ce qu'on apprend compte moins que la personne qui vous l'enseigne, voilà quelle était sa réflexion alors que la neige redoublait soudain d'intensité.

Toutes ses connaissances, elle les devait à Katsuro. C'était lui qui l'avait initiée au monde bruissant et frais de la rivière, aux procédés pour capturer les

---

1. Aujourd'hui la préfecture de Niigata.

carpes sans les blesser, aux méthodes pour les apaiser, les apprivoiser au point de pouvoir les emmener faire un long voyage, exactement comme un chien, un cheval, un faucon encapuchonné.

Le pêcheur ne se contentait pas de lui dire fais comme ci, fais comme ça, il prenait sa femme par la main et l'aidait à entrer dans l'eau, jusqu'aux mollets d'abord, et jusqu'aux genoux, et puis jusqu'au ventre, et enfin jusqu'aux seins, et alors il la basculait sur le dos, soutenant ses fesses d'une main, sa nuque de l'autre, et il lui disait allonge-toi sans crainte, sens comme la rivière est solide sous ton corps, comme elle te soutient, comme elle te porte.

Au passage des vaguelettes produites par la fuite d'un poisson ou la chute d'une branche en amont, les longs cheveux noirs de Miyuki étalés sur l'eau se soulevaient comme s'ils respiraient.

Katsuro croyait savoir – un bruit qui courait parmi les pêcheurs – que la Kusagawa devenait de plus en plus large au fur et à mesure de son parcours, qu'elle s'ouvrait comme les jambes de Miyuki aimante et confiante, et qu'au terme de sa course, là-bas, très loin en aval de Shimae et du déversoir de Shūzenji, elle entrait dans le Pacifique.

Il aurait aimé voir comment s'y prenait une modeste rivière pour pénétrer un océan réputé sans fin. Est-ce que cela se faisait par intrusion nocturne, comme pour son mariage avec Miyuki ? Est-ce que cela ressemblait à la façon dont son sexe, après s'être dilaté entre les cuisses de sa femme comme un fleuve grossi par le renfort de ses affluents, s'enfonçait dans les eaux ouvertes, au doux clapotis chaud et salé, de Miyuki ?

Katsuro et sa femme s'étaient promis, avant de disparaître, d'accompagner la Kusagawa jusqu'à son embouchure ; et là, assis côte à côte, enlacés peut-être, sur une même pierre tiédie par le soleil, ils regarderaient comment leur rivière s'y prenait pour se perdre dans l'océan. Pour être certains que leur souhait serait exaucé, Miyuki avait choisi et cueilli une feuille de *kaji*[1] que Katsuro, à l'occasion d'un de ses voyages à Heiankyō, avait confiée à un lettré pour qu'il y inscrive leur vœu. Pour que celui-ci ait une chance d'être exaucé, il fallait le calligraphier sur la feuille de *kaji* précisément la nuit où les étoiles amantes du Bouvier et de la Tisserande donnaient l'illusion de se rencontrer, et c'est évidemment ce qui avait été fait. Mais quelque chose n'avait pas dû être fait comme il fallait, puisque Katsuro était mort avant de prendre place sur la pierre tiède à côté de Miyuki.

À cette pensée, la jeune femme sentit des larmes mouiller ses joues.

— Rentrons, dit-elle à Kusakabe. La neige est trop brillante, elle me brûle les yeux. Nous reviendrons lâcher les carpes demain matin.

La cloche de bronze du temple se mit à sonner, émettant une vibration si dense qu'elle fendillait la

_____

1. Plante de la famille du mûrier.

mince pellicule de glace qui avait commencé à figer l'étang sacré.

Il continua de neiger toute la journée. Les flocons s'amoncelaient sur les auvents, puis, sous l'effet de la vague tiédeur diffusée par les murs et les toits des maisons où l'on avait allumé des braseros, la couche de neige du dessous ramollissait et se mettait à fondre ; une fois liquéfiée, c'était alors tout le gâteau neigeux qui glissait et dévalait la toiture pour s'écraser avec un bruit de bouse sur la terre battue de la rue.

De retour au *kyōzō*, Miyuki s'obligea à rester à proximité des nacelles où les carpes se tenaient inertes, comme engourdies. Seuls de brefs frissons de leurs nageoires témoignaient qu'elles étaient toujours en vie.

La jeune femme s'abstint de les nourrir : elle voulait leur garder assez de voracité pour que, dès leur libération, et en dépit de la froidure de l'étang qui les inciterait à nager vers le fond pour s'enfouir dans la vase, l'appétit les encourage à explorer leur nouveau territoire afin d'y trouver de quoi satisfaire leur convoitise.

Elle-même avait faim – la fatigue du voyage mêlée au soulagement d'être arrivée devait y être pour quelque chose.

Pendant qu'elle découvrait l'étang, Kusakabe était allé jusqu'au temple quémander quelque pitance auprès des moines. Ceux-ci, lorsqu'ils avaient appris que leur aumône était destinée à la femme qui apportait des carpes pour leur étang sacré, s'étaient montrés particulièrement généreux. Accroupie près de ses huit poissons, Miyuki dévora si vite leur offrande de riz glutineux, de chou chinois et de fines tranches de radis vinaigrés, qu'elle vomit une première fois. N'importe, elle se sentait à ce point affamée qu'elle continua de manger avec fébrilité, usant de ses dix doigts pour se confectionner deux bouchées à la fois et les enfourner presque simultanément. Lorsque son bol fut vide, elle en lécha l'intérieur, se mouchetant l'extrémité et les ailes du nez de débris alimentaires. De la manche de son kimono, elle essuya ses lèvres, laissant sur l'étoffe une tache humide.

Né du nord, se coulant entre les monts Hiei et Atogayama, un vent violent, le *kogarashi*, « celui qui dénude les arbres », déferla sur la ville, couchant l'averse de neige à l'horizontale et fauchant les dernières feuilles. Le couple de gerfauts qui logeait dans un ancien nid de choucas de la pagode du Saiji s'envola en jetant des cris tristes. Et ce fut la nuit.

Alors que Miyuki se recroquevillait frileusement sur sa natte, deux serviteurs de Nagusa Watanabe accouraient au domicile de Kusakabe pour le prier de se présenter au directeur du Bureau des Jardins et des Étangs sans attendre qu'il fasse jour.

Pourquoi deux émissaires pour la délivrance d'un message aussi modeste ? Parce que, si l'un glissait sur la neige, tombait, se foulait ou se brisait une cheville, l'autre continuerait de courir pour remplir la mission. On peut voir dans cette monomanie qu'avait Nagusa de toujours envisager le pire en même temps que les moyens d'y remédier l'explication de sa longue et brillante carrière dans un monde où la seule certitude était l'impermanence.

Kusakabe prit à peine le temps de renvoyer la prostituée dont il avait loué les services pour le réchauffer en cette nuit glaciale, et il se mit aussitôt en route.

Il fut malencontreusement retardé par l'arrivée inopinée d'une caravane chargée de toile de chanvre. La porte Rashōmon étant fermée pour la nuit, les

270

porteurs, se voyant condamnés à bivouaquer dehors sous l'averse de neige, s'élevèrent violemment contre le manque d'hospitalité d'une ville à laquelle ils apportaient pourtant de quoi donner de l'ouvrage aux teinturiers et aux tailleurs. Les entendant vociférer et menacer de mettre le feu à leur marchandise pour se tenir chaud, Kusakabe envoya réveiller un capitaine de la garde des portes et attendit que celui-ci ait ouvert Rashōmon pour se remettre en marche.

Le froid de la nuit favorisant la propagation des sons, il entendit résonner le gong du Palais impérial qui annonçait qu'on était déjà à la moitié de l'heure du Rat, lorsqu'il parvint enfin à l'angle des rues Tomi et Rakkaku où un serviteur de Nagusa, une torche à la main, guettait son arrivée.

Kusakabe se demanda si la jeune prostituée des bras de qui il avait dû s'arracher (comment avait-elle prétendu s'appeler ? Ah oui, Bimyō, c'est-à-dire la Ravissante) errait de nouveau à travers les rues engourdies. Elle ne méritait pas vraiment son nom, elle avait les jambes courtes et dodues, un anus comme un petit chou violet, et elle avait d'emblée avoué son incapacité, au contraire de la plupart des courtisanes, à improviser des chansons dont les paroles bien troussées auraient dû exciter l'ardeur sexuelle de ses clients ; mais Kusakabe Atsuhito appréciait ces femmes manquées, insipides ou légèrement disgraciées, qui le reposaient, le temps d'une nuit, de la quête harassante de la perfection à laquelle l'obligeait le fait de compter parmi les hauts courtisans vivant à Heiankyō.

Si Nagusa ne le retenait pas trop longtemps, peut-être pourrait-il retrouver Bimyō la mal nommée, et la ramener chez lui.

Mais il allait devoir auparavant sacrifier au rituel de bienvenue et s'accroupir devant le plateau surélevé où trônaient du saké et quelques mets d'accompagnement.

Le directeur du Bureau des Jardins et des Étangs le dévisageait en silence, l'évaluant comme s'il le voyait pour la première fois, et semblant s'interroger sur la capacité de son adjoint à remplir une mission délicate.

Après avoir versé le saké, Nagusa, avec la lenteur engourdie d'un papillon sortant de sa chrysalide et déployant ses ailes, se décida à relater sa visite à l'empereur et le choix qu'avait fait celui-ci de participer comme concurrent au *takimono awase* dont il avait lui-même établi l'argument – une trame si difficile à traduire en parfums que Nijō Tennō risquait de se retrouver seul et unique compétiteur.

— Il serait irrévérencieux que personne ne relève le défi de Sa Majesté, remarqua Kusakabe. Voyons, quel thème l'empereur a-t-il proposé ?

Nagusa exposa succinctement l'anecdote : le pont-lune, les deux brumes, la demoiselle.

— D'anecdote, il ne fut jamais question lors des concours précédents, s'étonna Kusakabe. Il était seulement demandé de composer une senteur qui fût délicieuse.

— Mais sans doute l'empereur veut-il marquer son règne par une innovation inouïe : faire de l'encens un conteur.

De part et d'autre du plateau, les deux hommes observèrent un silence comme pour mieux mesurer la portée de ce qui venait d'être dit. L'encens avait depuis longtemps acquis ses lettres de noblesse, il était reconnu pour donner de l'énergie aussi bien que pour apaiser, stimuler les facultés mentales, guérir certaines maladies, lutter contre l'angoisse et l'insomnie, sans oublier ses vertus aphrodisiaques. Mais nul n'avait encore hasardé qu'il pût aussi s'exprimer comme un poète.

Nagusa se leva et se cassa en deux comme s'il était en présence du souverain :

— Si Nijō Tennō accepte un prétendant aussi indigne et méprisable que moi, alors je me proposerai comme son adversaire.

Kusakabe le dévisagea avec incrédulité.

— Sauf votre respect, Nagusa-*sensei*, je connais tous les encens qui sont conservés au magasin de la Deuxième Avenue. Je puis vous assurer qu'aucun d'eux, qu'il soit pris isolément ou mêlé à d'autres arômes, ne pourra jamais évoquer la course d'une demoiselle sur un pont.

— Sur un pont *et* dans la brume, précisa Nagusa. Le fait est que c'est une impression olfactive qui n'a jamais été composée. Et je n'ai pas la moindre idée de ce à quoi cela pourrait ressembler. Je n'ai plus l'âge des brouillards : quand la brume se lève, moi je vais me coucher ; et il y a fort longtemps que je n'ai pas couru après une jeune fille.

Il eut un de ces petits rires des hommes d'âge, dont on ne sait s'ils sont moqueurs ou désespérés – peut-être ne sont-ils que l'effet d'une sorte de grelottement de la mâchoire.

— Vous n'avez donc aucune chance de l'emporter ? fit son adjoint.

— Oh, certainement aucune.

— Mais toute la Cour aura les yeux fixés sur vous…

— Plutôt les narines, sourit Nagusa en tapotant les siennes du bout d'un doigt.

— Oui.

— Oui, fit en écho Nagusa.

— Oui, dit encore une fois Kusakabe.

Sur ce triple « oui », ils se turent. Il y eut des soupirs qui, chez Nagusa, confinaient aux raclements de gorge, des interjections un peu rauques, des *hai*, des *ee*, des *iya*, des *yossha*, des glissements de soie sur soie, mais surtout du silence, un silence scellé qu'aucun des deux ne semblait vouloir rompre.

Enfin, au bout d'un long moment, Kusakabe s'éclaircit la voix et dit :

— En fait, ce sont plutôt ses oreilles que la Cour tournera vers vous, puisqu'il paraît que l'encens s'écoute davantage qu'il ne se respire. Quelque chose, à cet égard, me revient en mémoire : un *sūtra* ne dit-il pas que l'enseignement du Bouddha se transmet par les senteurs et qu'il n'est pas besoin de mots pour l'expliquer ?

— Le *sūtra* de Vimalakirti, un des plus proches disciples du bouddha Amitabha, confirma Nagusa sur un ton plein de respect.

— Vous aussi, *sensei*, son enseignement vous a ému ?

Le directeur du Bureau des Jardins et des Étangs esquissa un sourire :

— Non point son enseignement, mais le papier sur lequel ce *sūtra* a été traduit du sanscrit, calligraphié et conservé au Tōdaiji, le temple où la veuve de Shimae relâchera ses carpes demain matin. Un papier d'une blancheur et d'une pureté exceptionnelles. J'ai eu le privilège de l'admirer, il m'a même été permis de le caresser, et j'éprouve encore sa douceur ineffable au bout des doigts. Dans ce *sūtra*, Vimalakirti parle de renaître dans une terre pure qu'il appelle *Doucement parfumée par tous les parfums*, et où les palais, les maisons, les rues, les jardins eux-mêmes, et jusqu'aux aliments, sont faits non pas d'argile, ni de bois, ni de pierre, mais des parfums les plus suaves.

— Croyez-vous une telle chose possible, *sensei* ?

— Je ne dis pas que j'y crois, Atsuhito, je m'en garde bien ! Mais à supposer qu'il y ait un autre monde après celui-ci, je préfère l'imaginer délicatement parfumé plutôt que puant la pourriture et la décomposition.

La mâchoire inférieure de Nagusa tremblotait de

nouveau. Ce n'était pas dû à la vieillesse, cette fois, mais à la froidure de la neige qui envahissait la pièce. Des trois braseros, deux étaient déjà couverts de cendres blanches, un seul continuait de rougeoyer.

— Nagusa Watanabe et Kusakabe Atsuhito défiant Nijō Tennō aux premiers jours de l'hiver ! s'exclama-t-il soudain. Je présume que le concours se déroulera au Pavillon de la Pureté et de la Fraîcheur. On n'aura jamais assisté à des joutes aussi prodigieuses. Je me demande si l'empereur sait déjà quelle réponse il compte apporter à l'énoncé qu'il a lui-même formulé. Ah ! Atsuhito, quelle situation pathétique : je suis comme cet homme auquel on confie une anthologie de poèmes écrits dans une langue qu'il ne connaît pas, en lui intimant l'ordre de les traduire dans une autre langue qu'il ne déchiffre pas davantage.

Kusakabe avala une quatrième coupe de saké. Les yeux brillants, il se leva :

— Je propose que nous y allions. Là, tout de suite.

— Aller où cela, Atsuhito ? Il fait nuit, il neige et…

— Le magasin de la Deuxième Avenue. Réservons-nous les meilleurs encens avant que d'autres ne s'en emparent.

Kusakabe savait de quoi il parlait : à peine annonçait-on l'ouverture d'un concours de parfums que les participants potentiels, soit la quasi-totalité des aristocrates et des fonctionnaires à partir du troisième rang supérieur, envoyaient leurs serviteurs dévaliser le magasin de la Deuxième Avenue, avec mission de rapporter, quel qu'en soit le prix, la plus grande quantité possible de résines, de racines ou de graines parmi les plus odorantes. On ne perdait pas de temps à ergoter : l'essentiel n'était pas de conclure une affaire rentable mais de se procurer un maximum de substances qu'on s'empressait de confiner dans des cabinets aux stores baissés afin que nul ne puisse surprendre la palette subtile des fragrances qui allaient être assemblées dans le plus grand secret.

Bien qu'une visite nocturne nécessitât une autorisation officielle même pour un personnage d'un rang aussi élevé que le directeur du Bureau des Jardins et des Étangs, Nagusa n'eut guère de mal à convaincre les gardes chargés de la sécurité du magasin de lui ouvrir la porte. Les préposés s'assurèrent seulement que lui et son adjoint n'avaient rien sur eux qui pût corrompre ou enflammer les précieuses matières entreposées.

Cette restriction supposait de se passer de toute espèce de lanterne, torche, ou même simple chandelle. Or, sans éclairage, le magasin était plongé dans une nuit si profonde que c'était à peine si l'on pouvait déchiffrer les caractères peints sur les innombrables petits casiers et indiquant quelle substance aromatique contenait chacun d'eux. Le reflet de la lune sur la neige aurait sans doute fourni assez de clarté pour se repérer, mais il aurait fallu ouvrir les volets de bois plein, et les gardes s'y refusèrent absolument.

— Allons, se résigna Kusakabe, notre odorat compensera ce que nos yeux ne pourront voir.

Nagusa aima cette parole. Les deux hommes s'enfoncèrent dans l'obscurité, le visage pointé vers l'avant à la façon des chats abordant un territoire inconnu.

Les vigiles leur avaient expliqué succinctement selon quels critères les matières avaient été rangées : classées d'abord par familles (résines et gommes, racines et rhizomes, graines et fruits), elles se subdivisaient ensuite en variétés (douces, acides, chaudes, salines et amères), lesquelles se répartissaient en nuances selon qu'elles étaient boisées, animales, sensuelles, épicées, balsamiques, terreuses, résineuses, capiteuses, poivrées, camphrées, herbacées, etc.

— Surtout ne touchez à rien, avaient ajouté les gardes, contentez-vous de flairer et de mémoriser ce qui vous intéresse. Vous reviendrez vous procurer ce que vous allez repérer ce soir, mais seulement après que le Palais aura proclamé l'ouverture et le thème du concours.

Nagusa avait posé sur les vigiles un regard si offensé que ces derniers s'étaient inclinés très bas en débitant des chapelets d'excuses, les enchaînant de façon précipitée comme pour être certains d'avoir le temps d'énumérer toutes celles qu'ils connaissaient.

— Comment peut-on soupçonner Son Excellence le directeur du Bureau des Jardins et des Étangs de songer à subtiliser ne serait-ce qu'une infime étoile de badiane chinoise ? s'était offusqué Kusakabe, ajoutant tout bas à l'oreille de Nagusa : En vérité, *sensei*, n'allons-nous pas profiter de l'obscurité pour nous servir sans attendre ?

— Ce qui est pris n'est plus à prendre, avait répondu Nagusa, lui aussi dans un souffle. Je suggère que nous commencions par le musc de chevrotain. C'est la base de tout. Je ne saurais rien envisager sans lui.

Leur odorat les guida sans faille jusqu'au tiroir où étaient rangées des sortes de petites bourses en peau très fine, couvertes de légers poils et renfermant des grains brun sombre, doux au toucher, qui dégageaient une odeur puissante. Nagusa et Kusakabe prirent chacun une bourse qu'ils enfouirent au plus profond de leurs vastes manches.

Puis Nagusa jeta son dévolu sur la férule gommeuse. Il pensait pouvoir compter sur son odeur verte et piquante pour symboliser la brume. À moins qu'il ne se décide finalement à faire confiance au costus odorant dont il préleva une quantité généreuse – le fameux pont que franchissait la demoiselle évanescente dont avait rêvé l'empereur ne pouvait-il enjamber un parterre de violettes et d'œillets, fleurettes auxquelles faisait songer la senteur du costus ?

De son côté, et toujours en usant de ses manches comme d'un sac à la profondeur insondable, Kusakabe faisait provision de résine de storax.

Bien que passablement fatigués, ils ne voulurent pas se séparer avant d'avoir conditionné leur butin :

après l'avoir fait tremper dans du vinaigre, ils broyèrent aussi finement qu'ils purent les opercules d'une vingtaine d'escargots de la mer de Chine, des *kaikō* destinés à fixer les parfums.

Pour finir, ils malaxèrent leurs substrats dans des mortiers et les répartirent dans des carrés de soie qu'ils nouèrent en aumônières et enfermèrent dans une boîte en bois d'aloès.

Ces diverses manipulations avaient suffi à exalter de multiples senteurs et, sans qu'il soit besoin d'éparpiller les rognures d'encens sur le charbon incandescent des braseros, une nuée invisible mais fortement odorante s'était formée et flottait dans la salle.

Alors Nagusa étala deux nattes sur le sol. Sans mot dire, il s'allongea sur l'une et tapota l'autre comme pour appeler un chat à venir s'y lover. Ce fut Kusakabe, bien sûr, qui s'y coucha, avec un regard reconnaissant car le vent du nord s'était renforcé, arrachant et rejetant les flocons comme s'il plumait sans fin un oiseau blanc, la froidure crispait les paravents et les stores qui émettaient des crissements d'insectes ; et pour finir de dissuader Kusakabe de rentrer chez lui dans le vent glacial et les ténèbres, on avait entendu, provenant d'une proche ruelle, un long cri d'assassiné.

Miyuki se réveilla tôt. Malgré le jour encore indécis et l'obscurité rémanente qui l'empêchait de distinguer clairement le contenu des vasques, son premier réflexe fut de s'assurer que ses carpes étaient vivantes. Elle les embrassa d'un regard aussi pénétrant que celui qu'elle posait sur Katsuro quand elle s'éveillait la première, le scrutant pour s'assurer qu'il avait franchi la nuit sans encombre, qu'il respirait paisiblement ; puis elle l'effleurait et le pinçait délicatement pour vérifier que sa chair était tiède et souple.

Elle avait cinq ans quand ses parents avaient été victimes de *wanzugasa*[1]. Dès l'apparition des premiers symptômes, les villageois avaient fait danser un singe sur la place principale, car certains prétendaient déduire l'importance que prendrait l'épidémie à partir des gambades de l'animal. On eut également

---

1. Littéralement « éruption de petits pois », référence aux pustules qui recouvrent le corps et le visage des malades de la vérole.

recours aux services d'un vieux joueur de flûte dont les trilles étaient supposés intolérables aux oreilles des *hōsōgami*, les démons de la variole. La troisième précaution fut de confiner Miyuki dans la chaumière de ses parents afin d'éviter qu'elle n'aille répandre le fléau dans les autres familles.

C'est ainsi que la petite fille passa plusieurs jours au chevet de son père et de sa mère qui agonisaient en silence, les pustules qui tapissaient leur bouche et leur gorge les empêchant de parler. C'est à leur rigidité que Miyuki, qui ne cessait de les caresser, de les palper, de les pétrir, comprit qu'ils étaient morts.

Elle pleura, on l'entendit, on la libéra. Plutôt que de risquer de propager la maladie en conduisant leurs dépouilles au bûcher funéraire, le chef du village, qui n'était pas encore Natsume mais Norimasa, le père de son père, décida d'incinérer les parents de Miyuki là où ils avaient rendu l'âme, et des torches furent lancées sur le toit de chaume qui s'embrasa aussitôt.

C'est cette même raideur qui avait signifié la mort de ses parents que Miyuki redoutait chaque matin de constater chez Katsuro – et sa crainte s'était généralisée, étendue à toutes les créatures vivantes qu'elle s'attendait à retrouver le matin après les avoir quittées la veille au soir.

Or, au cours de la nuit, elle avait entendu des frôlements et le picotement caractéristique de petites griffes sur le sol. Que la pièce soit à l'étage, et quoi qu'en ait dit Kusakabe, n'avait pas empêché des bêtes, principalement des oiseaux, d'y pénétrer. Miyuki se félicitait d'avoir pensé, avant de fermer les yeux, à uriner tout autour de l'espace où elle avait disposé sa natte et ses carpes. Un cercle magique, en quelque sorte, que les oiseaux n'avaient apparemment pas osé franchir – les empreintes de leurs petites pattes restaient en deçà de la frontière humide que la jeune femme avait délimitée en se déplaçant accroupie, lâchant son urine par longues saccades.

Rassurée sur l'état des carpes, elle s'approcha d'une des fenêtres. Elle s'était agitée durant son sommeil, faisant glisser son vêtement qui à présent ne la couvrait plus que partiellement. Aussi laissa-t-elle retomber le store qui, bien que démantibulé à force d'être exposé aux intempéries, devait pouvoir empêcher un observateur extérieur de surprendre sa nudité, tout en permettant à Miyuki d'embrasser du regard la ville qui remontait doucement jusqu'aux murs du Palais impérial.

La neige, tombée toute la nuit sans interruption, avait unifié les toitures en un long moutonnement d'échines blanches. Par intermittence, des blocs se désolidarisaient de la masse neigeuse et glissaient sur les tuiles vernissées, prenant assez de vitesse pour escalader la partie rebiquée du toit et s'envoler vers le ciel. Ils restaient quelques fractions de seconde comme suspendus dans le vide, puis s'écrasaient avec un bruit flasque.

L'intrusion quasi silencieuse de Kusakabe surprit à peine Miyuki. Il avait revêtu la tenue de cérémonie des fonctionnaires civils, l'*eboshi* de papier laqué noir planté sur son crâne, le manteau violet pâle, une tunique d'un brun rose prolongée d'un long pan traînant au sol, et un ample pantalon que faisait bouffer un cordonnet serré à la cheville.

Miyuki s'inclina par trois fois.

— Je suis prête, seigneur.

— En es-tu sûre ?

Il la considérait avec un étonnement sincère.

— Tu vas garder l'habit que tu portes ? Ou plutôt qui te porte, rectifia-t-il, car il est raide de boue séchée, de crasse et de…

— Je n'en ai pas d'autre, coupa-t-elle.

— Tu as entrepris ce voyage sans emporter de quoi te changer ?

Katsuro lui ayant souvent dit que les gens d'Heiankyō ne savaient rien de la vie de ceux de Shimae, et qu'au fond ça ne les intéressait pas, qu'ils ne cherchaient pas à en apprendre davantage, Miyuki fit grâce à Kusakabe d'un commentaire sur sa garderobe, laquelle se réduisait au vêtement qu'elle avait sur elle, plus quelques guenilles qu'elle enfilait pour vaquer aux travaux du jour mais dont elle ne s'était pas encombrée en partant.

— De toute façon, reprit le jeune homme, personne ne fera attention à toi. S'il y avait eu du soleil, je ne dis pas, mais avec toute cette neige, il n'y aura personne au bord de l'étang. Quant à Nagusa-*sensei*, il ne s'offusquera pas de ta tenue. C'est un homme vieillissant à présent, sa vue a beaucoup baissé, il voit flou et il confond les couleurs. Et puis, ajouta-t-il en masquant un sourire derrière sa main, je suis sûr qu'il ne cherchera pas à t'approcher. Oui, oui, si tant est que le mot satisfaction ait encore un sens pour un vieillard, il sera d'autant plus satisfait qu'il pourra se tenir à distance de toi – eh ! tu devines bien pourquoi, n'est-ce pas ?

Et de froncer ses narines de façon comique, comme s'il cherchait à faire rire un enfant. Mais Miyuki ne rit pas.

— Tu devines ? répéta-t-il.

— Non.

— Partons, dit-il sans insister.

Au char à bœufs susceptible de s'embourber à chaque tour de roue, Kusakabe avait préféré le palanquin que ses porteurs pouvaient faire littéralement voler comme un papillon au-dessus du terrain le plus incertain.

Il avait gelé à pierre fendre durant la nuit. Sous la glace, l'eau de l'étang était devenue noire ; et la neige semblait avoir englouti les piquets auxquels, selon les indications de Miyuki, on avait accroché le filet délimitant le secteur dédié à l'acclimatation des carpes.

Kusakabe la rassura : il avait pris ses précautions, tracé lui-même un relevé du site, et la glace était assez solide pour permettre à quelqu'un d'aussi frêle que Miyuki de s'aventurer sans risque jusqu'à la lisière des premiers pieux.

Tout du long de l'ourlet que dessinait la rive,

des moines formaient une garde symbolique face à l'étang. Les plus âgés, leur peau cireuse tendue sur des visages émaciés, flottaient dans des vêtements monastiques qui ne devaient guère les protéger du froid. Mais ils restaient stoïques. Les plus jeunes, dont certains paraissaient encore des enfants, se dandinaient d'un pied sur l'autre. On voyait, sous leurs joues, remuer leurs langues rondes, épaisses, qui sondaient leurs gencives pour en déloger des parcelles de riz dont indéfiniment, à la façon des ruminants, ils savouraient le goût fade.

— Tu pleures ? fit Kusakabe en voyant des larmes noyer soudain les yeux de Miyuki. Pourquoi pleures-tu ? Tu n'as aucune raison d'être triste : tu arrives au terme de ton voyage, devoir accompli.

— Le froid, balbutia-t-elle.

Ce n'était pas la vraie raison. Elle était désemparée à la pensée que l'instant approchait où elle allait devoir se séparer des carpes noires, les deux seules originaires de la Kusagawa. Ce qu'elles représentaient pour Miyuki n'était pas tant le souvenir de leur rivière natale que celui du pêcheur qui les en avait arrachées. Dans la vibration nerveuse de leurs corps dont les écailles semblaient sur le point de se hérisser, dans les coups de queue excités qu'elles donnaient – d'une façon ou d'une autre, elles avaient dû percevoir la proximité de l'étang, pressenti peut-être qu'elles allaient bientôt recouvrer la liberté –, la petite veuve retrouvait l'exultation de Katsuro, ses bouffées de joie, son ravissement quand il avait la bonne fortune d'attraper un poisson d'exception. Il devenait alors un amant magnifique, comme si la gloire de sa prise rejaillissait sur le volume et la fermeté de son sexe, sur le liant et la mobilité de ses caresses, ses doigts encore imprégnés de mucus trouvaient sans hésiter les zones les plus émotives du corps de Miyuki, dosant leur pression avec la même subtilité que lorsqu'il empoignait à pleines mains une carpe fraîchement sortie de l'eau, la serrant assez fort pour empêcher son corps glissant de lui filer entre les doigts mais lui laissant tout de même assez d'aisance pour qu'elle se sente davantage protégée que punie.

Tant qu'elle cheminait, Miyuki avait eu la sensation que Katsuro marchait à ses côtés : après tout, c'étaient *ses* carpes qui, aux deux bouts de la palanche, lui sciaient la nuque et bleuissaient ses épaules, il était juste qu'il les accompagne, qu'il veille sur elles en esprit, et par la même occasion sur Miyuki.

Mais quand les carpes, en se tortillant, plongeraient vers les profondeurs de l'étang, le fantôme de Katsuro disparaîtrait avec elles. Dans un dernier grelot de son rire, un rire d'enfant qui faisait dire à sa jeune femme qu'il ne vieillirait jamais, le pêcheur retournerait à sa mort, à son éternité, Miyuki serait seule à hurler.

Le palanquin s'immobilisa.

Le directeur du Bureau des Jardins et des Étangs s'était déplacé pour assister au lâcher des carpes.

Encore que ce qui avait motivé Nagusa n'était pas tant la cérémonie elle-même que le plaisir qu'il se promettait de prendre en admirant Kusakabe revêtu de son habit solennel, se détachant sur la blancheur de la neige et allant de l'un à l'autre pour donner ses instructions concernant le protocole, car même s'il était certain que l'empereur n'honorerait pas la célébration de sa présence, tout devait se dérouler avec la même solennité que si Sa Majesté présidait le cérémonial.

Avant l'arrivée du palanquin, les bonzes avaient ouvert un grand trou dans l'étang pétrifié. Armés de gaules, les plus jeunes continuaient de frapper l'eau pour l'empêcher de se solidifier à nouveau.

Miyuki marcha vers la glace, calant son pas sur le rythme du *sūtra* de la Terre Pure que les bonzes récitaient avec lenteur ; et c'était très bien ainsi, car elle redoutait par-dessus tout de trébucher sur quelque obstacle dissimulé sous la neige, et de renverser ses nacelles en tombant.

— *... partout dans ce royaume de grande félicité, cette terre pure de Bouddha, se trouvent sept merveilleux lacs de trésors et des eaux aux huit qualités les remplissent. Quelles sont les qualités de ces eaux ? Ce sont leur clarté, leur lumière, leur aspect de glace, leur douceur et leur beauté, leur légèreté, leur brillance, leur sérénité.*

Parvenue à l'extrême bord de l'étang, elle vit son image se refléter sur la portion d'eau sombre libérée par les coups de bâton des bonzes, et elle fut presque étonnée de ne pas apercevoir tout près d'elle la silhouette de Katsuro. Elle sourit en songeant qu'il aurait été bien hirsute, bien sale, bien puant à présent – il lui avait toujours dit que c'était au cours du trajet aller qu'il accumulait l'essentiel de la crasse, des souillures, des blessures qu'il rapportait de ses voyages à Heiankyō.

— Non ! cria-t-elle soudain.

Un vieux bonze s'était faufilé jusqu'à la jeune femme et, profitant d'une inclinaison de la palanche, avait réussi à décrocher la nacelle contenant les carpes noires.

— Non, répéta-t-elle. Laissez-les-moi encore un peu.

Mais le religieux, sans tenir compte de ses supplications, s'éloignait avec ses proies, se déhanchant à la manière des singes, les rides de sa face témoignant de ce que lui faisaient endurer ses articulations délabrées.

Miyuki entendit les éclaboussures d'objets lourds que l'on faisait glisser dans l'étang.

— Katsuro ! cria-t-elle encore.

Elle tremblait. Alors Nagusa Watanabe vint à elle. Recourbant ses doigts comme une serre, il la saisit par un bras. Elle ne savait pas si c'était pour la rassurer ou pour la contraindre. Sans desserrer son étreinte, il l'éloigna du bord. Miyuki se dévissait la tête, essayant de regarder derrière elle, par-dessus son épaule, dans l'espoir d'entrevoir une dernière fois les carpes de Katsuro nageant vers la liberté.

Au bord de l'étang, les moines avaient repris leur psalmodie :

— … *et le fond des lacs de trésors est couvert de sable d'or. Sur chacun de leurs quatre côtés, les encerclant entièrement, se trouvent quatre escaliers descendants. Ces quatre ornements sont très beaux et ravissants. Il se trouve tout autour d'eux des arbres de joyaux merveilleux, et entre eux des chemins à la douce senteur*[1].

Nagusa se tenait si près de Miyuki qu'il percevait la tiédeur de son corps et les battements de son cœur.

Il lui demanda pourquoi elle semblait si émue alors que tout se déroulait tellement mieux qu'on ne pouvait l'espérer compte tenu du vent du nord qui aurait pu transir les moines et paralyser leurs cordes vocales ; or les prières scandées à haute voix avaient tout de même une autre allure que celles qu'on susurrait entre des dents que le froid faisait s'entrechoquer.

Pour toute réponse, elle baissa les yeux, joignit ses mains dont les doigts exposés à l'air glacé lui donnaient l'impression paradoxale d'être plongés dans l'eau bouillante, et elle s'inclina.

— Quand repars-tu pour Shimae ?

C'est alors que, de la bouche de Miyuki, devançant sa réponse, s'envola une petite perle de salive. Au même instant, le soleil déborda d'un nuage, ses rayons frappèrent la gouttelette qui, le temps d'une fraction de seconde, sur son trajet entre les lèvres de

---

1. Traduction par l'Équipe Amitabha Terre Pure.

Miyuki et le visage de Nagusa, étincela comme un soleil minuscule.

Or Nagusa nourrissait une passion secrète pour ce fluide opalin si doux, si méconnu, si indifférent à la plupart des gens, qu'est la salive des femmes.

À force de supplications patientes, il avait persuadé son épouse Sahoko d'en déposer une goutte sur la surface polie d'un miroir chinois en bronze – un objet de la période des Royaumes combattants, un des premiers présents qu'il avait offert à Sahoko. Celle-ci avait attendu une nuit d'éclipse de lune pour lui consentir cette faveur, et il avait pu admirer la renaissance de l'astre dans les bulles irisées constituant ce qu'il avait appelé le «don de Sahoko». Puis le petit dôme mousseux s'était évaporé, laissant sur le miroir une trace sèche et terne.

Il avait regretté de ne pas avoir recueilli un peu de l'humidité légèrement crémeuse du don de Sahoko au bout de son index, sur la pulpe, afin d'en humecter le dessus de sa lèvre.

Car le directeur du Bureau des Jardins et des Étangs était d'une sensibilité extrême à l'odeur de la salive quand elle séchait sur la peau. Elle produisait alors une senteur évoquant le miel, le vinaigre et le pistil mauve de certaines fleurs. Mais elle était si peu volontaire, si ténue, qu'elle ne résistait pas aux volutes de l'encens qui brûlait nuit et jour, été comme hiver, dans les pièces et les corridors du Palais impérial, ni d'ailleurs aux puanteurs qui stagnaient dans de nombreux secteurs de la ville, notamment à proximité des marchés.

L'addiction de Nagusa n'avait rien d'érotique. Ce singulier plaisir olfactif, dont il convenait volontiers que d'autres puissent le trouver rebutant, ne provoquait chez lui aucune forme d'excitation sexuelle, mais lorsque l'empreinte s'effaçait, que sa fragrance volage n'était déjà plus qu'un souvenir, il savait que, l'espace d'un instant, il avait été un homme heureux.

Après avoir fait preuve de générosité – générosité était le mot de Nagusa, sa femme préférait parler d'indulgence –, Sahoko avait brusquement refusé de satisfaire le caprice – encore un mot à elle – de son mari. Celui-ci s'était alors tourné vers les jeunes dames de la Cour. Mais obtenir d'elles ne fût-ce qu'un soupçon du fluide qui lui procurait une si intense jubilation n'était pas simple. Il avait eu beau dresser une liste de tous les prétextes crédibles qu'il pensait pouvoir invoquer pour obtenir un peu de cette salive tellement commune que les suivantes de l'impératrice avalaient la leur sans même y penser (il avait calculé qu'elles répétaient ce réflexe environ mille cinq cents fois par jour), il provoquait le plus souvent leur stupéfaction et s'attirait un refus sans appel.

Cependant, il lui arrivait parfois d'obtenir ce qu'il désirait – oh, guère plus de deux ou trois fois par an, généralement à l'occasion de la cérémonie de l'Apaisement des Âmes ou de la célébration des Prémices, car ces festivités s'accompagnaient de chorégraphies impliquant des dizaines de jeunes danseuses. Celles qu'il osait solliciter l'écoutaient en penchant un peu la tête sur le côté, mais il n'y avait ni mépris ni répugnance dans leur réaction, elles ne comprenaient tout simplement pas ce qu'il comptait faire de ce qu'elles lui donneraient si jamais elles accédaient à sa demande ; et puis elles élevaient une main devant leur bouche pour dissimuler un petit rire, et la main retombait, leurs yeux étaient pleins de compassion, et elles murmuraient :

— Moi, je veux bien, *sensei*. Je ne vois aucun mal à cela. Dites-moi seulement comment vous souhaitez que nous procédions.

Nagusa avait découvert que c'était sur le poignet, dans l'intimité tiède des manches de soie, que l'odeur infime s'épanouissait le mieux.

Alors il remontait une manche pour dénuder son poignet gauche – car associé au *yang* et donc chaud, brillant, fort et masculin –, et l'orienter de façon à l'offrir aux lèvres qui s'entrouvraient.

Aussitôt qu'il entendait le léger bruit de bouche libérant la goutte de salive tant convoitée, et qu'il en percevait la tiédeur sur sa peau, il ramenait son poignet en retrait de l'ouverture de sa manche. Il s'inclinait très bas devant la donatrice, même si elle était d'un rang inférieur au sien, puis il s'enfuyait en toute hâte, emportant son trésor.

Dès qu'il trouvait un corridor tranquille, il se rencognait dans un angle, faisait à nouveau saillir son poignet gauche hors de la manche de son kimono et se hâtait de plaquer ses narines sur l'empreinte humide qui, déjà, s'évaporait.

En dépit d'une longue pratique, Nagusa était incapable d'anticiper les qualités du don que lui consentaient les danseuses. Il avait tout de même remarqué que les jeunes femmes qui, entre deux chorégraphies, dégustaient des kakis tellement mûrs que leur chair avait perdu toute astringence et était devenue presque coulante, translucide et intensément sucrée, produisaient une salive plus lente à la dessiccation. Mais le parfum des fruits masquait celui *sui generis* de l'offrande. Or, dans ses célébrations aromatiques, le directeur du Bureau des Jardins et des Étangs cherchait la pure odeur du souffle, celle qui accompagne la parole et le soupir, et fait d'une inconnue – car la plupart du temps, il ne savait pas, et ne saurait jamais, le nom de sa donatrice – quelqu'un d'inoubliable.

Certains de ses souvenirs remontaient à l'époque lointaine où il n'était qu'un enfant, mais ils s'étaient imprimés si profondément en lui qu'il pouvait encore, de mémoire, dessiner les lèvres, avec toutes leurs stries et leurs gerçures d'hiver, de ses premières bienfaitrices.

L'éclat de salive de Miyuki s'évaporait déjà. Nagusa Watanabe glissa rapidement l'index sous sa lèvre supérieure et retroussa celle-ci pour l'amener au contact de ses narines. Il ferma les yeux, respira à fond une odeur inconnue, déroutante, dont il n'aurait su dire s'il avait davantage envie de la fuir ou de s'y enfouir.

— C'est moi qui suis chargé de te payer – tu le savais ?

— Non, *sensei*, je l'ignorais.

— De cette façon, nous aurons l'occasion de nous revoir une dernière fois. Viens quand il fera nuit, je serai moins occupé. Et peut-être me révéleras-tu ton secret ?

— Quel secret, Nagusa-*sensei* ? Je suis une femme simple, je n'ai pas de secrets.

Le directeur du Bureau des Jardins et des Étangs regarda autour de lui pour s'assurer que personne ne pouvait surprendre leur conversation.

Kusakabe se tenait à distance, son long corps mince oscillant gracieusement au-dessus de l'étang – il se penchait, se redressait, se penchait à nouveau à la façon d'un roseau agité par le vent –, cherchant à suivre les évolutions des carpes. Quant aux bonzes, ils poursuivaient leur récitation, imperturbables.

— Si fait, chuchota Nagusa, tu en as un : le secret de ce qui émane de toi.

Il s'aperçut qu'il tenait toujours sa lèvre supérieure remontée et ourlée sous son nez, découvrant ses dents du haut dont la laque noire, qu'il n'avait pas renouvelée, commençait à s'écailler.

Le lendemain matin, il neigeait toujours. À certains endroits, l'épaisseur de la couche atteignait la hauteur du garrot d'un bœuf. Que ce fût à pied,

295

en palanquin ou en voiture, circuler en ville était devenu difficile. Ce qui n'empêcha pas le directeur du Bureau des Jardins et des Étangs de convoquer son adjoint pour rechercher avec lui le mélange des senteurs pouvant composer l'encens qui répondrait au défi de restituer les effluves d'une demoiselle qui, surgie du brouillard noyant un jardin, franchit un pont en dos d'âne pour rejoindre un autre jardin tout aussi noyé de brume que le premier.

Le thème du concours ayant été officiellement dévoilé la veille au soir, tous les fervents du *taki-mono awase*, champions en titre comme amateurs concourant pour la première fois, n'avaient qu'une obsession : inventorier, tester et associer les substances odorantes de façon à traduire au mieux l'anecdote proposée par l'empereur Nijō, tous s'accordant sur le fait que le plus grand défi, la difficulté quasi insurmontable, pour ne pas dire l'impossibilité, allait résider dans la production d'émanations évocatrices du corps en mouvement, de la longue chevelure dénouée, du visage creusé par la course, et de la respiration précipitée de la demoiselle d'entre deux brumes.

Ce qui justifiait que les participants aient aussitôt abandonné leurs occupations pour faire main basse sur les rayons du magasin de la Deuxième Avenue. Les plus inspirés devaient avoir déjà réuni leurs ingrédients et procédé aux premiers assemblages. Il ne leur restait plus qu'à les nourrir d'un mélange de miel et de chair de prune qui, en leur procurant une légère humidité, contribuerait à en exacerber les senteurs. Avant la tombée de la nuit, des serviteurs se fondraient dans la tempête de neige pour aller enfouir en grand secret, dans le remblai noir et glaiseux du Yodogawa, les boîtes en paulownia renfermant les préparations élaborées par leurs maîtres – la proximité du fleuve était réputée bénéfique à la conservation des encens, et ses berges étaient minées par d'innombrables terriers qui évitaient d'avoir à creuser le sol durci par le froid.

Nagusa et Kusakabe n'avaient pas autant progressé. Il est vrai qu'ils s'étaient laissé retarder par la petite veuve et ses fichus poissons. Que de temps perdu pour quelques carpes ! En quoi leur nage nonchalante dans l'étang d'un temple pouvait-elle favoriser la méditation de pèlerins venus prier le Bouddha ?

— Cessons de nous inquiéter pour cette femme, *sensei*. Donnons-lui le prix convenu – encore que celui-ci me paraisse quelque peu exorbitant pour huit malheureux poissons que n'importe quel pêcheur du Yodogawa aurait pu nous fournir –, et qu'elle rentre chez elle. Maintenant, si vous voulez la punir d'avoir tardé à nous livrer des bestiaux qui, tout bien considéré, n'ont rien d'exceptionnel, sinon peut-être les deux ou trois carpes aux écailles noires, les seules qui me semblent dignes de ce que nous fournissait autrefois le pêcheur de Shimae, il suffit de la renvoyer sans la payer, ce qui constituera une sanction en plusieurs temps : elle ressentira d'abord une grande humiliation en quittant Heiankyō sans le moindre salaire, ensuite elle tremblera tout le long du chemin en pensant au châtiment que les siens lui réserveront pour être revenue les mains vides – et le fait est qu'ils ne la ménageront pas : je me suis laissé dire que ces paysans n'avaient guère pitié les uns des autres, qu'ils étaient même assez cruels. Tenez, un jour qu'elle cousait pour l'impératrice, la Noble Dame du service de la Toilette s'est piqué le doigt, du sang a coulé, dessinant un serpent rouge enroulé sur son bras depuis le poignet jusqu'au coude, ce qui nous a rappelé cette terrible histoire de…

Mais Nagusa n'écoutait plus : il revoyait le visage d'Amakusa Miyuki, sa bouche entrouverte révélant ses dents d'une blancheur si vulgaire, et de cette bouche il se rappelait avoir vu fuser vers lui une pétillante petite bulle qui avait éclaté sur sa lèvre supérieure.

Alors il avait vacillé, non comme un vieillard trahi par ses jambes, mais comme un jeune homme qui découvre le poison violent et délicieux de l'ivresse.

— Atsuhito, s'écria-t-il soudain, je te confie les deux brumes, et le pont-lune au milieu, et ce qu'il enjambe. Ou ce qu'il transgresse. Tu as pour ça tout ce qu'il te faut, n'est-ce pas ? Use sans compter de toutes ces senteurs que nous avons rapportées de la Deuxième Avenue, façonne tes parfums en gros grains, enferme-les dans un carré de soie que tu noueras d'un cordon orné d'un rameau de prunier, et si tu penses que l'encens, pour être embrasé devant l'empereur, doit être rehaussé d'or, alors n'hésite pas, râpe, lime, écorche autant d'or que tu voudras – tu n'as qu'à puiser dans mes bijoux.

— Mais l'or ne brûle pas, *sensei…*

— Je sais, Atsuhito, je sais, ce n'est pas parce que j'ai vieilli que j'ai l'esprit épais d'une bécasse. Mais s'il ne brûle pas, l'or fond à forte température, il coule, il ruisselle, il dessine des dentelles, des estuaires, des forêts, alors qui nous dit qu'il n'émet pas *aussi* un parfum ? Quelle connaissance profonde avons-nous des odeurs ? Nous disons que ça sent bon ou que ça empeste, et nous n'allons pas plus loin. Au fond, nous n'en savons guère plus sur la suavité et sur la puanteur que sur le Bien et le Mal. Nous traversons la vie en sautillant d'une ignorance à l'autre. Des crapauds, Atsuhito, nous sommes des crapauds. Et maintenant, écoute : après avoir façonné l'encens du pont-lune et des deux brouillards – surtout, veille bien à différencier ces deux brumes, Sa Majesté n'avait pas la même inflexion de voix pour évoquer l'une et l'autre –, tu courras prévenir la femme aux carpes que je l'attends. Il fera de plus en plus froid au fur et à mesure que la nuit s'avancera, la neige tournera en glace, alors cette femme, Atsuhito, tu lui prendras le bras pour la retenir si elle glisse, et tu l'amèneras chez moi, peu importe l'heure, il y aura toujours quatre lanternes allumées.

Dans une pièce aux stores tirés, rendue plus confidentielle par une série de paravents diminuant sa surface, sommeillait Nagusa sur une natte drapée d'une étoffe verte à losanges noirs et bleus. Il ne neigeait plus, le ciel était dégagé. L'aube projetait, en plus pâle, l'ombre d'un arbre sur l'écran des fenêtres. Sur une table basse du saké refroidissait. La jeune servante qui l'avait apporté et servi dormait elle aussi, mais à même le plancher.

Kusakabe se troubla : il détestait s'immiscer dans l'intimité de son maître. Plus il avançait en âge et moins Nagusa, autrefois si pudibond, protégeait sa pudeur. Ce n'était pas de l'exhibitionnisme, plutôt une sorte de négation de lui-même. Il se retranchait progressivement du monde des vivants, tout en continuant à l'habiter et à en tirer certains plaisirs comme en témoignait la présence de la servante endormie. Il ne faisait en cela qu'imiter les empereurs dits *retirés* qui, à peine investis, n'avaient rien de plus pressé que d'abdiquer en faveur de leurs fils, et de se confiner dans un monastère où, protégés contre les factieux, les conspirateurs et les ambitieux, ils pouvaient continuer impunément à jouer de leur influence et à marquer leur temps de leur empreinte.

Kusakabe secoua la servante alanguie :

— Allons, lève-toi ! Et allume des braseros, cette maison est glaciale. Si Nagusa-*sensei* tombe malade, je t'en tiendrai responsable.

Apeurée, la servante bondit aussitôt sur ses pieds. Tout en multipliant les courbettes, elle se hâta de rattacher les pans de son kimono et sortit à reculons.

— Quelle agitation ! Notre pourvoyeuse de carpes est-elle là ? interrogea Nagusa en se redressant sur un coude.

Kusakabe fit pression sur l'épaule de Miyuki qui s'avança vers la natte. Aussitôt qu'il se fut assuré de sa présence, le directeur du Bureau des Jardins et des Étangs se désintéressa de la jeune femme et commença à se tortiller pour retrouver la station debout, ce qui, désormais, l'obligeait à produire des efforts douloureux.

— Eh bien, Atsuhito, demanda-t-il, as-tu composé l'encens des brumes ?

— Le voici, *sensei,* confirma l'adjoint en exhibant deux sachets de soie. Il est encore humide, mais il aura le temps de sécher d'ici l'ouverture des joutes. Il produira deux émanations successives. La première, tiède, fruitée, édulcorée, mais avec une base de sécheresse, presque de poussière, évoquera la nuée légère d'où surgit la demoiselle : plutôt qu'à une brume, elle

301

fera penser à l'évaporation d'une terre sous le soleil, une terre lourde de grandes fleurs capiteuses – je les vois rouges...

— Des fleurs originaires de Chine, alors, tu veux dire ? coupa Nagusa en faisant la moue ; comme désormais la plupart des habitants d'Heiankyō, il avait cessé de croire que tout ce qui était chinois était supérieur à ce que produisait la cité impériale.

— De plus loin que la Chine, *sensei*.

— Allons, allons, qu'y a-t-il de plus loin que la Chine ?

— J'ignore le nom des pays lointains, et peut-être innombrables, mais il est certain qu'il y a quelque chose de l'autre côté de la mer.

— D'aucuns le disent, en effet, mais qui n'y sont jamais allés. Notre imaginaire demoiselle viendrait-elle de là-bas, crois-tu ?

Kusakabe fit signe qu'il n'en savait rien – ça, c'était du ressort de l'empereur, car c'était lui, Nijō Tennō, qui avait créé l'image de cette jeune personne entre deux nuées.

Nagusa soulagea l'avant-bras sur lequel il s'appuyait et qui commençait à s'engourdir :

— Tu as parlé de deux émanations ?

— La seconde sera aussi humide, et fraîche, et pluviale, que la première aura été solaire. J'ai broyé les grattures, les poussières et les résines, de galbanum principalement, les plus évocatrices des feuilles de lierre froissées et des sous-bois après la pluie.

— Et pour le pont ?

Kusakabe se rengorgea : il avait consacré sa nuit à l'allégorie odorante du pont rêvé par son empereur.

— Pont de bois, pas de clous mais des cordes, ce qui lui donne une certaine élasticité – je parie qu'il se creuse et puis se bombe comme un tremplin quand on le franchit en prenant ses jambes à son cou. Je l'ai décrit avec des odeurs de sapin résineux, de bois brûlé, de chanvre, et aussi de crottin car je soupçonne de nombreuses et puissantes cavaleries d'être passées dessus ce pont, bannières au vent.

Nagusa approuva les visions de son adjoint : l'empereur y reconnaîtrait les siennes.

Quant à lui, comme convenu, il s'était concentré sur la demoiselle. Celle-ci devait être quelqu'un de juvénile, une fraîche mais chiche petite personne, une déguenillée gracieuse et pouilleuse à la fois, une souillon regardable, et même assez jolie pour avoir frappé l'imagination de Nijō – empereurs ou pas, les garçons de quinze ans ont rarement mauvais goût en matière de frimousses –, mais barbouillée d'on ne savait quelle saleté qui, de la chevelure aux orteils, empestait doucement.

Aucun encens, avait-il d'abord pensé, ne pourrait jamais traduire une telle empreinte odorante, laquelle devait être à la fois impermanente et vivante. Or les rubans de fumée gris-bleu qui montaient en spirale des brûle-parfums accompagnaient la vie, l'enjolivaient, la rendaient plus respirable au propre comme au figuré – mais ils n'étaient pas la vie.

C'est alors qu'il s'était souvenu du parfum

onctueux, douceâtre, à dominante d'argile blanche et de miel, qu'il avait eu le temps de percevoir lorsqu'une particule de la salive de Miyuki s'était posée sur sa lèvre.

— *Onna*, dit-il en se tournant vers la jeune femme, l'accord conclu entre ton village et le Bureau des Jardins et des Étangs précise la rétribution due à ta communauté en compensation des frais engagés pour ton voyage tant aller que retour, pour la capture, le portage et la livraison de vingt carpes destinées aux étangs sacrés de la ville impériale...

— ... rétribution, compléta aussitôt Kusakabe, qui s'élève à cent rouleaux de taffetas de soie. Mais du fait que tu n'as pu relâcher que huit poissons, dont six ne nous semblent pas vraiment satisfaire aux exigences de qualité auxquelles nous avait accoutumés ton village...

— Pas mon village, l'interrompit Miyuki, mais mon époux. C'est lui, Katsuro, et lui seul, qui pêchait, choisissait et livrait les poissons destinés à vos temples.

— Quoi qu'il en soit, ton contrat n'est qu'en partie rempli. Aussi mon maître, Son Excellence Nagusa Watanabe, a-t-il estimé qu'il serait juste que le Bureau des Jardins et des Étangs ne te rétribue qu'en proportion de ce que tu nous as fourni. Soit une lettre de change portant sur vingt rouleaux de taffetas de soie, et non pas cent comme il était prévu. Vingt rouleaux, c'est encore fort bien payé pour le service rendu.

Kusakabe se tut. Gardant son regard fixé sur

Miyuki, prêt à la maîtriser en cas de réaction inconvenante de sa part.

Nagusa, lui aussi, observait Miyuki, mais pour une autre raison : il devinait qu'elle ne protesterait pas, mais il pensait qu'elle allait pleurer – elle était si jeune encore, bien qu'elle ait atteint l'âge où sa mort n'aurait offusqué personne, si manifestement lasse, épuisée, et si coupée des siens, de sa terre.

Ce serait sans doute la dernière fois de sa longue vie qu'il verrait – qu'il *ferait* ? – pleurer une femme, mais ce n'était pourtant pas pour se repaître de son désarroi qu'il la dévisageait avec une telle insistance : en vérité, la pièce était si froide qu'il se demandait si, au cas où elles couleraient, les larmes d'Amakusa Miyuki n'allaient pas se figer sur ses joues.

À en croire Mutobe Takeyoshi, le directeur adjoint aux Rites, c'était là, vraiment, un spectacle inoubliable. Il se souvenait d'avoir vu cela une fois : serrant contre elle un petit singe qu'elle avait enveloppé de linges comme s'il se fût agi de son propre enfant, une femme, une certaine Muroka, longeait un des canaux du Yodogawa ; c'était un soir d'hiver, il faisait grand froid, les briques qui bordaient le canal étaient gainées de glace, une glace si limpide, si transparente qu'on ne la distinguait pas, on ne voyait à travers elle que les moellons qu'elle recouvrait, on ne se méfiait pas, et c'est ainsi que Muroka avait glissé, lâché son singe qui était tombé dans la rivière, avait été emporté, ne subsistant de lui que le linge qui le capuchonnait, et qui, de protection, était devenu linceul ; après avoir vainement essayé de rattraper son petit animal, Muroka avait été prise d'un terrible désespoir, et c'est à cette occasion que le directeur adjoint aux Rites prétendait avoir vu les pleurs de cette femme devenir comme des éclats de cristal au fur et à mesure qu'ils ruisselaient et se pétrifiaient sur son visage.

Nagusa doutait pourtant qu'une telle chose fût possible, car les larmes sont chaudes quand elles giclent des yeux, et il lui paraissait peu probable qu'elles aient eu le temps de refroidir avant d'avoir fini de dévaler le long des joues.

Au bout d'un moment, il acquit la certitude que Miyuki ne pleurerait pas, et donc qu'il ne serait pas témoin du phénomène qui avait fasciné le directeur adjoint aux Rites.

Alors, s'approchant de la jeune femme (il en profita pour respirer les exhalaisons qui montaient de son petit corps – de ces bouffées odorantes allait dépendre le succès de ce qu'il avait conçu), il lui parla avec douceur :

— Si tu consens à m'aider dans une entreprise qui revêt une immense importance à mes yeux, j'annulerai l'abattement de quatre-vingts rouleaux de soie qui te frappe. Mieux encore : tu n'auras pas seulement cent rouleaux comme nous en étions convenus si le Bureau des Jardins et des Étangs avait été pleinement satisfait de toi, mais tu en toucheras le double.

— Quoi ? s'étrangla Kusakabe. Vous allez lui donner deux cents rouleaux ?

— Et qu'est-ce que je devrai faire pour ça ? s'enquit Miyuki.

— Être.

— Être ?

— Être toi, oui, dans un lieu où tu n'aurais jamais cru pouvoir être admise un jour, mais moi je t'y introduirai et – oh, tu seras éblouie, pour sûr !

Elle se demanda ce que Nagusa entendait par «être», et toute sa méfiance de femme, de paysanne et de pauvresse lui revint. Être, n'était-ce pas la chose la plus naturelle qui soit, que partageaient toutes les créatures vivantes, et, d'une certaine façon, les matières inertes aussi ? Alors, depuis quand cela valait-il deux cents rouleaux de taffetas de soie ?

— Donc, poursuivit Nagusa, donc tu *seras*, tu *seras* pleinement, tu *seras* absolument, mais tu *seras* simplement – comprends-tu ?

— Pas trop bien, non, Excellence…

Le vieil homme grogna longuement, dodelinant de la tête. Miyuki ne put s'empêcher de penser qu'il avait ainsi tout à fait l'air d'un de ces ours noirs au sortir du sommeil hivernal comme on en rencontrait quelquefois sur les hauteurs de Shimae.

— En tout cas, veille à ne pas faire claquer tes *geta*, ce serait très inapproprié. Je t'aurais bien recommandé d'être nu-pieds, mais cette neige qui tombe sans interruption me fait craindre que le sol ne soit trop froid. Le mieux serait que tu enfiles des sandales de paille. Elles te procureront une démarche silencieuse, presque furtive, et elles ne se verront pas sous la retombée de ton *jûnihitoe.*

— De mon… pardon, Excellence, de mon quoi donc ?

— *Jûnihitoe.* Le costume d'apparat que portent les femmes admises à la Cour : douze tuniques de soie superposées, dont le choix des couleurs et l'art avec lequel elles sont coordonnées reflètent le rang social et le bon goût des nobles Dames. Tout cela, Kusa-kabe-*san* te l'expliquera en allant te chercher pour te mener là où je t'attendrai. Ce ne sera pas demain, mais le jour d'après. Et il serait bon que tu consacres toutes ces heures qui viennent à réfléchir à ce jour éminent. Peu importe que tu trembles, que tu aies les joues en feu, et que les yeux te brûlent, pour autant que tu ne cesses pas d'être toi.

— Qu'est-ce qui va me brûler les yeux, Excellence ?

— Les fumées qui vont s'épanouir autour de toi, dont tu vas emplir, saturer, enivrer tes poumons. Mais attention, Amakusa Miyuki : tes poumons seulement ! N'offre pas ton corps aux douceurs de l'encens. Oui, oui, et ne me regarde pas avec ces grands yeux sidérés. Car c'est ainsi, sache-le, que les Dames de la Cour font en sorte de laisser dans leur sillage une odeur agréable : elles allument l'encensoir, le coiffent d'une corbeille en bambou sur laquelle elles étendent leurs vêtements qui s'imprègnent alors de senteurs exquises, et ce n'est pas tout : ces Dames dorment en étalant leur longue chevelure sur des cages de porcelaine blanche où grésille l'encens captif, sans oublier les femmes les plus lestes, les plus effrontées, les plus rouées aussi, qui, pour embaumer leurs cuisses, leur toison, leur sexe, se tiennent jambes écartées, vulve ouverte, au-dessus d'un brûle-parfum. Mais toi, non, oh non, ne cède pas à la volupté des fumées, ne farde pas, ne déguise pas, ne camoufle pas l'odeur qui monte de ta chair, même si tu crains – et peut-être as-tu raison, tu as même sûrement raison – qu'elle ne rebute certaines narines…

Miyuki n'en revenait pas : pourquoi le directeur du Bureau des Jardins et des Étangs ne voulait-il pas qu'elle sente bon ? C'était d'autant plus déconcertant que Nagusa lui-même, à plusieurs reprises, s'était détourné d'elle en lui reprochant de dégager une mauvaise odeur. Elle en convenait, d'ailleurs. Elle avait empoigné des têtes coupées, pataugé dans la sanie, s'était vautrée dans la vase, elle se savait infecte, la peau maculée de souillures, la plupart des plis et recoins de son corps envahis par des pourritures. Elle souffla, regard baissé, front buté :

— Je pue, Excellence, c'est ça ?

— Oui, convint-il. Il n'y a pas trente-six mille façons de le dire, ma pauvre fille.

Pour la première fois, il l'enroba d'un regard plein de tendresse.

— Mais l'odeur séduisante ou fétide qu'il émet ne reflète jamais la réalité d'un être, reprit-il, elle témoigne seulement de la façon dont cet être se manifeste à nous.

— En l'occurrence, une manifestation pour le moins désagréable, remarqua Kusakabe.

— Pourquoi dis-tu ça ? Observe cette femme.

Kusakabe plissa les yeux comme il le faisait pour suivre le rétablissement d'un insecte passant du revers à l'avers d'une feuille de lotus.

— Je la dévisage, *sensei*. Eh bien, dites-moi, que suis-je supposé déduire de ma contemplation ?

— Ne vois-tu pas qu'elle est belle ?

Kusakabe se dandina d'un pied sur l'autre – quand son équilibre reposait sur son pied droit, il était tenté de prendre son maître au mot, mais quand il s'appuyait sur le pied gauche, alors il lui semblait que le *sensei* se moquait de lui.

— Belle ? Amakusa Miyuki serait belle ? fit-il en écho.

Même prononcée sur un ton dubitatif, la répétition de cette incongruité fit rire la jeune femme qui en était l'objet, au point qu'elle en oublia de mettre en éventail sa main devant sa bouche, infligeant au directeur et à son adjoint le spectacle affligeant de ses dents horriblement blanches.

— Sans l'ombre d'un doute, confirma le vieil homme. Et si Amakusa Miyuki est belle, alors belles, c'est-à-dire bonnes, sont aussi les senteurs qui sont d'elle comme la pelure est du fruit, cette mince pellicule que nous ôtons parce que sale à nos yeux, sale d'avoir roulé sous l'arbre, d'avoir été fouettée par les pluies, mordue par la lumière de la lune, d'avoir croupi dans l'humidité des chalands, de s'être tavelée au fond des panières, d'avoir été palpée, humée, soupesée, d'avoir subi la pression des doigts des amateurs de plaqueminiers des marchés de l'Est et de l'Ouest. Sais-tu, Atsuhito, ce que sent Amakusa Miyuki ? Réfléchis ! Il te suffit, effort minime, de substituer le sentir vrai au sentir bon. Y es-tu ? As-tu enfin compris pourquoi le Bureau des Jardins et des Étangs va lui donner – je sais, cela te semble inepte, mais j'en suis encore le directeur, n'est-ce pas – deux cents rouleaux de taffetas de soie, et même trois cents et plus si je peux mettre ma vieille main dessus ? La réponse, Atsuhito, c'est qu'Amakusa Miyuki sent la vie, qu'elle exhale la vie par tous les orifices de son corps – neuf orifices s'il faut en croire le saint moine Nagarjuna réputé pour avoir vécu six cents ans et décompté les ouvertures du corps de la femme, et, en six cents ans, il a eu le temps non seulement de compter, mais aussi de vérifier ses calculs –, et qu'elle sécrète cette vie, qu'elle la suinte et la fait perler par tous les pores de sa peau. Dès lors, Atsuhito, il se pourrait, justifie ça comme tu voudras, qu'Amakusa Miyuki, venue du très lointain, du très ignoré (de moi en tout cas) village de Shimae, soit précisément la demoiselle d'entre deux nuées qu'a rêvée Sa Majesté.

D'un autre œil, alors, Kusakabe regarda la jeune femme.

Malgré ses trente mètres de long sur vingt-cinq de large qui en faisaient une des plus vastes du Palais, la salle du Trône, le *shishinden*, qu'on n'ouvrait plus que pour des cérémonies de grande solennité, tels un couronnement ou un hommage funèbre, n'aurait de toute façon jamais pu accueillir tous les habitants de la cité impériale.

Aussi, quitte à mécontenter les foules, l'empereur avait-il décidé que le *takimono awase* se tiendrait dans la salle d'apparat, de dimensions plus modestes, du Pavillon de la Pureté et de la Fraîcheur, qui était à la fois contiguë à la pièce où se trouvait sa couche et englobait l'oratoire où il faisait ses dévotions.

Le choix de cette salle présentait deux avantages : l'empereur Nijō, qui ne s'était pas encore défait de sa timidité juvénile, se sentirait là parfaitement chez lui, et le volume relativement restreint de l'enceinte permettrait de confiner les parfums, de les concentrer pour les apprécier plus longtemps au lieu qu'ils se dissipent dans une salle largement ouverte comme le *shishinden*.

De ce fait, le premier *takimono awase* du règne de l'empereur Nijō ne rassemblerait donc qu'un public restreint ; mais l'engouement pour les concours de parfums, qui soulevaient désormais autant de passion que les affrontements de tireurs à l'arc ou les tournois de poésie, était tel que les plus passionnés parmi les quelque cent trente mille habitants d'Heiankyō enrô-laient des messagers qui, après avoir exposé leurs kimonos aux fumées des encens en compétition, cou-raient se poster aux portes principales du Palais où, tout en informant leurs recruteurs de l'évolution de la rencontre, ils agitaient leurs manches sous le nez des parieurs qui pouvaient ainsi se faire une idée du haut niveau des duels et miser sur la victoire de tel ou tel mélange.

Les joutes commencèrent au mitan de l'heure du Mouton. Elles devaient s'achever lorsque la lumière du jour déclinerait au point qu'il deviendrait néces-saire d'allumer des lanternes dont les émanations risqueraient alors d'altérer la pureté des fumerolles montant des brûle-parfums.

Les compétiteurs, parmi lesquels figurait la prin-cesse Yoshiko dont on disait qu'elle allait bientôt être élevée aux rang et titre d'impératrice, étaient assis sur des tabourets bas formant un demi-cercle autour d'un brûle-parfum en bronze de la taille d'un homme, dont le décor en relief représentait des scènes de la légende de Watanabe no Tsuna tuant un démon à la porte de Rashōmon.

Orienté vers le sud, un piédestal en cyprès d'Hinoki supportait le trône, simple fauteuil de laque noire surmonté d'un dais à trois points d'ancrage, lui aussi laqué de noir et encadré d'une frise vermillon incrustée de miroirs et de pierreries.

Encore scellés, les coffrets à parfums (celui de l'empereur, en laque d'or enrichie de délicates ciselures de nacre, avait coûté plusieurs milliers de rouleaux de soie) reposaient sur des tables basses jouxtant les sièges des concurrents.

S'engouffrant par les ouvertures des fenêtres, des paquets de neige s'écrasaient sur les paravents, les portes coulissantes et les écrans enluminés par les deux peintres du Bureau de Peinture et de Décoration Intérieure. Ce service avait longtemps comporté une dizaine d'artistes, mais ses subsides avaient été réduits de façon drastique au profit du Bureau des Affaires Militaires.

Selon les instructions de Nagusa, Kusakabe avait placé Miyuki à proximité d'une des fenêtres. Mais, malgré les rafales d'air froid, la jeune femme étouffait sous les vingt kilos et plus de son *jūnihitoe* dont le directeur du Bureau des Jardins et des Étangs avait lui-même choisi parmi les gammes de couleurs celle appelée Foudre Érable Rouge, dont la première parure, en soie blanche, servait de sous-vêtement, et sur laquelle venaient se superposer onze autres robes qui, allant en s'éclaircissant, déclinaient à peu près toutes les nuances de rouge existant dans la nature, depuis le cramoisi des érables en automne jusqu'au rose tendre des fleurs de prunier, en passant par le brunissement empourpré de certains feuillages et le violet des fleurs de lespédèzes qui font le régal des cerfs.

Miyuki était d'abord restée comme en extase devant cette palette de teintes si belles à contempler, ces soies si suaves à caresser et qu'elle osait à peine effleurer de crainte d'avoir la peau trop rêche pour ces étoffes incroyablement douces.

— *Onna*, avait dit Kusakabe, il faut en principe deux femmes pour aider une noble Dame à revêtir le *jūnihitoe*. Mais il n'y a ici que toi et moi, aussi vais-je t'assister.

Et il lui présenta le premier kimono, la tunique blanche.

— Allons, mettons bas ta vieille défroque, et enfilons ça.

Les mains plaquées sur sa poitrine, elle hésitait :

— Mais pourquoi, Kusakabe-*san*, pourquoi ? Qui suis-je pour mériter de porter une telle parure ?

— Qui tu es, *onna*, ça n'a aucune importance. Et même, laisse-moi te dire que moins on en saura sur toi et mieux tu rempliras la mission que t'a confiée Nagusa-*sensei*…

Elle voulut demander une fois de plus en quoi consistait cette mission, mais la tunique, en descendant sur elle, masqua sa bouche. Elle n'en continua pas moins de bourdonner sous la soie blanche, mais son murmure était inaudible.

L'adjoint de Nagusa lui présentait déjà le kimono suivant.

— ... et en guise de rétribution, tu pourras emporter tout ce que tu auras porté ce soir et dont tu pourras te charger sur la route de Shimae.

En l'absence de miroir dans le *kyōzō*, Miyuki ne disposait que du regard brillant de Kusakabe pour se faire une idée de la personne nouvelle en quoi la transformait le port du *jūnihitoe*.

Une coiffure consistant en une sorte de longue natte partant du bas de la nuque et descendant jusqu'aux talons, équilibrée par un chignon sur l'avant du front, un visage poudré de blanc où s'ouvrait, étroite, la bouche aux dents (enfin !) laquées de noir, aux lèvres enduites d'huile de carthame, et un éventail en lamelles de cyprès représentant des bambous et des rochers au bord d'un torrent impétueux, complétaient la métamorphose.

— *Onna*, dit Kusakabe en s'inclinant, tu vas faire honneur, grand honneur, à Nagusa-*sensei*.

Miyuki ne répondit pas. Elle se demandait si Katsuro aurait apprécié ce qu'on avait fait d'elle. Elle en doutait. Mais l'étrange mue qu'on lui imposait n'était pas destinée à durer, encore moins à se renouveler : elle allait bientôt quitter Heiankyō, et elle ne se voyait pas rapporter à Shimae les douze tuniques composant son *jūnihitoe* – elle aurait déjà fort à faire avec les rouleaux de soie que Nagusa lui avait promis, en plus de la rétribution convenue qu'elle toucherait sous forme de lettres de change et de plaquettes de cuivre.

Si lourd était ce costume que Kusakabe dut soutenir la jeune femme jusqu'au char qu'il avait fait venir et qui, de la neige presque jusqu'aux moyeux, patientait au pied de la pagode du Saiji.

Miyuki ignorait où l'assistant de Nagusa allait la conduire, elle ne savait pas davantage ce que le directeur du Bureau des Jardins et des Étangs pouvait attendre d'elle une fois qu'elle serait là-bas, mais elle avait décidé de se montrer d'une docilité exemplaire.

Car s'il n'était pas mort, Katsuro aurait prélevé des berges de la Kusagawa assez de terre glaise pour sculpter une fleur de pivoine bien épanouie, qu'il aurait exposée aux rayons de la lune (plus dessiccatifs que ceux du soleil) jusqu'à ce que ses pétales deviennent secs et durs, après quoi il l'aurait couchée dans une boîte sur un lit de fougères, et, à l'occasion d'une de ses livraisons de carpes à la ville impériale, il l'aurait offerte à Nagusa pour le remercier des bons soins que le Bureau des Jardins et des Étangs avait pris de sa femme.

Mais Katsuro avait quitté ce monde pour la Terre Pure du bouddha Amitabha, il ne reviendrait jamais façonner des pivoines en argile rouge, alors c'était à Miyuki d'imaginer comment remercier Nagusa-*sensei* et son jeune adjoint, et donc elle avait pensé leur offrir une obéissance parfaite.

La plupart des quatorze portes donnant accès au Palais impérial comportaient un dos d'âne interdisant l'accès des véhicules. Mais le char de Kusakabe put franchir sans encombre la porte de la Volonté du Ciel qui s'ouvrait librement aux attelages des personnages de haut rang.

Toutefois, aussitôt après avoir passé le seuil, le char dut s'arrêter afin d'être dételé : les bêtes de trait n'étaient pas admises sur les chemins intérieurs du Palais de peur que le regard de l'empereur ne se porte sur leurs excréments, ce qui aurait entraîné pour lui plusieurs jours d'interdit ; or l'imminence du *takimono awase* faisait que Nijō Tennō avait autre chose à faire que de rester claustré dans ses appartements.

Une fois les bœufs évacués, des serviteurs se saisirent des brancards et s'attelèrent au lourd véhicule pour le tirer, à la force des bras, jusqu'au Pavillon de la Pureté et de la Fraîcheur.

La simplicité monacale de l'édifice contrastait avec le déploiement d'une impressionnante garde d'honneur dont les *nobori*, ces longues et étroites bannières verticales attachées à un mât, claquaient au vent.

À la majesté de cette milice, aux yeux farouches des soldats qui la fixaient à travers les ouvertures de leurs protections faciales, aux festons de glace qui, à peine formés, fondaient sur leurs cuirasses, preuve que des corps brûlants habitaient ces carapaces aux allures de démons, Miyuki comprit enfin pourquoi Kusakabe l'avait ainsi parée : il la conduisait en présence de l'empereur.

Elle eut peur, des larmes mouillèrent ses yeux.

— Ne pleure pas, *onna*, je n'ai pas de linge pour t'essuyer le visage ; et je ne peux pas non plus presser mes doigts sur tes joues pour écraser tes pleurs : je risquerais d'abîmer ton maquillage, or tu dois être parfaite pour paraître devant Sa Majesté.

Mais elle n'était pas parfaite, oh non, et elle l'avait toujours su malgré les compliments dont la couvrait Katsuro. Elle n'était pas dupe : il ne l'avait pas épousée pour ses vertus, mais parce qu'il avait rêvé de nasses assez souples, assez lisses pour capturer des carpes sans les blesser, et qu'il avait remarqué les mains de Miyuki, ses doigts agiles à tresser et à nouer les brins d'osier. Par la suite, ces doigts si fins, si habiles, s'étaient révélés de surcroît des doigts accomplis pour l'amour, propices aux attouchements, des doigts succulents – Katsuro n'aimait rien tant que surprendre Miyuki en train de se caresser, alors il fondait sur elle comme l'ours sur le rayon de miel, et il léchait, suçait, engamait ses doigts humides de son plaisir, si effilés qu'il pouvait les serrer tous en une petite botte rose, et faire mine de les avaler jusqu'au poignet.

Et elle était d'autant moins parfaite qu'il y avait autour d'elle cette émanation qu'elle-même ne percevait pas, ou ne percevait plus, mais qui avait rebuté le directeur du Bureau des Jardins et des Étangs quand, la prenant pour une *yujō*, il l'avait enlacée à bord du bateau de plaisirs sur le Yodogawa, et que, tout récemment encore, il l'avait à nouveau reniflée, trouvant cette fois les mots pour la décrire, comparant son odeur à celle du riz trop cuit, à une toilette de soie oubliée sous l'averse, à la dépouille d'un oiseau.

Et bien qu'elle fût loin de la perfection (en plus de ce qui vient d'être souligné, on doit ajouter que le voyage à Heiankyō avait crevassé ses pieds, que la palanche avait déformé ses mains et creusé deux sillons violacés en travers de ses épaules, qu'une sueur teintée de sang perlait parfois sur sa peau mise à vif par les intempéries, que des gerçures entaillaient ses lèvres), Nagusa-*sensei* et Kusakabe-*san* avaient eu l'idée très humiliante de l'obliger à paraître devant celui qui, à l'inverse d'elle, était considéré par tout un peuple comme l'être parfait par excellence.

D'une légère pression, Kusakabe la poussa en avant en même temps que s'écartaient les portes coulissantes du Pavillon de la Pureté et de la Fraîcheur.

La salle d'En-Haut, où n'étaient admis que les privilégiés, nobles ou invités personnels de l'empereur, était encombrée de femmes qui, accablées comme Miyuki par des superpositions de robes aussi somptueuses qu'étouffantes, s'étaient accroupies sur le sol où elles donnaient l'impression d'une colonie d'énormes papillons multicolores.

En retrait du trône, des musiciens juchés sur une estrade jouaient un morceau nasillard et lent que cadençaient deux percussionnistes se relayant pour donner du maillet sur un gros tambour décoré de dragons.

Les sanglots de Miyuki redoublèrent. Elle les étouffa en mordant les manches de son *jūnihitoe*, s'en remplissant la bouche en guise de bâillon.

Emportée par la force d'inertie de ses douze robes, elle continuait d'avancer parmi les papillons affalés, lorsque Kusakabe la retint par un pan de sa traîne et la plaqua contre une cloison, à égale distance d'un brasero et d'une fenêtre ouverte qui, par intermittence, laissait entrer des bouffées de neige.

— *Onna*, lui souffla-t-il, reste ici sans te faire remarquer. Je te dirai quand le moment sera venu de te mêler aux autres.

Pour témoigner publiquement de l'intérêt qu'il portait à la princesse Yoshiko, l'empereur pria celle-ci de bien vouloir être la première à exprimer sa version parfumée de l'allégorie de la demoiselle sur le pont de bois – faveur des plus appréciables, car l'encens de la jeune fille se consumerait ainsi dans une atmosphère encore vierge de toute émanation.

Le coffret qu'avait préparé Yoshiko contenait des petits pots d'une porcelaine si fine qu'elle était presque translucide. Ils étaient remplis d'aloès, de girofle, de valériane, de boswellia de la péninsule arabique, de cannelle et d'agastache dont la fragrance légèrement mentholée était censée souligner la grâce juvénile de la princesse.

Malheureusement pour cette dernière, si sa composition sentait bon – encore que les parfums exprimés n'aient pas été d'une grande originalité –, les trois juges-arbitres estimèrent qu'il fallait tout de même beaucoup d'imagination pour lire dans les fumerolles princières la vision d'une demoiselle, de ses brouillards et de son pont-lune.

Mais du fait des attentions particulières dont l'honorait l'empereur, Yoshiko remporta néanmoins le succès qu'elle ne méritait pas.

Ce fut ensuite au souverain de soumettre sa propre composition à l'appréciation de l'assemblée. Bien qu'étant l'auteur de l'argument proposé pour le concours, Nijō Tennō reconnut n'avoir que partiellement réussi à traduire toutes les dimensions de son anecdote.

Il était à peu près satisfait des effluences associées aux deux brumes (il avait harmonisé l'une d'entre elles à partir de la fumée des fleurs de prunier réputée ressembler aux brouillards de l'Au-Delà), et il comptait beaucoup sur une certaine senteur boisée qui devait évoquer le pont-lune, senteur qu'il avait habilement « refroidie » grâce aux notes d'algues aptes à suggérer à la fois la froidure de la lune et l'idée de l'eau coulant sous le pont.

Mais il avait échoué à figurer la silhouette en course de la jeune fille dont les *geta* faisaient sonner le tablier du pont comme un tambour géant. Aussi avait-il finalement renoncé à la décrire, se contentant de l'enfouir dans un encens qui, incitant au sommeil, provoquait une sorte d'engourdissement favorable à l'émergence de songes éveillés dans lesquels le rêveur-à-demi, sa perception onirique soutenue par la récitation d'un poème approprié, réussirait peut-être à visualiser la demoiselle sur le pont – et l'empereur, dont la voix n'avait pas tout à fait fini de muer, de scander alors à travers les volutes de l'encens :

> *De la Katashinagawa*
> *Dessus le grand pont*
> *Vêtue d'une robe imprimée*
> *Rouge de carmin*
> *Et d'indigo des monts*
> *Toute seulette*
> *La belle enfant qui passe*
> *Aurait-elle un époux*
> *Ou seule dormirait-elle ?*
> *J'aimerais la questionner*[1]…

L'envoûtement agit en tout cas sur Miyuki. Dès les premières exhalaisons, elle s'abandonna à ces fumées si complexes, si étourdissantes au propre comme au figuré, tellement plus succulentes (certaines torsades

---

1. René Sieffert (traducteur), *Man-yō-shū* (*Recueil d'une myriade de feuilles*), Aurillac/Paris, POF/UNESCO, 1998, 2003, 2011.

semblaient consistantes au point qu'elle avait l'impression de pouvoir y mordre et les faire rouler dans sa bouche) que les vapeurs à odeur médicinale qui stagnaient sous les plafonds des temples ; et elle éprouvait comme une bouffée de chaleur chaque fois qu'elle posait les yeux sur le jeune empereur, car la personne, le visage surtout, de Nijō Tennō était encore dans cette phase émouvante où se confondent l'homme et l'enfant, comme les fleurs de cerisier qui, à l'instant où elles se détachent de l'arbre, donnent l'illusion de voler invinciblement dans la lumière alors qu'elles sont déjà en train de tomber vers le sol où, dans l'instant, elles seront jaunies, flétries, piétinées.

Mais plus elle admirait la beauté quasi parfaite de l'empereur, plus Miyuki ressentait douloureusement la disparition de Katsuro, qui était pourtant un homme sans attraits particuliers, et même, d'une certaine façon, un homme laid. Sa fréquentation assidue du lit de la rivière l'obligeant à écarter largement les jambes pour résister au courant, il en avait gardé des membres torses, arqués comme ceux des cavaliers. Sous le double effet de la réverbération du soleil aux beaux jours, de la morsure de l'eau glacée en hiver, son corps s'était peu à peu boucané, de nouvelles rides avaient sillonné son visage, il avait ressenti des douleurs dans le bas du dos, dans une épaule, il marchait en claudiquant, légèrement penché en avant, levait les genoux moins haut, mais ses yeux noirs restaient vifs, mobiles, inquiets comme ceux des oiseaux, très différents de ceux des guerriers, des samouraïs qui avaient le regard étrangement fixe, au point, disait Katsuro, qu'on ne savait jamais tout de suite, quand on en croisait un qui somnolait sur son cheval, s'il était mort ou vif.

— Inquiets pourquoi, tes yeux ? avait demandé Miyuki.

— Inquiets pour toi, bien sûr. Toujours peur de ne pas te trouver en remontant de la rivière. Ou de te retrouver blessée, malade, je ne sais pas. Tout ce qui peut arriver entre le matin et le soir à quelqu'un qu'on aime.

À présent, Katsuro n'avait plus pour elle des yeux d'oiseau, des yeux de qui-vive, à présent les orbites de Katsuro étaient vides.

Après l'empereur, ce fut au tour du Général Pacificateur des barbares, le *Seiitai shōgun*, de présenter sa version de l'anecdote impériale.

Ses brouillards furent modérément appréciés. Ils avaient du piquant, sans doute, au point de faire toussoter certaines femmes, mais pas assez de profondeur ; et l'on estima que son allégorie du pont faisait appel à des fragrances trop sucrées pour illustrer un élément aussi fruste et viril qu'un pont de bois constitué de poutres assemblées à l'aide de cordes de chanvre et de chevilles grossières. Quant à sa demoiselle des brumes, elle devait être particulièrement évanescente, car, si elle traversa le pont comme le *shōgun* tenta de le faire accroire en frémissant des narines et en roulant des yeux pour soi-disant suivre

325

et accompagner son passage, elle ne laissa derrière elle aucun sillage odorant.

Une fois les fumées du *shōgun* évacuées à grand renfort d'éventails, un certain Kinnobu, *tokimori no hakase*[1], s'accroupit devant le brûle-parfum pour proposer à l'assemblée sa traduction parfumée de la fable impériale.

Mais si ses effluves étaient parmi les plus convaincants, le comportement physique de son encens se révéla pour le moins déconcertant : au lieu d'engendrer des arabesques, des spirales, des boucles et des nœuds, ses volutes s'élevaient sous la forme assez disgracieuse d'un étroit serpent grisâtre se balançant sur sa queue, et dont il fallait aller humer la gueule de tout près pour en goûter les arômes.

Après Kinnobu, se présentèrent Tadanobu, Inspecteur des Provinces du Nord, et le Chef de la Chancellerie privée. L'un et l'autre firent des tentatives honorables, mais sans plus.

En vérité, la pierre d'achoppement sur laquelle butaient tous les concurrents était l'incarnation parfumée de la demoiselle. Seul l'empereur s'en était approché en associant à l'émission d'encens la récitation d'un poème, mais il s'agissait là d'un expédient qui transgressait les règles du *takimono awase*. S'agissant de l'empereur, cette dérogation serait peut-être tolérée, bien que la mine des arbitres, plutôt austère et renfrognée, ne laissât rien augurer de tel.

---

1. Docteur spécialiste des clepsydres.

Mais le verdict viendrait plus tard. Pour l'heure, les trois juges s'inclinèrent devant le directeur du Bureau des Jardins et des Étangs pour lui signifier que c'était à lui, s'il était prêt, de présenter son interprétation.

Nagusa se déploya précautionneusement, comme si chaque mise en fonction d'une de ses articulations était une épreuve douloureuse – c'était d'ailleurs le cas. Rassemblant les petits sacs de soie qui renfermaient les différents galets odorants qu'il allait combiner, il en dénoua les cordonnets auxquels, chaque fois, était attaché un échantillon végétal se rapportant au parfum spécifique qu'allait diffuser l'encens contenu dans le sachet.

Puis, à l'aide de baguettes, il disposa dans le brûle-parfum quelques fragments d'un charbon de bois inodore, qui avait été attisé dans un récipient à part jusqu'à prendre une teinte gris cendré.

Tandis que Nagusa, avec des gestes aussi précis que ralentis, préparait sa prestation, Kusakabe avait rejoint Miyuki près du brasero.

— *Onna*, lui murmura-t-il, le moment est venu. Je te prie de bien regarder Nagusa-*sensei*. Ne le quitte pas des yeux. Et quand, à son tour, il croisera ton regard, alors va vers lui. Ce qu'il attend de toi, voici : va à sa rencontre, va sans hâte, en te glissant lentement parmi toutes ces Dames affalées qui vont respirer, et avec quelle avidité, les encens embrasés par Son Excellence. Entravées par leurs toilettes, engourdies pour être restées longtemps pétrifiées, il faut

327

t'attendre à ce que toutes ne se relèvent pas pour te laisser passer. Ne te trouble pas, ne t'arrête pas, ne tente pas de les écarter, continue de glisser sans te soucier de rien. Les *jūnihitoe* empêchent de voir ce qu'il en est précisément, mais tu peux me croire : elles sont agenouillées, assises sur leurs talons, certaines semblent allongées, peut-être dorment-elles, la vie à la Cour est plus épuisante qu'on ne croit, mais ne te soucie pas d'elles, enjambe-les, survole-les, et que les pans de tes douze robes en se soulevant les effleurent, les caressent, les polissent, les lèchent comme autant de pinceaux de soie. Sauf que, au lieu de les marquer d'une touche de couleur, c'est une empreinte parfumée que tu vas poser sur ces Dames : l'odeur de la demoiselle d'entre deux brumes.

À ce point de ses recommandations, il fixa Miyuki avec une inquiétude subite :

— Tu feras ce que je viens de te dire, *onna* ?

— Mais oui.

Elle le dévisagea à son tour. Elle ne comprenait pas son insistance. Que craignait-il donc ? Ce n'était pas si difficile de traverser une salle, même encombrée de femmes que la richesse excessive de leurs toilettes empêchait presque de se mouvoir.

N'étant personne, ne connaissant personne, Miyuki se coulerait à travers cette assemblée sans se faire remarquer, et la société des Dames alanguies se ressouderait derrière elle comme le fleuve après que le bateau l'a déchiré.

328

Et Miyuki se détacha de la cloison à laquelle elle était adossée.

À peine eut-elle fait quelques pas que Kusakabe remarqua que les ailes de soie de son *jūnihitoe* semblaient plus fluides, plus aériennes, sur la partie droite de son corps qui avait été exposée au rayonnement du brasero, alors qu'elles tombaient avec une raideur marquée à gauche, là où les douze épaisseurs d'étoffe avaient subi le vent froid que soufflait la fenêtre ouverte.

Dès lors, pensa-t-il, les odeurs subtiles émanant de la jeune femme devaient être plus sensibles sur le versant de son corps où l'air, rendu volatil par la chaleur du brasero, circulait plus librement entre les couches de soie de son vêtement.

Le trône sur lequel se tenait l'empereur se trouvant sur le côté gauche de Miyuki, et donc sur son flanc froid, Kusakabe n'hésita pas à faire pression sur les épaules de la jeune femme pour rectifier sa trajectoire. Obéissant à l'injonction, elle continua d'avancer à petits pas coulés en direction des fumées bleues qui montaient du brûle-parfum sur les braises duquel Nagusa disposait avec parcimonie les parcelles d'encens qu'il avait au préalable mélangées en les broyant dans ses mains.

S'efforçant de ne pas faire claquer ses *geta*, Miyuki se déplaçait si discrètement que lorsque les nobles Dames percevaient sa présence, elle était déjà sur elles, ce qu'il faut entendre au sens propre du terme, car, pour les dépasser sans dévier de son parcours, elle devait alors les recouvrir de ses soieries, laissant leurs douze épaisseurs courir sur elles et épouser, dans une glisse lente et appliquée, chaque contour, chaque galbe, chaque méandre de leur corps et de leur visage.

Après avoir éprouvé la caresse nonchalante, odorante, des tuniques du *jūnihitoe*, les Dames papillons ne tarissaient pas de commentaires sur les parfums déconcertants qu'elles venaient d'inhaler. Il ne leur venait pas à l'esprit qu'ils aient pu être émis par Miyuki : pénétrées du récit qu'avait donné Nijō Tennō de son rêve, accoutumées à ne jamais mettre en doute ce qui émanait de la personne de l'empereur, elles croyaient avoir respiré, grâce aux encens du directeur du Bureau des Jardins et des Étangs, le sillage de la demoiselle imaginaire courant d'une brume l'autre.

Quant à la réalité physique, qu'elles auraient pu juger humiliante, d'avoir le visage balayé par les robes de Miyuki, la faute en incombait, si faute il y avait, au nombre excessif d'invitations qui avaient été lancées sans tenir compte de l'espace limité qu'offrait la salle d'En-Haut du Pavillon de la Pureté et de la Fraîcheur.

Enfin, elles se gardaient bien de critiquer Miyuki, car il était fort possible que cette nouvelle venue à Heiankyō, que personne encore n'avait croisée dans le Jardin de Thé, la Salle des Danses Féminines, le Bureau de la Couture ou le Lieu de la Divinité du Fourneau, soit l'une de ces petites créatures modestes et flexibles que les ambassadeurs coréens ou chinois offraient à l'empereur du Japon quand celui-ci était las de recevoir des poissons combattants, des cormorans pêcheurs ou des merles capables d'imiter la voix humaine ; et certes, il aurait été malséant de déprécier un cadeau destiné à Nijō Tennō.

— Dans le vent de la demoiselle que nous a contée Sa Majesté, que d'odeurs inattendues ! énonça un des premiers papillons qu'avait effleurés Miyuki. Il est passé si vite, son fantôme, que j'ai pu me tromper, mais j'ai cru discerner des arômes de sous-bois, de sentier en forêt, de mousses après l'averse.

— Et de crottin mouillé, dont les émanations ont tendance à piquer les yeux, confirma un autre papillon, à dominante orangée celui-là.

— N'est-ce pas plutôt le crottin sec soulevé par le vent qui pique les yeux ? rectifia un papillon d'un âge avancé, dont les épaisseurs de soie conjuguaient toutes les nuances de bleu.

— Ce qui est sûr, c'est que le spectre de la demoiselle sent l'anguille humide plutôt que le mouton. Ça m'incite à penser que la brume d'où elle surgit avant de franchir le pont-lune n'est pas chinoise mais coréenne. Car j'ai déjà remarqué que ce qui est chinois exhale souvent une odeur de suint, ça leur vient des béliers, leur pays en regorge, on ne peut pas faire un pas là-bas sans tomber sur un bélier.

— Quant à moi, chuchota un papillon aux reflets vert émeraude et turquoise, son odeur écœurante, nauséeuse – oui, j'ai cru y repérer comme un relent de vomi, et ça c'est une puanteur que je détecte facilement tant elle m'est insupportable – m'a rappelé la vase, mais la vase engloutie, celle qui gît tout au fond de l'eau. Et, du coup, je me demande si Sa Majesté, croyant rêver d'une demoiselle, n'aurait pas en réalité rêvé à un *kappa* ?

— Jamais Sa Majesté n'aurait pu imaginer un être aussi hideux que ces monstres des rivières !

— Les créatures échappent parfois à leur créateur, dit une Dame papillon jaune citron. À présent que je l'ai humée, j'avoue ne pas être certaine que la demoiselle ait cette délicatesse, cette pureté dont l'a parée le rêve de l'empereur. Car j'ai cru discerner... enfin, il m'a semblé... une vague, vague odeur d'urine – non ?

— Ce sont en tout cas les premières fumées d'encens qui approchent à ce point la vérité de la vie.

— Et de la mort, telles ces pestilences qu'on rapporte avec soi quand on revient de Toribeno.

Cette évocation de l'ancien site funéraire à flanc de colline où les cadavres jetés à l'abandon finissaient dévorés par des chiens mit fin aux bavardages, et l'on n'entendit plus que les *geta* de Miyuki sonnant sur le plancher de bois, ainsi que le grésillement léger de l'encens.

Indifférente aux appréciations dont elle était la source, mais dont, elle aussi, croyait qu'elles s'appliquaient au fantôme du rêve impérial, la jeune femme poursuivait sa progression à travers la salle, enjambant les Dames encore agenouillées en leur bourdonnant *shitsurei shimasu, shitsurei shimasu*, l'excuse que lui avait enseignée Kusakabe pour le cas où elle s'apprêterait à commettre une impolitesse.

Sans cesser d'émietter son encens, Nagusa ne la quittait pas des yeux.

Quand il la vit s'approcher du piédestal supportant le trône, il lui fit signe de ne surtout pas se dérober, et de frôler l'empereur d'aussi près que la décence le permettait.

Mais à l'instant où elle allait s'engager sous le dais vers lequel planaient les fumées du brûle-parfum orientées par les battements d'un *uchiwa*, grand éventail rigide qu'animait vigoureusement le directeur du Bureau des Jardins et des Étangs, un chambellan, lançant son pied sous le *jūnihitoe*, crocha une des chevilles de Miyuki, qu'il fit tomber sèchement aux pieds de l'empereur.

Interdite et confuse, elle voulut aussitôt se relever, mais, entravée par le poids et l'épaisseur de ses robes, elle dut rester à gigoter sur le dos comme une tortue retournée par des garnements.

Comprenant qu'elle ne parviendrait pas à se rétablir, Nagusa se hâta de morceler un dernier mélange d'encens au-dessus des braises.

— Passé le pont, annonça-t-il, voici l'autre brume, la seconde brume où se précipite la demoiselle…

La fumée nouvelle qu'il venait de créer était si fraîche qu'on avait, en la respirant, l'illusion de marcher sous la bruine, ou à proximité d'une cascade.

— Oui, oui, s'écria alors le premier des trois juges en se trémoussant sur son banc, c'est tout à fait cela, tout à fait réussi ! Odeur humaine, odeur humaine !

— Dans le sillage d'une demoiselle invisible, insaisissable, le vent d'automne s'enroule, frais, parfumé – il sent le kaki trop mûr, le nashi au miel, et autre chose d'indéfinissable, je ne l'oublierai jamais, ce vent ! renchérit le deuxième juge en hochant frénétiquement la tête tout en quêtant du regard l'approbation de ses deux acolytes. Vous l'emportez, directeur Nagusa, oh ! à coup sûr vous l'emportez.

— De ce *takimono awase*, le premier de l'ère Hōgen, nous déclarons Nagusa Watanabe vainqueur, prononça le troisième juge avec solennité.

Le saisissement du directeur du Bureau des Jardins et des Étangs était tel que tout le monde put voir que les manches dont il se voilait la face pour cacher son émoi étaient trempées de larmes.

Il s'inclina jusqu'à toucher du front l'extrémité des chaussons de l'empereur.

— Je refuse cette victoire, j'y renonce absolument ! Que les juges veuillent bien réviser leur première impression et accorder le triomphe au seul auquel il est dû : Nijō Tennō.

— Non, dit l'empereur, le triomphe est vôtre, directeur Nagusa. Car moi, voyez-vous, entre les palmes de la victoire et l'émotion d'avoir pu, grâce à vous, croire un instant à la réalité de la demoiselle de mon rêve, je choisis l'émotion.

Il fit signe à son chambellan, celui-là même qui

avait provoqué la chute de Miyuki, d'agiter son éventail de façon à attirer les dernières fumerolles vers le trône. À quoi Nagusa répliqua par quelques mouvements de son *uchiwa*, discrets mais assez énergiques pour dominer le souffle timide qu'avait fait naître le frêle éventail pliant du chambellan, et pour enrober Miyuki dans la brume si délicieusement parfumée.

Comprenant que Nagusa voulait à présent la soustraire aux yeux – et sans doute aux questions – de l'empereur, la jeune femme se replia sur elle-même, se recroquevillant sur le sol, comme escamotée dans une immobilité et un silence parfaits.

— Comment donc faites-vous cela, directeur Nagusa ? balbutia l'empereur. Si séduisantes sont vos brumes ! Surtout la seconde, cette ultime vapeur où vient de disparaître la demoiselle, car, je le sais pour m'y être essayé, il est contraire à toute logique de suggérer la bruine, l'humidité du brouillard, avec le seul recours sec et brûlant des charbons ardents. Votre évocation du pont-lune était fort réussie, elle aussi – ne l'avons-nous pas entendu, ce pont, résonner sous le claquement des *geta* de la demoiselle alors que celle-ci n'est qu'un songe ? N'avons-nous pas respiré les miasmes d'eau morte et de plantes fanées qui stagnaient sous la voûte du tablier ? Mais le plus étonnant, directeur Nagusa, reste la course de la jeune personne. J'étais sur le point de dire : son passage parmi nous. Car en vérité, à un certain moment, j'ai cru qu'elle était là, si proche de moi que je pouvais la suivre des yeux – la toucher peut-être. Quels encens, dites-moi, avez-vous donc associés et embrasés pour accomplir ce miracle ? J'ai du mal à croire que vous les avez trouvés dans le capharnaüm de la Deuxième Avenue. Vous seriez-vous fourni à la Chancellerie privée où l'on garde l'encens particulier que l'on réserve aux célébrations bouddhiques ?

— Je dois à la vérité de reconnaître que l'un des éléments parfumés que j'ai utilisés, le plus complexe de tous, ne provient ni de la Deuxième Avenue ni de la Chancellerie privée.

— L'auriez-vous fait venir d'une terre étrangère ? fit l'empereur en fronçant les sourcils. Vous savez pourtant que nous n'envoyons plus d'ambassades et que nous n'en recevons plus : le Japon se suffit.

— L'élément dont je parle vient de l'empire sur lequel règne Votre Majesté. Mais d'une province quelque peu lointaine de cet empire ; ou plutôt quelque peu ignorée. Je n'y suis moi-même jamais allé, mais j'y ai envoyé des émissaires. C'est là-bas que se trouve cette composante du parfum dont Votre Majesté a jugé bon de dire qu'il correspondait assez bien à la jouvencelle de son rêve. De là-bas aussi proviennent – mais c'est un détail – les carpes qui peuplent nos étangs sacrés.

— Ce doit être une belle région, fit pensivement l'empereur.

— C'est le village de Shimae, sur la rivière Kusagawa. Et voici sa représentante, dit le directeur du Bureau des Jardins et des Étangs en désignant Miyuki qui émergeait du nuage d'encens, le visage enfoui dans les plis de son *jūnihitoe* encore nimbé de fumée.

— Je l'ai aperçue tout à l'heure parmi les autres femmes. Elle semblait chercher sa place, une place qu'elle ne trouvait pas. Serait-ce elle qui vous a fourni le fameux parfum ?

— Amakusa Miyuki me l'a procuré, oui, Votre Majesté. Du moins pour l'essentiel. J'avoue que la première fois que je l'ai humé, je ne savais pas ce que j'allais en faire, non, je n'en avais pas la moindre idée. Il est si déconcertant. On y retrouve les arômes des kakis très mûrs, des nashis au miel. Par certains côtés, il a même quelque chose d'écœurant. Kaki, nashi au miel, sans doute, mais pas seulement. En vérité, j'avais du mal à en supporter l'odeur.

— Je crois qu'elle a encore quelques parcelles de cette substance dans les plis de son *jūnihitoe*, dit la princesse Yoshiko en se pinçant le nez de façon comique – en fait, elle se le tordait comme s'il s'était agi de l'attendrir avant de se l'arracher.

Dès que l'empereur se fut retiré dans ses appartements, la salle d'En-Haut se vida rapidement. Des serviteurs vinrent éteindre les flambeaux et les brûle-parfums, balayant et traquant les cendres chaudes et les escarbilles qui constituaient une menace d'incendie permanente.

Nagusa, Kusakabe et Miyuki furent les derniers à quitter le Pavillon de la Pureté et de la Fraîcheur. Il ne neigeait plus, mais un épais tapis blanc recouvrait les bâtiments et les allées. Le Palais, auquel l'entre-lacs des enceintes en pisé donnait habituellement une allure de biscuit, semblait ce soir nappé d'une crème épaisse. Quelque part derrière le dédale des murs, une femme criait dans les douleurs de l'en-fantement, et l'on voyait courir vers sa chambre des silhouettes serrant contre elles des panières d'osier pleines de linges mouillés, très chauds, qui fumaient dans la nuit. Ces matrones étaient sans doute vêtues de kimonos aux couleurs attrayantes, mais la neige était si étincelante que, par contraste, elles semblaient des colonnes de fourmis noires, agitées.

Devant le porche, des *daijō*, fonctionnaires du sep-tième rang supérieur mineur, donnaient de l'exercice à trois chevaux blancs splendidement harnachés, la queue et la crinière parées de papillotes sur lesquelles étaient calligraphiés des poèmes.

Les *daijō* du Bureau des Chevaux expliquèrent à Nagusa que ces animaux venaient des pâturages secs et frais de Shinano où étaient élevés les chevaux des-tinés à l'empereur. Ce dernier avait ordonné d'offrir trois de ces montures au directeur du Bureau des Jar-dins et des Étangs pour célébrer la victoire qu'il avait remportée ce soir au *takimono awase*.

Les *daijō* ayant remis les trois longes à Nagusa, celui-ci les réunit dans sa seule main droite, les dis-posant de façon à ce que des brins d'égale longueur dépassent des jointures de ses doigts lorsqu'il serrait le poing.

— Il y a un *shinano* pour toi, Atsuhito. Tu l'as

bien mérité. Choisis, dit-il en présentant à son adjoint sa main hérissée de brins.

Kusakabe tira sur l'un d'eux jusqu'à dérouler toute la longueur de la bride à l'extrémité de laquelle un des chevaux blancs se cabrait, dressé sur ses postérieurs, fouaillant de la queue, les oreilles plaquées contre la nuque.

— Bien, Atsuhito, approuva Nagusa, très bien, des trois cavales le sort t'attribue la plus belle. La plus émotive, en tout cas.

En voyant la façon douce et ferme dont Kusakabe s'empressait de flatter l'encolure du cheval pour l'apaiser, Nagusa se dit qu'il essaierait, tout à l'heure en s'endormant, de rêver qu'il était lui aussi cette sorte de cheval fébrile, et que la main chaude de Kusakabe courait sur son corps.

— À ton tour, *onna*, ajouta le vieil homme avec un sourire.

C'était la première fois depuis longtemps – quarante ans, peut-être même cinquante – que le directeur du Bureau des Jardins et des Étangs se laissait aller à sourire. Jusqu'à cette soirée de fragrances et de neige, Nagusa no Watanabe s'était toujours contenté de retrousser légèrement – oh, à peine ! – les commissures de ses lèvres.

— Tire, *onna*, tente le sort, tire sur le brin qui t'inspire, insista Nagusa. Au bout, il y a un cheval pour rentrer chez toi, un cheval pour vous porter, toi et les richesses que je vais te donner comme promis.

— Non, dit Miyuki, je ne veux pas de cheval. Je ne sais pas monter là-dessus, moi.

Nagusa la dévisagea, déçu, regrettant son sourire. À quoi bon avoir attendu plusieurs décennies avant de se décider à sourire, si cette grimace, car un sourire n'était jamais qu'une façon de grimace, n'obtenait en retour qu'un refus maussade et renfrogné.

Miyuki haussa les épaules.

— Nous, ces bêtes-là, on en voit seulement sous les fesses de vos émissaires quand vous les envoyez nous ordonner de pêcher des carpes, les plus belles de notre rivière, et puis de vous les livrer.

Comme Nagusa se rapprochait d'elle, elle s'écarta, bras tendus devant elle.

— Pas si près, *sensei*, dit-elle. Vous détestez mon odeur, n'oubliez pas que vous l'avez en horreur, je le sais bien. Moi, je ne me rends pas compte, après tout c'est peut-être vrai que je sens mauvais – enfin, par rapport à ces parfums qu'il y a partout ici, sur les gens, sur les tentures, et même dans les latrines. Je préfère que vous n'approchiez pas. Ça ne plairait pas à Katsuro que vous soyez incommodé à cause de moi. Il dirait que votre embarras est humiliant pour moi plus encore que pour vous. Et il n'aimerait pas que je sois humiliée. D'aucune façon. Il a toujours été fier de moi, même s'il n'a jamais eu de vraies raisons de l'être. Entre lui et moi, tout est parti de ces nasses que j'ai confectionnées pour lui – mais ça, je n'avais aucun mérite, n'importe qui aurait pu les lui tresser, ces nasses, c'est juste qu'il a dû trouver plus facile de s'adresser à moi plutôt qu'à une autre femme.

Elle s'éloigna. Malgré la hauteur de ses *geta*, la neige serrait autour de ses chevilles des anneaux glacés si douloureux qu'elle avait l'impression d'une brûlure. Pour regagner Shimae, elle chausserait plutôt ses sandales de paille, ses *waraji*, ce serait plus sûr pour franchir à nouveau la chaîne des Kii où, vu la précocité de l'hiver, elle devait s'attendre à affronter un froid intense et à rencontrer des plaques de glace sur lesquelles elle risquait de glisser et d'être précipitée dans un gouffre. Aurait-elle dû accepter le cheval que lui offrait Nagusa ? Elle ne se serait pas hasardée à le monter, mais, en le tenant par la bride et en marchant d'un côté ou l'autre de ses flancs selon le vent, elle aurait pu s'en faire une sorte de rempart vivant contre les rafales de neige. Sans compter qu'il devait être tiède, et qu'en se collant à lui elle aurait pu s'approprier un peu de sa chaleur. Et puis, ce qui n'était pas rien, elle aurait pu lui parler de Katsuro à voix haute, lui dire qu'elle croyait entendre derrière elle le pas de son mari cogner sur la terre froide.

Écoute, cheval, lui aurait-elle dit – non, pas *écoute, cheval,* elle lui aurait donné un nom, elle l'aurait appelé Yukimichi[1], rien ne pouvait mieux lui convenir.

---

1. *Yukimichi* signifie chemin enneigé.

Le lendemain, à la charnière de l'heure du Lièvre et de celle du Dragon[1], alors qu'il faisait à peine jour, Kusakabe vint trouver Miyuki dans son gîte.

Elle était déjà prête à partir, elle s'était dépouillée des douze soieries du *jūnihitoe* – qu'en aurait-elle fait à Shimae ? –, les avait suspendues aux montants des paravents qui moisissaient dans un recoin du *kyōzō*, puis elle avait roulé sa natte et s'était assise dessus comme sur la marche d'un perron.

Kusakabe portait sur son dos un imposant colis, une hotte sous un drap rouge aux armes de l'empereur.

— Voici, dit-il sur un ton précipité, je t'apporte ce qu'on te doit. Ou plus exactement ce que mon maître, sans prendre l'avis de personne, a décidé de te donner. Beaucoup d'or et de soie, *onna*, beaucoup plus que ce qu'on t'avait laissé espérer. Mais tu en feras l'inventaire plus tard, n'est-ce pas, quand tu seras

---

1. De sept heures à neuf heures du matin.

loin d'Heiankyō. Car ici, il paraît que tu es en danger de mort. C'est du moins ce que redoute le *sensei*. Je ne suis pas sûr qu'il ait raison – avec l'âge, tu sais, il lui vient des bouffées d'angoisse, à ce vieux-là, des angoisses non fondées la plupart du temps. Toujours est-il qu'il m'a chargé de t'escorter jusqu'à la porte Rashōmon. Tant il est vrai, ajouta-t-il après avoir transféré sa charge de ses épaules sur celles de Miyuki, que cette richesse qui t'échoit pourrait tenter certains. Il n'y a pas si longtemps, la seule idée que des malfaiteurs osent entrer dans la ville nous faisait sourire. Non pas que nous pensons nos portes infranchissables une fois la nuit tombée, mais nous n'imaginons tout simplement pas que les hommes grouillant de l'autre côté des murailles puissent avoir de mauvaises intentions.

— L'autre côté des murailles ? Quelles murailles ?

— Comment ça « quelles murailles » ?

Il la dévisageait d'un air surpris.

— C'est que, dit-elle, je n'ai pas vu de murailles autour de la ville.

Kusakabe se détourna vivement, comme si, peiné, il préférait mettre un terme à leur échange.

Elle était sur le point de lui demander pardon, lorsqu'il lui fit face à nouveau – elle avait l'air si pauvre et si sale que, malgré ce gros baluchon rouge sur son dos, il y avait peu de chances pour qu'elle excite la convoitise d'un détrousseur :

— Bon, tu as raison, *onna* : de murailles, il n'y en a pas. Mais depuis plus de trois siècles que l'empereur Kammu a fait d'Heiankyō la nouvelle capitale impériale, ses habitants ont toujours eu des remparts dans la tête, ils ont toujours vécu comme s'ils étaient à l'abri derrière un parapet. Mais si – bien que j'en doute – le *sensei* a vu juste à propos des menaces qui pèsent sur toi, ce n'est pas une enceinte imaginaire qui va te protéger.

La veille, à l'heure du Rat, Minamoto Toshikata, second contrôleur surnuméraire, section de Gauche, s'était présenté chez Nagusa.

Il était porteur du *senji*[1] suivant : « *Le grand conseiller surnuméraire, Fujiwara Akimitsu, déclare avoir reçu un ordre de l'empereur selon lequel Nagusa Watanabe, directeur du Bureau des Jardins et des Étangs, a été chargé de se procurer une ou plusieurs substances aptes à composer un encens nouveau illustrant, selon la voie des parfums, le passage furtif d'une demoiselle sur un pont-lune entre deux brumes, ce thème s'étant révélé à Sa Majesté à la suite d'un songe. Il est reconnu que Nagusa Watanabe a pleinement satisfait à cette obligation, mais, afin que cette fragrance, exclusivement et à jamais reste emblématique de Nijō Tennō, Nagusa Watanabe est sommé de détruire tout ce qui pourrait subsister de cet encens, ainsi que tout ce qui aura contribué à son élaboration. Que cet ordre soit reçu et appliqué.* »

---

1. Ordre urgent de l'empereur, dispensé de passer par tous les circuits administratifs.

Le directeur du Bureau des Jardins et des Étangs versa lui-même une coupe de saké au contrôleur surnuméraire et lui donna en gratification huit feuilles d'un cuir d'une souplesse remarquable qu'il avait achetées dans l'idée d'y tailler des brides pour Hatsuharu, son cheval préféré. Mais n'ayant plus assez de vigueur ni d'assurance pour le monter – «la vieillesse m'envahit comme une moisissure», disait Nagusa –, il s'était récemment résolu à se séparer de tout ce qui avait constitué le monde d'Hatsuharu. Quant au cheval lui-même, il envisageait d'en faire don à Kusakabe – Nagusa s'était tellement identifié à Hatsuharu qu'il avait quelquefois rêvé qu'avec Kusakabe juché sur ses épaules, Kusakabe serrant son visage entre ses cuisses nerveuses, Kusakabe riant comme un enfant et tirant sur ses oreilles comme sur des rênes, il courait au bord des prairies marécageuses, gravissait en hennissant de joie les collines d'un vert presque noir, franchissait le rideau scintillant des cascades.

Après le départ de Minamoto Toshikata, Nagusa relut l'ordre impérial lui prescrivant de détruire l'encens vainqueur du *takimono awase*.

Sans doute Nijō Tennō, dans l'orgueil éblouissant de sa jeunesse, avait-il d'abord ambitionné que ce tournoi de fragrances, premier de son règne, entre dans la légende, et que, par la suite, des générations d'empereurs et de régents, de *shōgun*, de conseillers et de directeurs de ceci et de cela, cherchent à recréer le parfum qui, accompagnant la cavalcade d'une demoi-

selle sur un pont entre deux rideaux d'ouate, avait
triomphé et enflammé la Cour ; et l'empereur avait
imaginé laisser quelques indices permettant à des
successeurs de renouveler le miracle. Mais il s'était
vite repris : quelle erreur, quelle faute il allait commettre ! Il fallait au contraire prendre toutes les précautions pour empêcher qu'on retrouve la formule,
pour que la quête de ces copistes, de ces plagiaires,
n'aboutisse jamais. La gloire de Nijō Tennō serait à
proportion de leur échec.

À supposer même que s'amenuise l'engouement
pour les *takimono awase* au point de ne plus figurer parmi les rites et traditions pratiqués à la Cour,
la mémoire populaire se rappellerait cette nuit de
neige sur Heiankyō, cette nuit au cours de laquelle
un haut fonctionnaire avait réussi, pour complaire à
son empereur, à recréer l'odeur infiniment complexe,
infiniment mouvante, infiniment vivante d'une jeune
femme dont chacun de ses quatre membres, chaque
béance de son corps, chacune des douze robes de son
jūnihitoe, avait libéré et mêlé ses émanations.

Nagusa admettait volontiers que les plus belles
choses puissent avoir une fin. S'il n'en était pas ainsi,
aurait-il été autant ému par la fragilité des fleurs de
prunier ou de cerisier, et surtout aurait-il goûté,
jusqu'à éprouver une sensation proche de l'ivresse,
ces derniers morceaux choisis de sa propre existence ?

— De l'encens de cette nuit, il ne reste pas une
parcelle, lui avait assuré Kusakabe. Il sentait si bon
qu'on l'a laissé se consumer jusqu'à la fin.

Le problème qui, maintenant, se posait à Nagusa était que l'ordre impérial prescrivait d'éliminer non seulement l'encens mais aussi tout ce qui avait permis sa création. Or personne n'avait prévu que pour composer une représentation parfaite du songe de l'empereur, Nagusa Watanabe imaginerait d'associer le parfum naturel d'Amakusa Miyuki aux délices de l'encens.

Sa haute fonction de directeur du Bureau des Jardins et des Étangs avait valu à Nagusa de recevoir en cadeaux un nombre impressionnant d'outils de jardinage. Ceux-ci étaient pour la plupart armés de lames, de mâchoires, de pics, de dents, qu'il confiait sans états d'âme à des jardiniers inexpérimentés dont il savait pourtant, après tant d'années de guidance, qu'ils allaient s'éborgner avec, s'estropier, se mutiler. Le recensement des doigts sectionnés, des oreilles tailladées, voire des yeux crevés, occupait déjà deux rouleaux de papier de mûrier.

Mais c'était une chose de laisser des novices s'amputer d'une ou deux phalanges, et c'en était une autre de condamner à mort une femme jeune, pauvre, sans défense, au prétexte que l'empereur avait donné un ordre sans en apprécier toutes les conséquences.

Un ordre dont Nagusa était à présent dépositaire, et qu'il allait devoir répercuter à Kusakabe, lui-même n'ayant pas la force physique nécessaire pour frapper et provoquer une mort immédiate.

Le meurtre, loin de faire de son adjoint le complice amoureux dont avait rêvé le vieil homme, ravalerait Kusakabe au rang d'exécutant brutal d'un crime abject dont lui, Nagusa, aurait été l'instigateur – rôle aussi sordide, et surtout tellement plus lâche que celui de tueur. Ce qui les attendait tous deux n'était pas une natte épaisse à l'aplomb d'une fenêtre translucide doucement griffée par un saule pleureur – ce léger crissement qui lui avait toujours évoqué le plaisir des caresses –, mais le Jigoku, l'Enfer boud-dhique, en commençant par la Chambre du Vent et du Tonnerre, la geôle où sont châtiés les assassins, viendrait ensuite la Chambre du Broyage où, entre deux énormes pierres, les auteurs de meurtres pré-médités sont écrasés jusqu'à n'être plus que bouillie sanglante, et, pour finir, ils connaîtraient, quelques milliers d'années durant, les délices de la Chambre du Cœur où des doigts crochus arrachent sans fin le cœur des hommes qui ont manqué de compassion – il va de soi qu'aussitôt après avoir été extirpés à mains nues, les cœurs punis se reconstituent de façon à pouvoir être à nouveau suppliciés.

Se donnant pour excuse qu'il faisait grand froid, Nagusa finit de boire le flacon de saké qu'il avait entamé avec le contrôleur surnuméraire, et qu'il avait mis à tiédir dans les cendres encore chaudes d'un brasero.

Il regarda en contrebas l'avenue de l'Oiseau-Rouge. Sur la neige fraîche, on distinguait deux traces de pas parallèles qui s'en allaient vers Rashō-mon. Peu avant d'atteindre l'édifice, une des deux traces faisait un coude et repartait dans la direction

d'où elle était venue. Ce devait être celle de Kusakabe, pensa Nagusa. L'autre trace, vraisemblablement
laissée par Miyuki, escaladait les cinq marches de
l'escalier et s'engageait sous le double faîtage de tuiles
vernissées.

Depuis que des troubles politiques, qui avaient
de plus en plus tendance à s'accompagner de soulè-
vements violents, affectaient le bonheur de vivre des
nobles d'Heiankyō, la voûte de Rashōmon servait de
refuge nocturne à tous les réprouvés dont la cité ne
voulait pas – paysans fuyant les razzias menées par
les rōnins[1], certains de ces rōnins eux-mêmes, et la
foule habituelle des mendiants, infirmes, enfants en
bas âge abandonnés là par des familles impuissantes
à les nourrir. Ces gens dévoraient ce que la ville reje-
tait. Les épluchures, les rognures, les rebuts avaient
déjà été cuits, frits ou bouillis ; mais, pour mériter d'être reconsidérés comme des aliments à part
entière, ils devaient à nouveau subir l'épreuve du feu ;
c'est ainsi que, d'une multitude de foyers allumés à
même le sol, s'élevaient des volutes grasses, puantes,
qui stagnaient sous le plafond et les poutres déjà
noircis par la suie.

S'ajoutant à un crépuscule précoce et épais, ces
fumées empêchaient Nagusa d'entrevoir au-delà des
huit piliers vermillon. Contrarié, il dépêcha un de ses
serviteurs prévenir son adjoint qu'il avait à lui par-

---

1. Samouraïs ayant perdu le seigneur auquel ils s'étaient
voués corps et âme et qui sont réduits à vivre d'expédients.

ler. Pour l'avoir accompagnée jusqu'à la porte de la ville, ce dernier devait savoir si la veuve de Shimae avait ou non franchi Rashōmon. Si oui, il ne serait pas nécessaire de se soucier de son élimination – les nuits hivernales et les périls du voyage y pourvoiraient.

En attendant, Nagusa se dénuda et s'abandonna aux soins de trois de ses servantes afin d'être épilé, baigné puis massé avec des huiles à fort pouvoir aromatique pour faire oublier à Kusakabe les parfums troublants de la petite veuve de Shimae.

Miyuki devina à l'éclaircissement progressif de la forêt qu'elle approchait de Shimae.

Même après la chute de leurs feuilles, les arbres avaient continué de former des voûtes obscures, de sombres tunnels inachevés. À présent que l'humidité déposée par les brouillards d'automne noircissait leurs troncs et leurs branches maîtresses, que les lichens passaient du beige au brun, ce monde obscurci donnait l'impression d'un resserrement, d'un tassement. La lumière du jour était devenue très ténue, comme absorbée par le vernis ténébreux qui semblait suinter des arbres. La forêt avait alors présenté un aspect non seulement nocturne mais confus, enchevêtré, impénétrable.

Or, depuis environ une couple d'heures, la luminosité l'emportait à nouveau.

Malgré la difficulté de progresser sur un sol instable fait d'un méli-mélo de racines, de pierraille et de feuilles mortes, le tout maçonné par des coulées de terre grasse, Miyuki allait bientôt émerger.

Ce n'était pas qu'on gagnait en lumière comme si le soleil venait de percer la couche nuageuse : c'étaient les arbres qui étaient moins nombreux, la tapisserie végétale tout entière dont le maillage se relâchait. Jusque-là inextricable, le maquis des buissons, des fourrés, s'était sensiblement distendu.

Miyuki aurait dû ressentir un sentiment de réconfort à l'idée de retrouver bientôt le village dont elle ne s'était jamais éloignée avant d'entreprendre le voyage d'Heiankyō. Or, à chaque pas qu'elle faisait, elle éprouvait, au contraire, une angoisse irraisonnée, une oppression qui lui serrait la gorge comme si un lac de chagrin s'était mis à gonfler quelque part en elle. La mort de Katsuro avait été la source de ce lac, et n'avait cessé de l'alimenter ; mais s'il avait parfois atteint un niveau critique, il n'avait encore jamais débordé – ce qu'il était sur le point de faire à présent.

L'environnement dans lequel évoluait Miyuki avait beau lui paraître identique à celui qu'elle avait quitté, certains de ses aspects avaient changé : elle ne se rappelait pas avoir franchi des escarpements aussi ravinés, hérissés de cailloux acérés qui crevaient la paille de ses sandales, ni que les arbres, et principalement les pins, aient été vrillés comme si une force brutale les avait empoignés pour les tordre sur eux-mêmes, elle ne comprenait pas d'où venaient ces branches griffues, agressives, qui barraient le sentier que les paysans de Shimae avaient pourtant toujours eu à cœur de maintenir libre et dégagé – elle était alors contrainte de contourner l'obstacle en s'agrippant aux racines pour se hisser sur des bas-côtés dégoulinants d'un mélange de neige, de glace et de boue.

Était-ce sa mémoire qui lui jouait des tours, ou bien cette forêt silencieuse, si impavide en apparence, avait-elle subi un bouleversement qui, sans la défigurer, l'avait profondément remodelée ?

Miyuki s'assit sur une souche, moins pour reprendre des forces physiques que pour tenter de retrouver sa sérénité avant l'ultime effort qui la mènerait aux rizières couronnant son village.

Relevant la tête, elle constata qu'elle pouvait voir la lumière tomber du ciel à la verticale, alors qu'habituellement les rais du soleil, détournés par les feuillages persistants, devaient composer avec le tamis des ramures. Cette façon différente de recevoir le jour découlait d'un espacement nouveau des arbres, chacun semblant avoir acquis de haute lutte – ses flexions, ses cintres, ses courbures en témoignaient – un supplément d'espace vital.

Curieusement, les sujets les plus chétifs n'étaient pas les plus nombreux à avoir mordu la poussière : leurs branches s'étaient emmêlées comme s'ils avaient exécuté la danse des Cinq Articulations, *gosechi no mai*, qui consistait à soulever ses manches cinq fois au-dessus de sa tête, à en fouetter l'air puis à les laisser retomber devant son visage ; mais ils étaient restés debout, au contraire des vieux arbres dont beaucoup s'étaient abattus sur le flanc, exhibant leurs énormes systèmes racinaires, révélant des blessures d'où coulait un mélange pâteux de sève et de bois pourri.

Le plus déroutant était le silence des oiseaux. Ceux-ci étaient d'habitude de plus en plus bruyants à l'approche de la lisière des bois au-delà de laquelle commençaient les zones d'activité du village où les oiseaux trouvaient l'essentiel de leur provende. Aujourd'hui leur mutisme était tel qu'on aurait pu croire qu'ils avaient déserté la forêt.

À l'exception d'un merle au plumage ardoisé strié de bleu.

À une courte distance de Miyuki, il était planté dans un arbre un peu comme un clou qu'on n'aurait pas fini d'enfoncer. Il avait dû percuter le tronc à une vitesse très élevée pour que son bec, telle une pointe de flèche, se plante profondément dans le bois. Bien que le choc l'ait tué, il avait eu apparemment le réflexe *post mortem* de tenter de se dégager en battant des ailes, car celles-ci s'étaient roidies en position ouverte, les rémiges largement étalées.

Miyuki se demanda ce qui avait bien pu provoquer chez ce merle une panique assez désespérée pour lui faire perdre le contrôle de sa trajectoire au point de se fracasser sur un obstacle aussi considérable que cet arbre – rien de moins qu'un camphrier d'une centaine d'années, qu'il avait forcément intégré dans son champ de vision, et qu'en temps normal il n'aurait eu aucun mal à éviter même s'il était poursuivi par un prédateur.

Quittant sa souche, elle s'approcha de l'oiseau.

Avant même de se pencher sur lui, et malgré la légère odeur de camphre que diffusait l'arbre, elle perçut la puanteur de la chair en décomposition. Le merle était mort depuis déjà plusieurs jours, mais ses plumes avaient joué le rôle de cache-misère, dissimulant les colonies de mouches et de fourmis qui grouillaient sur la pulpe sanguinolente parmi des semis d'œufs blanchâtres et d'asticots.

Miyuki eut un mouvement de recul. Elle avait toujours eu horreur des insectes, en particulier ceux qui lui bourdonnaient au visage, et qui, après avoir été chassés, revenaient avec insistance butiner la commissure de ses lèvres ou le coin de ses yeux.

Mais, cette fois, les mouches qui formaient une grappe frémissante autour du cadavre de l'oiseau déguerpirent avant même que Miyuki eût esquissé un geste, tandis que le merle fiché dans le camphrier se mettait soudain à frissonner, ses rectrices caudales battant l'air. Ce n'était pourtant pas la vie qui l'irriguait à nouveau, mais une vibration longue, soutenue, d'origine inconnue, qui, faisant trembler l'arbre, se communiquait à l'oiseau après avoir affolé les insectes.

Le sifflement du vent s'était fait plus aigu, des branches nues s'entrechoquaient dans un bruit de danse macabre, tandis qu'un grondement sourd, rugueux, se propageait sous la surface du sol comme si celui-ci était raclé du dessous par une lime géante.

Les mousses qui tapissaient le parterre donnaient l'impression de soupirer, se soulevant par plaques, puis s'affaissant avant de se hausser à nouveau comme une épaisse et douce couverture sur la poitrine d'un dormeur au gré de sa respiration. Là où il n'y avait pas de mousse, là où la terre était nue, le sol se craquelait, donnant naissance à des fissures qui dessinaient des arborescences sèches, brutales comme des éclairs.

La forêt tout entière s'était mise à osciller doucement.

Miyuki se cramponna au camphrier pour se retenir à quelque chose de stable, mais l'arbre tanguait comme si on le secouait pour en faire tomber les fruits.

Alors elle le lâcha et s'enfuit en criant.

Quand la jeune femme émergea de la forêt, il n'y avait plus, là où elle avait toujours connu les espaliers des rizières, qu'une surface de terre limoneuse. Arasées par une force irrésistible, les diguettes s'étaient toutes rabattues, leurs lèvres de terre recouvrant les parcelles qu'elles étaient censées protéger, broyant les plants de riz et chassant les miroirs d'eau vers les espaliers inférieurs, où le même processus avait recommencé, et ainsi de suite jusqu'à ce que l'ex-colline de rizières eût été résorbée en un moutonnement à peine prononcé.

Miyuki n'avait pas besoin de consulter un de ces lettrés qui pullulaient à Heiankyō, spécialistes des arcs-en-ciel, des éclipses, des tombeaux hantés et des tremblements de terre, pour comprendre que son village avait subi une commotion qui avait enseveli les habitations, les granges, retourné les champs et effacé non seulement toute trace de vie présente, mais la mémoire même qu'un paysage était susceptible d'en garder.

Là où prospéraient des pâturages et des cultures vivrières, n'affleuraient plus que des espaces de terre brune, caillouteuse, qui exhalaient une odeur de pierres à feu.

Une coulée de boue et de débris divers semblait avoir obstrué le vivier des carpes – *semblait*, car Miyuki, tous ses repères effacés, était incapable de situer avec certitude l'endroit où s'était dressée sa maison, et, *a fortiori*, l'emplacement du bassin.

Un seul vestige avait subsisté, mais désormais sans référence avec le village anéanti, il n'était d'aucune aide pour s'orienter ; ce n'était d'ailleurs pas grand-chose, juste une toiture trapue dont le bâtiment qu'elle recouvrait avait été désintégré, éparpillé en poussière. Mais, grâce à sa charpente constituée de bois encore vert, le toit avait bénéficié d'une certaine élasticité et, après s'être désolidarisé des murs qu'il coiffait, il s'était posé en s'affaissant sur lui-même. Il ressemblait à présent à un scarabée écrasé.

Un petit garçon presque nu était accroupi dessus, comme un chasseur sur le dos de sa proie. Malgré le sang et les sanies qui maculaient son visage, Miyuki reconnut Hakuba, le fils du potier.

Elle s'avança vers l'enfant perché avec la même discrétion que si elle tentait d'approcher un petit animal apeuré – ce que, pensa-t-elle, devait être Hakuba dont les cheveux noirs s'étaient dressés droit sur sa tête avant de se figer dans cette position.

— Tu vas bien, Hakuba ?

Le silence était si épais sur Shimae – seuls quelques grondements souterrains le troublaient par intervalles – qu'elle n'avait pas eu besoin de forcer sa voix.

— Tous les autres, tu sais où ils sont ?

Non, Hakuba n'en savait rien. Ou alors il préférait ne rien dire. Ou bien le choc qu'il avait éprouvé l'avait rendu muet.

— Et tes parents ?

L'enfant désigna le sol, là où serpentait une boursouflure semblable à une cicatrice. À cet endroit, la terre avait dû s'ouvrir, engloutissant le père et la mère d'Hakuba, puis la faille s'était refermée.

— J'imagine que, sous ce toit, il y avait ta maison. Mais tu ne vas pas rester accroupi dessus en attendant qu'elle repousse, n'est-ce pas ?

Le garçon fit non de la tête. Sans être très malin, il n'était pas nigaud non plus, du moins pas au point de penser que les maisons repoussaient. C'étaient les adultes qui croyaient à ce genre de merveilles, qui en tiraient des légendes qu'ils peignaient avec gravité sur des papiers raffinés, aux couleurs si rares que quelques-unes n'avaient même pas encore de noms – il en allait ainsi d'un jaune rappelant les jeunes capitules de certains chrysanthèmes à demi ouverts, ou d'un autre jaune, plus soutenu, obtenu par fermentation de l'urine de vache avec des feuilles de mangoustan, ou encore d'une teinte évoquant les panicules des lilas roses sous un ciel d'aurore.

— Dis-moi, Hakuba…

— Ne m'appelle plus Hakuba. Je suis Gareki, à présent[1].

— Gareki, répéta-t-elle doucement. Va pour Gareki.

— Ce nom, c'est à cause de la terre qui tremble, et qui a tout démoli.

Confirmation d'un séisme, songea Miyuki, se demandant aussitôt ce qu'il était advenu de son pot à sel imitation Tang avec son décor de pivoines, ce pot qui avait traversé les générations sans une fêlure, jusqu'alors seul souvenir hérité de sa mère et seule chose tangible qu'elle aurait pu conserver de ses années heureuses avec Katsuro. Elle avait souvent pensé, et ça la rassurait, que si quelque chose arrivait au pot à sel, elle pourrait compter sur le père d'Hakuba pour le réparer. Mais le potier n'avait pas survécu à la secousse, et il ne devait rester du pot à sel qu'une poussière de terre cuite où brillaient des éclats de son ancienne glaçure, comme les étincelles de mica dans le sable des plages – elle tenait ça de Katsuro qui, lui, avait vu la mer.

Elle n'en était pas très sûre, mais il lui semblait bien que c'était là-bas, dans les eaux de la Mer intérieure, que se jetait la Kusagawa.

---

1. *Hakuba* : cheval blanc. *Gareki* : ruines, gravats, décombres.

À plusieurs reprises, Katsuro avait parlé de se reconvertir dans la pêche au cormoran lorsqu'il n'aurait plus de clients pour ses carpes. Et c'est sur les bords en pente douce de la Mer intérieure qu'il voulait s'installer, car le cormoran préfère les plans d'eau abrités et de faible profondeur. Katsuro y voyait un double avantage : une simple barque lui suffirait, et Miyuki serait rassurée qu'il ne s'éloigne pas trop du rivage. Quant au dressage et à la domestication des cormorans (il prévoyait d'en déployer huit ou dix, tenus au bout de longues laisses en fibres de cèdre), il s'en faisait une joie anticipée : il aurait non seulement les oiseaux les plus performants, mais surtout les plus familiers de toute la baie, et il pourrait bientôt, à l'exemple des pêcheurs chinois, laisser ses cormorans évoluer sans aucune entrave.

— Tu n'as pas l'intention de rester ici, n'est-ce pas, Hakuba ?

— Gareki, corrigea-t-il d'un ton maussade.

— Gareki, oui, répéta-t-elle avec docilité. Eh bien, Gareki, mon enfant, il n'y a plus rien ici ; plus rien, plus personne, alors il vaut mieux que nous partions. Parce que, vois-tu, ce qui est arrivé va recommencer – est-ce que tu ne sens pas comme la terre continue de frissonner ?

Miyuki n'avait jamais été témoin d'un tremblement de terre, mais parmi les habitants de Shimae, parmi les plus vieux d'entre eux, quelques-uns se souvenaient d'avoir vu la terre se crevasser pratiquement sous leurs pieds, et d'avoir couru à en perdre

360

le souffle devant ces lézardes qui les poursuivaient avec des sifflements et en crachant des torsades de vapeurs puantes.

— C'est là-dessous, reconnut l'enfant, mais c'est loin.

Elle se fit pressante :

— Ça remonte, ça nous cherche, et ça va nous trouver. Qu'allons-nous faire, si ça nous rattrape ? Nous n'avons à emporter que nous-mêmes, alors filons sans plus attendre.

— Pour aller où ?

— Je te propose la mer, tout au bout de la rivière.

Il la dévisagea, perplexe : il ne savait pas ce que c'était que la mer. Miyuki essaya de lui en proposer une image – mais par quel attribut commencer ? Le goût salé, le remuement des vagues, la couleur indécise, le ronflement énorme, la profondeur, l'immensité ?

Comme le soir tombait et que les premières étoiles brillaient dans un ciel dégagé, elle prit la voûte nocturne en exemple de ce qui pourrait donner à l'enfant une idée de l'infini de la mer. Pour les vagues, ce fut plus facile : le sol ne cessait d'être parcouru par de longs ondoiements qui donnaient l'impression que la plaine de Shimae reposait sur une couche d'eau en mouvement.

Le petit garçon l'écoutait avec attention. Il avait de bons souvenirs de cette femme mince, douce et vive à la fois, qui n'oubliait jamais, quand il s'extirpait nu et frissonnant du bassin des carpes, des perles d'eau accrochées à sa pilosité naissante, de lui tendre un morceau de toile pour se bouchonner. Alors, lorsqu'elle se mit en marche d'un pas décidé, il la suivit sans hésiter.

La Kusagawa était méconnaissable. Le tremblement de terre avait dû engendrer une vague de fond qui, en précipitant la rivière hors de son lit, avait en même temps éjecté la vase, les sables, les herbes aquatiques et les poissons.

Des carpes, emportées par la masse liquide qui courait en écumant des deux côtés de la rivière, avaient été entraînées loin dans la plaine; puis, l'eau s'étant retirée sans pour autant regagner le lit de la rivière, elles étaient mortes d'asphyxie.

Au nombre des énigmes auxquelles se heurtait Miyuki, il y avait le sort des habitants de Shimae. À voir ce qui subsistait du village, on pouvait supposer que le séisme en avait tué la plupart, et que ceux qui avaient survécu aux premières secousses s'étaient enfuis le plus loin possible. L'onde sismique s'étant propagée d'ouest en est, et le nord étant occupé par d'épaisses forêts où l'on ne progressait qu'avec lenteur, ils s'étaient probablement dirigés vers le sud – c'est-à-dire dans la direction que prenaient Miyuki et l'enfant.

Mais elle ne s'expliquait pas pourquoi on ne relevait aucune trace du passage des survivants. Qu'avaient-ils donc fait de leurs morts? Miyuki n'avait vu nulle part de bûcher funéraire, ni de sépulture même hâtivement bâclée. Ce n'était, à perte de vue, qu'une plaine uniforme, parsemée de plaques de neige qui moutonnaient comme des nuages blanchâtres sur fond de ciel gris.

Elle observa le petit garçon. De ses yeux coulaient des larmes qui avaient la consistance et la couleur jaune de la crème – ce doit être du pus, pensa-t-elle – et qui dessinaient des arabesques en séchant sur ses joues. Ses pupilles étaient fortement dilatées, ce qui pouvait s'expliquer par le soir qui tombait. En revanche, la couleur rouge de ses conjonctives trahissait une fatigue visuelle dont Miyuki, sans rien connaître des maladies oculaires, mais par simple bon sens, déduisit que l'enfant, sur son toit écrasé, avait dû passer de longues heures, de jour comme de nuit, à scruter la plaine dans l'espoir d'apercevoir ses parents, ou n'importe qui susceptible de lui porter secours.

Elle vit aussi que, sous les ecchymoses et le sang coagulé, le corps trop maigre de Gareki était couvert de crasse ; et posant sur cet enfant un regard intense, elle se vit en lui comme dans un miroir : elle aussi était sale, les joues bariolées de poussière et de pluie, la peau marbrée de taches violacées, les lèvres crevassées, ses longs cheveux noirs emmêlés et poisseux, le kimono loqueteux et détrempé.

Si, laissant derrière eux l'épicentre du tremblement de terre, et surtout le danger mortel des répliques, ils atteignaient sains et saufs les villages de pêcheurs qui s'enchaînaient le long des rivages de la Mer intérieure, ils pourraient commencer une nouvelle vie – ensemble ou séparément, ils verraient ça une fois sur place. Mais ce dont Miyuki était déjà sûre, c'était la curiosité dont ils seraient l'objet en tant que rescapés d'un séisme : les secousses avaient dû être ressenties jusque dans l'île de Shikoku.

Autant elle s'était peu souciée de son apparence en se mêlant à la foule qui se bousculait pour franchir la porte Rashōmon – là-bas, c'étaient les carpes de Katsuro qui faisaient leur entrée dans la ville impériale, Miyuki aux ongles noirs de vase n'était que leur servante –, autant elle était désireuse de faire bonne impression sur les gens de Kobe, d'Ube, d'Okayama, de Fukuoka, de Yashima et du petit estuaire d'Hiwasa, si l'enfant et elle y parvenaient jamais.

— Gareki, déclara-t-elle en se pinçant les narines, on dirait bien que tu pues, mon garçon.

Il agita ses mains devant sa poitrine, faisant circuler l'air autour de son corps, et palpiter ses narines en même temps (il avait des narines creusées comme des amandes, veloutées comme de jeunes amandes).

— Ce n'est pas moi, conclut-il après s'être longuement éventé. C'est une odeur qui est dans l'air, plutôt. Une odeur de mort, Miyuki-*san*. Après ce qui est arrivé, hein, forcément – tu ne l'avais pas encore remarquée, cette odeur ? Elle est là depuis le premier jour, mais toi, tu n'étais pas là le premier jour. Elle disparaîtra quand il pleuvra, quand la pluie la fera rentrer sous terre.

— Si la pluie peut chasser cette infection, la rivière le peut aussi.

— Ah, ah, je n'irai pas dans la rivière ! Trop froide, la rivière, bien trop froide pour s'y laver : juste avant que la terre tremble, elle charriait des glaçons. Je les ai vus : si gros que leur cœur était bleu.

— Pas besoin de te tremper dans la Kusagawa : tu t'assieds sur la berge, et moi, avec mes mains, je fais une cuillère, je puise de l'eau et je la verse sur toi, et doucement je te frotte au sable de rivière, et, de nouveau, je recueille de l'eau dans mes mains, et…

— Tu sais, dit-il, tu ne sens pas très bon non plus.

La jeune femme sourit.

— Après que je t'aurai lavé, dit-elle, c'est toi qui me laveras.

Ils longèrent la rive, cherchant un endroit favorable. La nuit était tombée. Sur les eaux devenues noires glissait le reflet de la pleine lune. Il n'y avait pas eu de réplique du séisme. Le petit Gareki marchait en silence pour ne pas perturber les oiseaux qui avaient été bien assez dérangés par le tremblement de terre. N'était l'odeur sucrée des cadavres qui lui parvenait par bouffées, Miyuki aurait pu se croire en promenade avec son mari un soir d'hiver au bord de l'eau (pour d'autres raisons que Gareki, Katsuro, lui aussi, aimait marcher en silence, perdu dans ses pensées, il pouvait couvrir des distances considérables sans prononcer un seul mot).

Soudain, il y eut un bruit d'éclaboussure, comme si une grenouille apeurée avait plongé.

C'était Gareki qui venait de se jeter à l'eau. Il allait et venait d'une rive à l'autre, faisant naître deux petites vagues qui couraient de chaque côté de son menton fendant l'eau comme le bréchet d'un canard.

Miyuki ignorait que le petit garçon savait nager. C'était si rare, à Shimae. Même Katsuro, le prince, le roi, l'empereur de la rivière, ne savait pas. Il en faisait d'ailleurs une question de fierté : on n'avait pas à s'étaler sur le ventre devant la Kusagawa, à se présenter devant elle en position d'allongé, encore moins à imiter la grenouille, c'était debout, solidement planté sur ses jambes, qu'il convenait de l'affronter.

— Ça n'est pas froid du tout, répétait l'enfant, l'eau est tiède, viens, Miyuki-*san*, viens avec moi !

Le violent frottement des roches en profondeur, près du foyer du séisme, avait dû produire un dégagement de chaleur suffisant pour réchauffer le sous-sol de la rivière et la masse liquide qui courait dessus.

Gareki glissait ses deux mains de part et d'autre du reflet de la lune, ouvrait grand la bouche et faisait mine de mordre à belles dents dans le halo bleuté comme dans un gâteau.

À son tour, Miyuki entra dans l'eau. Elle avait l'intention de s'immerger jusqu'au nombril, de sautiller sur place en jetant des petits cris pointus, et de ressortir très vite pour courir et s'ébrouer.

Mais la rivière, à cet endroit, était beaucoup plus profonde qu'elle ne l'avait cru, abusée par l'aisance

366

avec laquelle évoluait Gareki. Tout en pédalant follement pour reprendre pied, Miyuki sentit que la Kusagawa l'enserrait, la secouait, cherchait à la bousculer pour la faire tomber. Mais la jeune femme tenait bon, projetant toute son énergie, toute sa puissance dans le bas de son dos et dans ses cuisses.

Et c'est alors qu'elle la vit.

D'un noir si profond, si ardent, si chatoyant qu'il se détachait sur les eaux pourtant ténébreuses de la Kusagawa, une carpe géante, probablement suite à une des secousses du séisme, s'était décollée du fond de la rivière où elle se tenait plaquée à l'insu de tous, à moitié enfouie dans la souille de vase qu'elle s'était aménagée.

Et elle montait vers la surface, allongeant sa bouche encadrée de quatre barbillons mous et tactiles. Longue de plus d'un mètre cinquante pour une centaine de kilos, elle avait une tête massive, plutôt conique, munie d'yeux proéminents capables de regarder dans des directions opposées.

Se hissant en se contorsionnant sur la banquette d'argile humide, elle ressemblait à un vieil homme terrible que ses reins ne portent plus, et qui n'a d'autre ressource que de ramper.

Miyuki se rappela avoir entendu Natsume affirmer qu'un fantôme se détachait d'un être humain quand celui-ci subissait un violent traumatisme, de même que le meilleur des fruits tombe de l'arbre quand l'orage le secoue. Ces entités blessées, ces spectres encore vivants, étaient réputés demeurer là où s'était produit le choc ; et là ils mûrissaient, jusqu'à pourrir, jusqu'à se liquéfier, et là ils finissaient par se fondre dans la terre.

N'était-ce pas dans ces parages de la Kusagawa, là où son lit s'élargit et se hérisse de rochers qui accélèrent sa course vers la mer, que Katsuro s'était noyé ? Et la grande carpe noire ne pouvait-elle être son fantôme, achevant son arrachement et sa métamorphose ?

Ce qui est certain, c'est que la grande carpe noire ne se déroba pas lorsque Miyuki (car ce fut plus fort qu'elle, une pulsion irrésistible) avança la main pour l'effleurer à hauteur des quatre narines situées entre ses deux yeux.

L'attouchement devenant caresse, la carpe sembla même y prendre goût.

Ce fut la jeune femme qui se lassa la première et rompit le contact en retirant sa main. L'un des yeux du poisson resta alors obstinément attaché à elle, comme pour appeler cette main à revenir lui prodiguer des caresses, tandis que l'autre œil, plus pragmatique, surveillait avec gourmandise la noyade d'un insecte.

Jamais Miyuki n'avait vu un poisson de cette taille, ni surtout qui lui inspirât une aussi grande confiance, bien que la carpe noire ait été capable, dans sa gueule démesurément ouverte, d'engamer un de ses bras jusqu'à l'épaule.

Elle savait que certaines rivières recelaient des carpes géantes originaires de Chine. Katsuro disait que, là-bas, elles remontaient un grand fleuve, le Huang He, qui, en se rétrécissant soudainement, engendrait des vagues démesurées qui étaient précipitées du haut des chutes de Hukou avec un bruit de tonnerre tel que les oiseaux faisaient de larges détours pour éviter de passer à proximité.

Emportées par un maelström d'eaux roussâtres, les carpes noires du Huang He dévalaient la cascade et disparaissaient derrière des rideaux d'écume d'où, par le jeu d'une translation miraculeuse, quelques-unes se retrouvaient transportées dans certains lacs et rivières du Japon.

C'était du moins ce que Katsuro avait entendu dire, et ce qu'il avait rapporté à sa femme en précisant que lui-même n'avait jamais vu aucun de ces poissons prodigieux, et qu'il doutait même de leur existence.

Miyuki dépouilla la hotte du fourreau de soie rouge qui la gainait. Elle en vida le contenu aux pieds du garçon. L'or rayonnait en sourdine, le pelucheux papier gris des billets à ordre palpitait en grésillant comme les ailes épaisses d'un papillon de nuit.

— Tu pars seul, Gareki. Moi, je reste.

Elle désigna la carpe toujours vautrée sur la banquette d'argile, ses grosses lèvres si écartelées qu'elles en paraissaient disloquées, sa bouche d'où fusait une légère brume d'eau fade qui allait se prendre dans

369

une toile d'araignée, juste en face, entre deux cannes de bambou. Miyuki expliqua qu'elle devait essayer de la rendre à la rivière – c'était ce qu'aurait fait Katsuro. Mais, vu le poids du poisson et le peu de prise qu'il offrait, ce serait long et laborieux, et pendant qu'elle ferait tout son possible pour sauver la carpe, une réplique du séisme pouvait survenir qui, en un instant, déchirerait à nouveau la plaine de Shimae, ouvrant dans les berges des fissures par où se précipiterait la Kusagawa, entraînant dans sa ruée tout ce qui n'était pas solidement enraciné. Or Miyuki n'était pas enracinée du tout. Et Gareki non plus. Personne ne pouvait prévoir comment les choses allaient tourner, évidemment, mais elle tenait à ce que le petit garçon s'éloigne au plus vite.

— Tout ça est pour toi, Gareki, dit-elle en désignant le contenu de la hotte. Moi, je n'en aurai plus besoin.

Après lui avoir expliqué tout à l'heure ce que c'était que la mer, Miyuki dut à présent lui expliquer ce que c'était que l'or, et les divers usages qu'on pouvait en faire. Pour les lettres de change, elle-même n'y comprenant pas grand-chose, elle se contenta de les pousser du bout du pied dans la rivière.

L'enfant rassembla le trésor, le remit dans la hotte qu'il recouvrit à nouveau de sa gaine de soie rouge ; et la hotte, l'assura sur son dos. Miyuki déposa un baiser silencieux dans le creux de sa main droite, et coiffa de ce baiser, sans qu'il en prenne conscience, les cheveux raides et hérissés du garçon.

— Va, l'encouragea-t-elle, va, Gareki.

Il fit quelques pas, se retourna, lui lança son regard de petit dieu.

— C'est bon, claironna-t-il, je reprends mon ancien nom d'Hakuba.

Elle attendit qu'il ait disparu. Les dieux avaient créé le néant pour persuader les hommes de le combler. Ce n'était pas la présence qui régulait le monde, qui le comblait : c'étaient le vide, l'absence, le désempli, la disparition. Tout était rien. Le malentendu venait de ce que, depuis le début, on croyait que, vivre, c'était avoir prise sur quelque chose, or il n'en était rien, l'univers était aussi désincarné, subtil et impalpable, que le sillage d'une demoiselle d'entre deux brumes dans le rêve d'un empereur.

Un monde flottant.

Une pluie fine se mit à tomber, provoquant le coassement heureux de quelques grenouilles. Miyuki regarda la carpe noire. Elle songea qu'il serait merveilleux de la capturer, de lui creuser un bassin où elle pourrait s'ébrouer tandis qu'elle-même, assise sur le bord, les pieds dans l'eau fraîche, aurait tout son temps pour observer sa pensionnaire, pour lui raconter sa vie, jusqu'à ce qu'un jour le Bureau des Jardins et des Étangs dépêche des émissaires à Shimae (le village aurait été reconstruit, bien sûr) pour réclamer une nouvelle livraison de carpes.

La pluie redoublait, le ciel s'obscurcit. Quelque chose gronda, encore loin mais qui se rapprochait. Miyuki n'y prit pas garde : elle songeait à ce que serait le voyage d'Heiankyō avec une carpe de cet acabit. Il faudrait lui tresser une très longue nacelle, de la grandeur au moins d'un homme debout – et d'un homme de bonne taille. Le portage nécessiterait deux perches de fort bambou, d'un noir luisant de préférence pour être en harmonie avec les écailles du poisson, un bambou à droite, un bambou à gauche, reposant sur les épaules de deux solides porteurs trottinant l'un derrière l'autre. Elle souriait en imaginant la tête du directeur du Bureau des Jardins et des Étangs découvrant l'existence d'un tel poisson, lorsqu'elle entendit le bruit sifflant, le cri de soie lacérée que faisait une crevasse courant sur le sol comme un petit chien fou de joie, et qui venait vers elle en ouvrant dans la terre une faille profonde.

Elle se coucha sur la carpe, la protégeant de son corps.

La bête sentait la vase, le mucus, les feuilles en décomposition, les algues broyées, le bois moisi, la terre humide, la même odeur sourde, basse, un peu grasse, de Katsuro quand il remontait de la rivière ; et, sous les seins de Miyuki, le cœur de la carpe battait au même rythme tranquille, vraiment très majestueux, que celui de Katsuro certains matins, juste après avoir fait l'amour avec elle – alors il ouvrait la porte de la maison, et elle voyait se découper dans l'encadrement la silhouette de l'homme hérissé de nasses, de bambous, de boules de liège, et de pelotes de lignes de pêche encore tout emberlificotées qu'il devrait démêler au bord de la Kusagawa – parce que, la veille au soir, au lieu de s'occuper du matériel, Miyuki et lui avaient fait l'amour lentement, longtemps.

Chaufour, La Roche
25 avril 2004 – 15 juillet 2016

Bibliographie abrégée des ouvrages sans lesquels je n'aurais jamais pu écrire ce livre

Le Dit du Genji, Murasaki Shikibu, traduit par René Sieffert, Publications orientalistes de France, 1988

Notes journalières de Fujiwara no Michinaga, ministre à la cour de Heian (995-1018), trois tomes présentés et commentés par Francine Hérail, Droz, Genève/Paris, 1988

Fonctions et fonctionnaires japonais au début du XIᵉ siècle, Francine Hérail, Publications orientalistes de France, 1977

La Cour du Japon à l'apogée de l'époque de Heian, aux Xᵉ et XIᵉ siècles, Francine Hérail, Hachette Littératures, 1995

La Vie de cour dans l'Ancien Japon au temps du Prince Genji, Ivan Morris, traduit par Madeleine Charvet, Gallimard, 1969

Splendeurs et misères d'une favorite, Dame Nijō, traduit et présenté par Alain Rocher, Éditions Philippe Picquier, 2004

Notes de chevet, Sei Shōnagon, traduit et commenté par André Beaujard, Gallimard/Unesco, 1985

Heian Japan. Centers and peripheries, présenté par Mikael Adolphson, Edward Kamens et Stacie Matsumo, University of Hawai Press, Honolulu, 2007

Ise, poétesse et dame de cour, poèmes réunis, traduits et commentés par Renée Garde, Éditions Philippe Picquier, 2012

L'Art érotique japonais. Le monde secret des shunga, Ofer Shagan, Hazan, 2014

À pied sur le Tôkaidô, Jippensha Ikkū, Éditions Philippe Picquier, 2016

Femmes galantes, femmes artistes dans le Japon ancien, Jacqueline Pigeot, Gallimard, 2003

Le Riz dans la culture de Heian. Mythe et réalité, Charlotte von Verschuer, Collège de France/Institut des hautes études japonaises, 2003

La Sumida, Nagaï Kaf, traduit par Pierre Faure, Gallimard/Unesco, 1975

Et j'ai toujours eu à portée de contemplation et de rêveries l'admirable recueil d'estampes de Hiroshige, *Cent vues célèbres d'Edo*, réunies et commentées par Melanie Trede et Lorenz Bichler, édité par Taschen en 2011.

Du même auteur :

Aux éditions du Seuil

LE PROCÈS À L'AMOUR, Bourse Del Duca 1966
LA MISE AU MONDE, 1967
LAURENCE, 1969
ÉLISABETH OU DIEU SEUL LE SAIT, 1970, prix des Quatre
    Jurys 1971
ABRAHAM DE BROOKLYN, 1971, prix des Libraires 1972 ;
    coll. « Points » n° 453
CEUX QUI VONT S'AIMER, 1973
TROIS MILLIARDS DE VOYAGES, essai, 1975
UN POLICEMAN, 1975 ; coll. « Points Roman » n° R 266
JOHN L'ENFER, prix Goncourt 1977 ; coll. « Points »
    n° P 221
L'ENFANT DE LA MER DE CHINE, 1981 ; coll. « Points
    Roman » n° R 62
LES TROIS VIES DE BABE OZOUF, 1983 ; coll. « Points
    Roman » n° R 154
LA SAINTE VIERGE À LES YEUX BLEUS, essai, 1984

AUTOPSIE D'UNE ÉTOILE, 1987 ; coll. «Points Roman» n° R 362

LA FEMME DE CHAMBRE DU TITANIC, 1991 ; coll. «Points» n° P 452

DOCILE, 1994 ; coll. «Points» n° P 216

LA PROMENEUSE D'OISEAUX, 1996 ; coll. «Points» n° 368

LOUISE, 1998 ; coll. «Points» n° 632

MADAME SEYERLING, 2002 ; coll. «Points» n° 1063

Chez d'autres éditeurs

IL FAIT DIEU, essai, Julliard, 1975, Fayard, 1997 ; coll. «Points Vivre» n° 4267

LA DERNIÈRE NUIT, Balland, 1978

LA NUIT DE L'ÉTÉ, d'après le film de Jean-Claude Brialy, Balland, 1979

IL ÉTAIT UNE JOIE… ANDERSEN, Ramsay, 1982

BÉATRICE EN ENFER, Lieu Commun, 1984

MEURTRE À L'ANGLAISE, Mercure de France, 1988 ; Folio n° 2397

L'ENFANT DE NAZARETH (avec Marie-Hélène About), Nouvelle Cité, 1989

SAINTE ÉLISABETH DE LA TRINITÉ, Balland, 1991 ; Le Cerf, 2003

LA HAGUE (photographies de Natacha Hochman), Isoète, 1991

CHERBOURG (photographies de Natacha Hochman), Isoète, 1993

LEWIS ET ALICE, Laffont, 1992, Pocket n° 2891 ; coll. «Points» n° 1233

PRESQU'ÎLE DE LUMIÈRE (photographies de Patrick Courault), Isoète, 1996

SENTINELLES DE LUMIÈRE (photographies de Jean-Marc Coudour), Desclée de Brouwer, 1997, réédition, 2009

LA ROUTE DE L'AÉROPORT, « Libres », Fayard, 1997

JÉSUS LE DIEU QUI RIAIT, Stock/Fayard, 1999 ; Le Livre de Poche nº 15194

CÉLÉBRATION DE L'INESPÉRÉ (avec Éliane Gondinet-Wallstein), Albin Michel, 2003

CHRONIQUES MARITIMES, Larivière éditions, 2004

LA HAGUE (illustrations de Jean-Loup Eve), Aquarelles, 2004

AVEC VUE SUR LA MER, NiL éditions, 2005

LA BALLADE DE CHERBOURG, Isoète, 2005

HENRI OU HENRY, LE ROMAN DE MON PÈRE, Stock, 2006 ; coll. « Points » nº P 1740

EST-CE AINSI QUE LES FEMMES MEURENT ?, Grasset, 2009 ; Le Livre de Poche nº 31786

DICTIONNAIRE AMOUREUX DE LA BIBLE, Plon, 2009

UNE ANGLAISE À BICYCLETTE, Stock, 2011 ; Le Livre de Poche nº 32598

JE VOIS DES JARDINS PARTOUT, J.-C. Lattès, 2012

LA PENDUE DE LONDRES, Grasset, 2013 ; Le Livre de Poche nº 33408

DICTIONNAIRE AMOUREUX DES FAITS DIVERS, Plon, 2014

Littérature pour enfants

O'CONTRAIRE, Laffont, 1976
LA BIBLE ILLUSTRÉE PAR LES ENFANTS, Calmann-Lévy,
   1980
SÉRIE « LE CLAN DU CHIEN BLEU », Masque Jeunesse, 1983
     La Ville aux Ours
     Pour trois petits pandas
     Les Éléphants de Rabindra
     Le Rendez-vous du monstre

Le Livre de Poche s'engage pour
l'environnement en réduisant
l'empreinte carbone de ses livres.
Celle de cet exemplaire est de :
350 g éq. CO$_2$
Rendez-vous sur
www.livredepoche-durable.fr

PAPIER À BASE DE
FIBRES CERTIFIÉES

Composition réalisée par MAURY-IMPRIMEUR

Imprimé en France par CPI
en décembre 2017
N° d'impression : 3025641
Dépôt légal 1re publication : janvier 2018
LIBRAIRIE GÉNÉRALE FRANÇAISE
21, rue du Montparnasse - 75298 Paris Cedex 06

61/6295/8